나의 **식사**에는 **감정**이 있습니다

박지현 지음

일러두기

1. 본문에 나온 이름은 모두 가명입니다. 내담자의 개인정보보호를 위해 사례에는 각색된 부분이 있음을 알려드립니다.
2. 6장 '다이어트 없이도 나를 사랑하게 되는 습관'에 소개된 '하루 감정 그래프', '자기관찰 일지'는 에디토리 홈페이지(www.editory.co.kr)에서 다운로드하실 수 있습니다.

내 삶을 옥죄는
다이어트 강박에서
벗어나기 위한
심리 수업

나의 **식사**에는 **감정**이 있습니다

박지현 지음

프롤로그

자존감만을 위한 다이어트는 반드시 실패합니다

잔잔히 가라앉은 조명 속 편안한 소파에 앉아서도 한동안 입을 열지 못했던 은지 씨. 그녀가 처음 입을 떼자마자 한 말은 지쳐 보이는 표정만큼이나 힘겹게 들렸습니다.

"취업하고 싶은데 살을 못 빼서 시도도 못 하고 있어요. 몸매가 이래서는 서류가 통과되어도 면접에서 백 퍼센트 탈락할 거예요. 곧 신입사원 공채 시즌인데 그전까지 어떻게든 빼야 돼요. 근데 자꾸 폭식이 터져서 미칠 것 같아요. 저 진짜 한심하죠?"

미의 기준이라는 게 개인적이겠지만, 적어도 제가 보기에 은지 씨는 매우 날씬해 보였습니다. 그럼에도 은지 씨는 과거 45kg을 유지했던 때로 돌아가야만 취업할 수 있다고 거듭 말했습니다. 은지 씨는 현재 키 168cm에 65kg, 그러니까 두 달 안에 20kg을 빼야 한다는 강박에 휩싸여 있던 것입니다.

그런데 사람이 두 달 만에 20kg을 빼려면 어떻게 해야 할까요? 아마 많은 분들이 굶기부터 해야 한다고 생각하시겠죠. 은지 씨도 가장 먼저 먹는 걸 줄였습니다. 하루 500kcal 이하 섭취라는 극한의 칼로리 제한을 시작했고 이어 매일 한 시간 이상 땀이 나는 운동을 했습니다. 여기에 다이어트 보조제까지 먹어가며 살을 빼기 위해 미친 듯이 노력했습니다.

문제는 다이어트 정체기에 터졌습니다. 안 먹고 참고 참아도 어쩐지 살이 빠지지 않는 것 같았고, 몸은 지칠 대로 지쳐 운동할 에너지가 바닥이 난 것입니다. 상황이 이러니 일상생활도 잘 돌아갈 리가 없었습니다. 직장에서 실수도 하고 1년간 교제 중이던 남자친구와의 관계도 소원해졌습니다.

그러던 어느 날 밤, 은지 씨는 배달앱을 켜고 족발과 피자, 떡볶이를 시키게 됩니다. 은지 씨 말로는, 당시 누가 자신을 멋대로 조종하는 것 같았다고 합니다. 야식이 도착하고 음식을 식탁으로 옮기기도 전에 현관문 앞에서 그 많은 걸 다 먹어버린 순간이 잘 기억나지 않는다고 했죠. 그리고 그날 이후, 은지 씨는 극한의 절식과 한밤의 폭식을 반복하며 정상적 식사가 불가능한 상황에 이르게 되었습니다.

저는 지난 7년간, 이런 내담자분들을 만나왔습니다. 때로는 죄책감에, 때로는 심각한 자기비하에, 때로는 세상에 대한 분노에 휩싸여 왜 자신이 식사를 제대로 못 하게 됐는지를 이해하고 싶어 하는 내담자분들을 보며 저는 한 가지 사실을 알게 되었습니다. 이분들에게 건강한 다이어트 방법이나 정상적 식습관을 알려준다고 문제가 해결되지 않는다는 사실입니다. 오랫동안 다이어트 때문에 힘들어했던 내담자 분들은 모두 건강한 다이어트 방법이 뭔지 알고 있었습니다. 그러니까 몰라서 안 하는 게 아니라 알아도 못 하는 것이었습니다.

식이장애 전문 상담심리사로서 제가 고민한 지점도 바로 그것이었습니다. '왜 이분들은 그토록 마른 것에 매달릴 수밖에 없을까? 나쁘다는 걸 알면서도 다이어트를 포기할 수 없는 이유가 뭘까? 왜 식사에 문제가 생기는 상황이 될 때까지 스스로를 내버려두는 것일까?' 그리고 오랜 고민 끝에 결론을 내렸습니다. 답은 '감정'이었습니다.

마른 몸에 병적으로 매달리는 분들의 내면을 자세히 들여다보면 식이장애 증상 이면에는 많은 트라우마들이 복합적으로 존재하고 있습니다. 그 트라우마들은 여러 부정적 감정이 되어 나타나지만 이를 애써 잊고 싶어서 혹은 이 감정을 제대로 알아채지 못해서 다이어트에 매달리게 됩니다. 자신에 대한 수치심을 회피하고 싶었거나, 누군가의 애정에 목말랐거나, 예기치 않은 사건이 터졌을 때 마른 몸을 방패로 삼은 것이죠. 또는 어릴 적 특별한 신체적·정서적 학대가 없었더라도, 부모님의 불화를 목격했거나 가족 내에서 방치된 경험, 가족으로부터 충분한 칭찬이나 애정을 받지 못했을 때의 감정 역시 오랫동안 내면에 남아 마른 몸에 대한 강박으로 이어졌습니다. 그러다 보니 마른 것을 통해서 사람들의 관심을 얻고 그저 마른 것만으로 만족감과 자존감을 얻는 것입니다.

실제로 다이어트에 중독되어 식사에 악영향을 줄 정도가 된 분들의 이야기를 들어보면, 청소년 때나 젊었을 때 다이어트에 성공해 주변으로부터 관심과 칭찬을 받았던 그 행복을 다시 느끼고 싶어서 더욱 열심히 살을 뺀다고 말했습니다. 그게 과해져 폭식과 구토를 반복하거나 씹고 뱉기를 하는 등 심각한 상황에 이르기도 했죠. 이런 식이장애 증상들은 외로움이나 공허함, 스트레스를 일시적으로 해소해줍니다. 마치 해결사 같은 역할을 하니 나쁘다는 걸 더욱 알기 어렵습니다.

이렇게 우리 몸과 마음을 오히려 망치는 '가짜 다이어트'를 저는 내담자분들에게 꾸준히 설명했습니다. 거울 속 내 몸보다 마음속 나를 더 들여다보고 평상시 나의 호흡과 감정에 더욱 집중하라고요. 하지만 많은 분들이 식이장애가 단순히 살, 다이어트의 문제가 아니라는 걸 이해하기 어려워했습니다. 조금은 알 것 같다고 하다가도 집에 돌아가면 다시 다이어트를 생각하며 밥을 안 먹기 일쑤였습니다.

하지만 포기하지 않고 오랜 시간이 걸리더라도 이야기를 주고받으며 이해시키려 노력했습니다. 그러자 점차 식이장애 당사자도, 또 그들의 가족들도 다이어트보다 감정의 문제에 집중하기 시작했습니다. 저의 상담 과정에 왜 폭식과 구토가 의지로 해결이 안 되는지, 왜 이것이 감정의 문제이자 내면과 연관된 문제인지, 내담자와 그 가족에게 설명하는 시간이 있는 이유이기도 합니다.

상담을 받는 분들과 가족도 식이장애가 마음의 문제라는 것을 깨닫는 데 한참이 걸리는데, 이와 상관없는 사람들은 얼마나 더 무감각할까요? 이런 대중의 무지함이 당사자에게는 식이장애에 대한 수치심을 주기도 합니다. 그래서 식이장애를 겪는 많은 분들이 마치 걸려서는 안 될 병에 걸린 것처럼 숨기고 계십니다. 그런데 제가 1년에 상담하는 케이스가 천 건이 넘습니다. 그만큼 식이장애는 우리 주변에 많고 특이한 사람이 걸리는 이상한 증상이 아닙니다.

요즘 SNS를 보면 씹뱉(씹고 뱉기) 다이어트, 식이장애 다이어트, 먹토(먹고 토하기)로 살 빼기와 같은 '가짜 다이어트' 키워드들이 눈에 띕니다. 이것만 보면 식이장애가 마치 하나의 다이어트 방법인 것처럼 착각하게 됩니다. 이렇게 다이어트를 포기할 수 없어서 그 대안으로 식이장애 증상을 택한 분들에게 식이장애와 내면의 연관성을 알려드리고자 저는 많은 공부와 연구를 진행했습니다. 그리고 마음의 복합적인 상처들을 다이어트 강박, 폭식과 구토로 막고 있는 역동을 이해하게 되었습니다.

이제는 마른 몸에 대한 강박으로 굳게 닫힌 내면의 문을 열어야 합니다. 다행히 그 문을 열어줄 다양한 치료 기법이 있습니다. 주로 복합트라우마를 다루는 치료 기법들로 식사 개입, 가족치료, 트라우마치료, 자원 강화, 대인관계에 대한 개입, 신체 중심치료 등입니다.

그리고 이제 식이장애도 마음 편히 털어놓을 수 있는 사회가 되어야 합니다. '나 우울증 있어'라고 말해도 지탄받지 말아야 하듯이 '나 식이장애 있어'라고 했을 때 이상한 눈초리를 받지 말아야 합니다. 식이장애 증상을 자기 탓으로 돌려선 안 되는 일입니다. 제대로 된 치료법을 알고, 자신의 내면을 돌보고, 상처를 회복하고, 건강한 식사를 할 수 있도록 식이장애에 대한 우리의 시선이 바뀌어야 합니다. 그렇게 될 수 있길 바라는 마음으로 이 책을 쓰게 되었습니다.

쉬지 않고 극단적인 다이어트를 반복하며 살을 못 빼는 나를 자책하는 모든 분들에게 말씀드립니다. 건강한 다이어트는 절대로 자신에게 무리한 체중을 요구하지 않습니다. 만일 모든 일상의 초점이 다이어트에 맞춰져 있고, 체중에 대한 강박이 심하다면 그것은 나의 감정을 돌봐야 한다는 신호입니다. 그렇게 미해결된 감정을 만나 다이어트 없이도 있는 그대로의 나를 사랑하는 기쁨을 누려보세요.

이 책을 통해서 많은 분들이 내 삶을 옥죄고 스스로를 해하는 다이어트에서 벗어나길 소망합니다.

식이장애 전문 상담심리사

박 지 현

차례

프롤로그
자존감만을 위한 다이어트는 반드시 실패합니다 • 004

가짜 다이어트의 덫

당신이 하고 있는 것은 다이어트가 아닙니다

죄책감 다이버 • 019
내가 살이 찐 건 의지가 약해서야

애정결핍러 • 024
날씬해지면 날 사랑해주겠지

무한 외모 콤플렉스 • 029
예뻐지면 내 삶도 술술 풀릴 거야

환상 속의 그녀 • 033
말랐을 때의 나를 되찾아야 해

씹고 뱉는 자 • 038
굶는 것보다 괜찮겠지

대리만족 갈구자(Feat. 먹방) • 042
나 대신 저 사람이 먹어주잖아

가짜 다이어트가 만든 가짜 문제

다이어트 강박은 진짜 문제를 가립니다

살찐 느낌 • 052
조금만 배가 불러도 살찔까 봐 불안해져요

먹을 수 없는 음식 • 057
살찌는 음식은 다 나쁜 음식이죠

강박증 • 061
잘못된 걸 알면서도 계속 마른 몸에 집착해요

정상 집착증 • 067
남들은 다 어떻게 먹는 거죠?

거짓된 나 • 073
저는 말랐다는 거 말고는 장점이 없거든요

3장

다이어트의 늪에 빠지게 하는 진짜 문제

거식, 폭식, 먹토… 의지의 문제가 아닌 감정의 문제입니다

만성스트레스 • 080

짜증 나면 먹는 걸로 풀어요

불안정한 애착1 저항형 • 086

왜 연애만 하면 을이 될까요?

불안정한 애착2 회피형 • 093

친구 같은 거 있어서 뭐 해?

불안정한 애착3 혼돈형 • 100

다 날 싫어해서 그런 거야

무기력 • 106

열심히 살았는데 이제 아무것도 하기 싫어요

외로움 • 114

혼자일 때마다 폭식해요

병적 수치심 • 122

내 존재 자체가 잘못이에요

잘못된 죄책감 • 129

내가 거절하면 상처를 주겠지?

트라우마 • 134
내 몸이 말라서 다 사라졌으면

4장

나와 감정을 가로막는 내면의 보호자들

나를 버티게 해준 생존자원과 결별할 때입니다

완벽주의자 • 144
이 정도 몸매로는 어림도 없지

자기비난자 • 151
내가 하는 게 다 그렇지 뭐

돌보는 자아 • 157
나로 인해 다른 사람이 행복하면 그만이야

스마일 천사 • 162
네가 좋다고 하는 거 난 다 좋아

스파르타 다이어터 • 167
토를 해서라도 45kg을 만들어야 해

지적인 이성주의자 • 172
운다고 살이 빠지는 건 아니잖아

5장

진짜 나와 만나는 감정알아차림 습관

체중관리에서 마음관리로

원인 파헤치기 • 182

인정받기 위한 다이어트는 그만하세요

대화하기 • 188

부정적 보디이미지 사슬을 끊어보세요

감정조절 능력 키우기 • 193

가족의 그늘에서 벗어나세요

비난의 객관화 • 201

내 안에 다양한 면이 있음을 받아들이세요

숨은 감정 찾기 • 207

나를 지배하는 문장을 적어보세요

인내의 창 키우기 • 211

신체를 느끼며 긍정자원을 일깨우세요

6장

다이어트 없이도 나를 사랑하게 되는 습관

매일매일 나아지는 삶으로

하루 감정 그래프 • 222
식사에서 감정을 분리하세요

즐거운 운동 • 231
생각이 아닌 감각에 집중하세요

알아차림 일기 • 236
관찰자가 되어 나를 바라보세요

전문가와의 상담 • 243
치료와 함께 일상의 행복을 되찾으세요

에필로그
나의 감정을 돌봐주면 작은 기적이 일어납니다 • 252

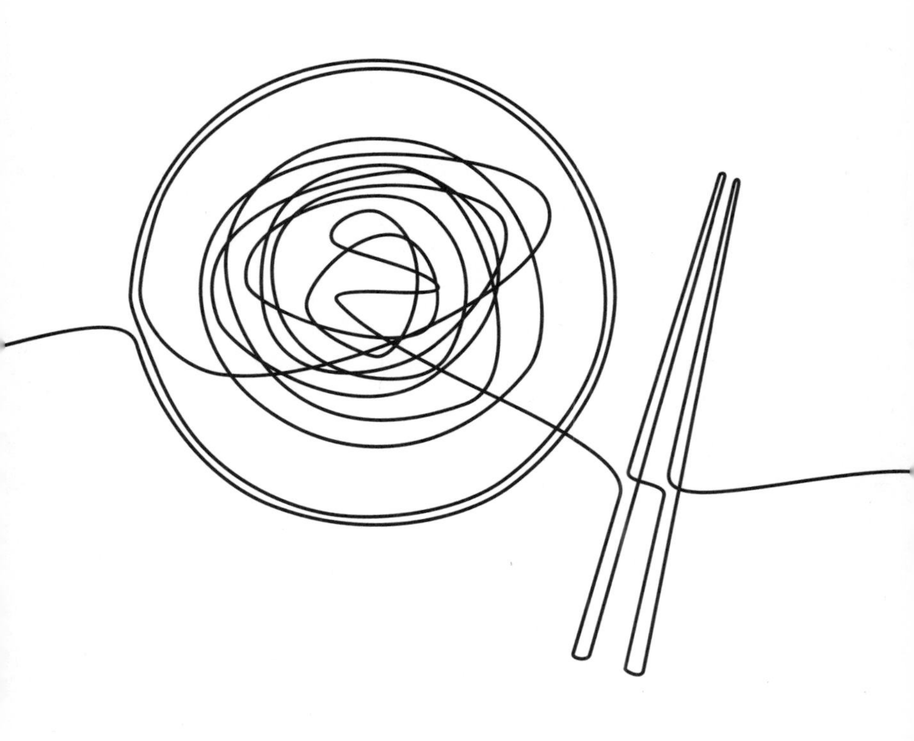

1장

가짜 다이어트의 덫

당신이
하고 있는 것은
다이어트가
아닙니다

집단상담을 진행하고 있을 때의 일입니다. 저는 상담을 시작하기 전 첫 세션에선 항상 내담자분들의 다이어트 히스토리를 듣습니다. 그런데 상담에 참여한 분들 모두 이런 맥락의 이야기를 했습니다.

"하루에 한 끼만 다이어트 식단으로 먹고, 정 배고프면 가볍게 과일을 먹어요. 그러다 폭식을 하게 되면 살이 찔까 봐 바로 토하죠. 50kg이 넘지 않게 하려고 하는데 너무 힘드네요. 식이장애를 치료하려면 다이어트를 그만둬야 하고 그러면 살이 찔 텐데… 너무 고민이에요."

항상 다이어트를 하기 위해 식이장애 증상을 유지할 수밖에 없다는 얘기들입니다. 언뜻 보면 이해가 될 법도 합니다. '살을 빼려고 구토, 절식, 씹고 뱉기를 하며 다이어트할 수밖에 없겠구나' 하고요. 하지만 저는 그건 다이어트가 아니라고 단언합니다.

"지금 여러분은 다이어트를 하고 있는 게 아니에요. 건강한 다이어트에는 자신에게 해가 되는 행동이 포함될 수 없어요."

제가 이렇게 말하면 내담자분들 모두 벙찐 표정을 짓습니다. 지금까지 죽자 살자 매달려온 다이어트가 사실은 다이어트가 아니라니 놀랄 수밖에 없겠죠. 그러나 제 말은 사실입니다. 살을 빼기 위해 하는 여러 행동들, 저체중에 대한 집착은 절대 진짜 다이어트가 될 수 없습니다.

죄책감 다이버

내가 살이 찐 건 의지가 약해서야

윤정 씨는 고등학생 때부터 삼십 대 초반이 된 지금까지 단 한 순간도 다이어트를 쉬어본 적이 없습니다. 윤정 씨의 소원은 딱 한 번만이라도 날씬한 몸이 되어보는 것이었죠. 그녀는 살만 빼면 핑크빛 미래가 당연히 보장될 것이라는 환상에 갇혀 있었습니다. 그런데 윤정 씨의 평소 식습관에 대해 묻자 돌아온 답변은 이랬습니다.

"저는 어릴 때부터 초콜릿을 손에서 놔본 적이 없어요. 텔레비전 보면서 초콜릿 한 통을 다 먹은 적도 많았고요. 위로받고 싶을 때, 외로울 때, 심심할 때… 때로는 의식하지 못하는 새에 단걸 입에 넣고 있었던 것 같아요. 그러다 보니 체중이 많이 늘어서, 그때부터 다이어트는 제 인생의 최대 과제가 되었어요. 하지만 지금도 빵, 과자, 아이스크림 같은 간식을 많이 먹어요. 완전 구제불능이죠?"

윤정 씨의 대답을 듣고 무슨 생각이 드나요? '다이어트하는 사람이 간식을 왜 먹어?' 이렇게 생각하나요? 실제로 윤정 씨의 주변인들도 그런 말들을 했습니다.

"그렇게 먹으니까 살이 찌지. 적게 먹고 운동하면 되잖아. 날씬한 사람들은 다 그런 욕구를 참고 관리하는 거야. 다 네 의지 부족이라고. 먹는 거 하나 참지 못하면서 뭔 살이 빠지길 바라는 거야?"

윤정 씨는 자신을 탓하는 말들로 너무 많은 상처를 받았습니다. 그리고 결국은 모든 게 다 의지박약인 제 탓이라며 자책하게 되었죠. 이깟 간식 줄이는 것도 못 하는 나는 무가치하다며 계속해서 죄책감 속으로 파고들었고, 결국엔 자신이 하는 모든 일이 다 엉망이라는 생각까지 하게 되었습니다. 그러면서도 다이어트를 포기하지는 못했습니다.

이처럼 우리는 너무나 쉽게, 다이어트로 고생하는 사람을 두고 '살을 못 빼는 건 백 퍼센트 의지의 문제야'라고 이야기합니다. 이 말이 사실일까요?

다이어트에 실패한 건 당신 탓이 아닙니다

윤정 씨의 가족력을 보면, 부모님도 통통한 편이 아니고 친척 중에도 비만인 사람이 없었습니다. 남동생도 마른 편에 속했고요. 윤정 씨 역시도 어릴 때는 통통하지 않았습니다. 오히려 마른 편이었죠. 그러나 언제부터인가 단것이 매우 좋아지기 시작했고 어느 순간 먹는 양이 늘어나면서 과체중이 되었습니다.

과체중이 되면서 윤정 씨는 하루도 빠지지 않고 엄마의 비난을 들었습니다. 덜 먹고 운동하면 건강하게 살 뺄 수 있다고 하도 닦달을 해서, 한번은 맘먹고 굶어가며 다이어트를 해 성공하기도 했었습니다. 그러나 금세 요요가 와 다시 살이 쪘고 그 후로는 계속 연달아 다이어트를 하고 요요가 오는 다이어트 굴레를 벗어날 수 없었습니다. 그동안 윤정 씨의 기초대사량은 줄어들었고 체지방은 이미 많이 늘어나 있었습니다. 이렇게 몸을 혹사하는 다이어트를 반복하면 체중이 절대 줄지 않는 상태에 도달하게 됩니다. 그래서 윤정 씨는 운동을 많이 하고 적게 먹어도 체중이 줄어들긴커녕 참았던 식욕이 폭발하여 폭식이 터지기만 하는 상황이 되었습니다. 그럴수록 윤정 씨의 죄책감은 더 심해질 수밖에 없었죠.

"안 해본 다이어트가 없어요. 그런데 먹는 것이 너무 좋고, 절제할 수 없으니 어쩌겠어요. 살은 다시 찌고 또 저는 먹고 있고… 전 왜 이렇게 한심할까요? 살을 못 빼는 건 다 제 탓이에요."

윤정 씨의 죄책감은 상당한 수준이었습니다. 상담을 하다 보면 꽤 많은 분들이 윤정 씨처럼 자기 탓을 합니다. 주변에서도, 심지어 부모님마저도 의지 부족이라며 죄책감을 심어주니 그 안으로 계속해서 파고들 수밖에요. 하지만 윤정 씨가 다이어트에 계속 실패하고 심각한 식이장애에까지 도달한 것은 윤정 씨의 탓이 아닙니다.

윤정 씨는 어릴 적부터 단 음식을 통해 위로를 받았다는 말을 했습니다. 실제로 내담자분들 중 많은 분들이 어릴 때 단걸 먹으면 기분이 풀렸던 경험 때문에 성인이 되어서도 단 음식을 끊기 어렵다고 말을 합니다. 그러나 단 음식이 기분을 풀어준 게 아닙니다. 어릴 때는 자신의 감정을 세분화하여 말하고 표현하는 능력이 서툽니다. 기분이 왜 나쁜지, 이게 단순히 기분이 나쁜 건지 다른 감정인 건지 모르고 그 이유조차 알아차리기 힘듭니다. 따라서 그 감정을 건강하게 해소하는 방법도 모를 수밖에 없습니다. 주변 어른들이 도와주지 않으면 더더욱 어렵겠죠. 그러니 잘은 몰라도 어쨌든 단걸 먹으니 기분이 좋아지는 것도 같고 시간도 빨리 가서 계속 먹게 되었고, 그 행동은 어른이 되어서까지 강화되었던 것입니다.

그렇습니다. 윤정 씨가 단 음식을 끊지 못하는 건 본인 의지의 문제가 아니었습니다. 어린 시절부터 명료하지 못한 감정을 단것으로 푸는 게 습관이 되었던 것이죠. 만일 흐려진 감정들이 명확했다면 윤정 씨는 의지와는 상관없이 단 음식 중독에서 벗어날 수 있었을 것입니다. 그리고 지금과 같은 죄책감에 빠져 허우적대며 스스로를 해하는 다이어트 굴레에 빠지지도 않았겠지요.

저는 그래서 윤정 씨와 비슷한 고민을 하시는 분들에게 살이 찐 건 당신 탓이 아니라고 단호히 말씀드립니다. 물론 '살이 찐 건 다 네 의지가 약해서야'라는 말만 들어오셨기에 이 말에 바로 수긍하기 어려울 것을 압니다. 윤정 씨도 아무리 제가 설명을 해도 항상 살을 못 빼는 건 전부 자기 탓이 맞는다며 다시, 또다시 다이어트를 하겠다고 했으니까요.

아닙니다. 여러분이 정서적으로 힘들어하고 있다는 것을 몰랐던 어른들의 탓입니다. 어른들이 살을 빼라고 혼내기보다 마음의 상처들을 어루만져주었다면 단 음식을 많이 먹을 필요도 없었을 겁니다.

죄책감에 빠져 다이어트를 놓지 못하는 분들에게 살을 뺄 수 있는 유일한 방법은 다이어트가 아닙니다. 지금까지 돌봐주지 못했던 마음의 상처들을 바라봐주는 것이 먼저입니다. 따뜻한 시선과 연민의 마음으로요. 이 과정을 거치지 않고 다이어트를 하면 절대 살도 빠지지 않고 자책만 늘어납니다. 윤정 씨를 비롯해 다이어트 죄책감에 시달리는 분들은 이미 다 지난 일이라서 유년기의 일들을 굳이 돌아보고 싶지 않다고 합니다. 그러나 어린 시절의 정서적 허기는 쉬이 채워지지 않습니다. 단 음식들이 잠깐의 위로와 지루한 시간을 달래주는 친구가 되어줄 수는 있어도 죄책감 속에서 빠져나오게 도와주진 못합니다. 따라서 체중이 아니라 내 감정에 집중해야 계속해서 다이어트에 빠지게 하는 진짜 문제와 만날 수 있습니다.

애정결핍러

날씬해지면 날 사랑해주겠지

"살만 빠져도 지금보다 삶이 훨씬 좋아질 것 같아요. 아니, 여기서 안 찌기만 해도 지금보다는 기분이 나아질 거 같아요."

상담을 하면서 숱하게 듣는 말입니다. 지선 씨도 이런 말을 반복했습니다. 아주아주 지친 표정으로요.

자꾸 살 빼야 한다는 이야기만 하는 지선 씨의 말을 끊고, 저는 최근 살 외에 다른 스트레스 요인은 없었냐고 물어보았습니다. 그러자 지선 씨는 얼마 전 남자친구와 헤어졌다고 털어놓았습니다. 하지만 이내 그 문제는 생각해봤자 마음만 힘들어지니 덮어두고 신경 쓰지 않으려고 노력하고 있으며, 평소에도 잘 생각하지 않는다고 덧붙였죠.

그런데 잘 들어보니, 지선 씨는 남자친구와 헤어진 후로 살찌는 것에 대한 두려움과 다이어트 강박이 더 심해졌습니다. 생각했던 것보다 많이 먹었을 때는 다음 날 몸무게가 불어나 있을까 봐 큰 두려움에 떨며 잠도 제대로 이루지 못했죠. 그래서 이번엔 마음먹고 다이어트를 하겠다며 냉동 다이어트 도시락을 무려 두 달 치나 주문해두었다고 했습니다. 당분간은 그것만 먹으면서 혹독하게 살을 빼기로 했다는 지선 씨를 보자 걱정이 깊어졌습니다. 상담을 와서 지선 씨가 다이어트를 안 하고 있다고 한 적은 단 한 번도 없었으니까요.

마르기라도 해야 버림받지 않을 거란 마음

지선 씨는 지금 자신을 제일 괴롭히는 스트레스 요인은 오로지 체중뿐이라고 믿고 있었습니다. 그래서 살만 빼면 행복은 무조건 따라오리라 확신하고 있었죠. 그런데 이런 믿음은 사실 스트레스 상황에서 더 강해집니다. 왜 그럴까요?

많은 분들이 다이어트 강박과 스트레스 상황, 이 두 가지를 잘 연결하지 못합니다. 학업 스트레스, 대인관계 스트레스, 진로 문제, 경제적 불안은 우리에게 크고 작은 좌절과 분노 등 여러 부정적 감정들을 느끼게 합니다. 어떤 문제는 쉽게 해결되기도 하지만 어떤 것들은 아무리 노력해도 내 뜻대로 되지 않을 수 있습니다. 또 시간이 한참 지나야 해결되는 문제들도 있을 것입니다. 이 중에서도 대인관계 문제는 가장 해결이 어려운 문제입니다. 나의 노력 여하가 가장 미치지 않는, 타인의 감정과 관련되어 있기 때문입니다.

여러분도 많이 경험해보셨을 거예요. 내가 뭔가를 원한다고 상대가 그걸 곧이곧대로 주지는 않았던 일이나, 내가 A를 원해서 먼저 A에 버금가는 무언가를 주었지만 상대는 A는커녕 아무것도 돌려주지 않았던 일들 말입니다. 때로는 나에게 못 미친다고 생각한 친구가 훨씬 더 잘나가게 됐을 때 느끼는 질투심, 매일 만나는 가족들 사이에서 어쩐지 외따로 떨어져 있는 듯한 소외감, 가까웠던 이들의 배신에 가까운 비난과 힐난에 마음이 다치는 일도 있었을 것입니다.

이렇게 타인의 태도나 말 때문에 나의 감정이 쉽게 움직이는 경험이 쌓이면, 그때부터 우리는 다이어트에 집착하게 됩니다. 왜냐하면 내가 계획하고 노력한 만큼 결과가 나오지 않는 타인의 애정과 달리 다이어트는 노력한 만큼 결과가 나온다고 생각하기 때문입니다.

뿐만 아니라 타인의 애정을 갈구해 다이어트에 집착한 분들은 노력해서 살을 뺐다는 것보다 다른 사람들이 칭찬해주고 관심을 주는 데서 더 큰 만족감을 느낍니다. 살을 뺐더니 사람들의 태도도 더 부드러워진 것 같고 나를 더 아껴주는 것 같다는 생각을 하게 되고요. 거기서 나오는 희열과 기쁨을 한번 맛보면 절대 잊을 수가 없습니다. 그러다 보니 점점 대인관계에서 스트레스를 받을 때마다 다이어트를 마치 만병통치약처럼 생각하게 됩니다. 그리고 진짜 문제는 다이어트 뒤로 숨겨버립니다.

그런데 이렇게 진짜 스트레스 요인은 회피하고 다이어트에서 해결책을 찾으려고 하면 어떻게 될까요? 그 결과는 몸을 망치는 다이어트

뿐입니다. 사람은 한번 태어난 이상 죽을 때까지 각각 짊어지고 가는 인생의 문제들이 있습니다. 이 문제들을 해결해나가면서 모난 성격이 다듬어지기도 하고 나를 보호하고 지키는 방법, 마음의 상처를 보듬는 방법과 같은 많은 지혜를 배워나가죠. 물론 이 과정을 견디고 내 마음과 마주하는 것은 힘든 일입니다. 사람은 되도록 아프고 힘든 마음들을 피하고 싶은 욕구가 더 크기 때문입니다.

하지만 삶의 진짜 문제를 해결하기 위한 방법은 다이어트가 아닌 바로 진정한 나 자신을 알아가는 데 달려 있습니다. 내 마음이 지금 진정으로 무엇을 느끼고 있는지, 무엇을 원하고 있는지 말입니다.

저는 지선 씨에게 다이어트보다 더 중요한 것은 헤어진 남자친구에 대한 감정을 돌아보고 제대로 정리하는 것이라고 말해주었습니다. 덮어두고 잊고 있다고 했지만, 사실 지선 씨에게 이 일은 굉장한 스트레스를 주었습니다. '남자친구랑 어차피 헤어질 줄 알았다'는 말도 실은 남자친구의 애정을 늘 갈구해오던 불안을 방어하기 위해 스스로를 다독이던 말과도 같았죠. 제 말에 지선 씨는 처음엔 부인하다가 조금씩 마음을 열고 내면을 돌아보았습니다.

"남자친구와 사귀면서도 제가 살이 찌면 남자친구가 헤어지자고 하지 않을까 불안했던 것 같아요. 전 이전 연애에서 늘 을의 입장이었거든요. 전부 차이면서 관계가 끝나기도 했고요. 그런 일들이 쌓이면서 저 스스로를 못난 사람이라 생각하지 않았나 싶어요. 그러다 보니 살을 빼서 몸매라도 예뻐야 남자친구가 날 버리지 않을 거란 착각을 했던 거고요. 네, 그랬던 것 같아요."

타인의 애정이란 참 얄팍합니다. 그런데도 우리는 그 얄팍한 것에 휘둘리다가 끝내 다이어트 감옥에 스스로 들어갑니다.

혹시 모든 문제들이 전부 살 때문이라고 생각하나요? 살만 빼면 모두가 날 좋아할 거라고 생각하나요? 만일 '네'라는 답을 한다면, 한 번쯤은 내가 다이어트 중독을 넘어 식이장애로 발전하고 있는 것은 아닌지 체크해봐야 합니다. 그리고 살에 대한 강박들이 나의 심리적 고통을 틀어막고 있는 것은 아닌지 돌아봐야 합니다. 스스로에게 이런 질문을 던져보세요.

다이어트에 성공했을 때 사람들이 보내준 인정과 칭찬이 나를 진정 행복하게 해주었나? 그 행복은 얼마나 지속되었나?

이 질문에 대한 답을 통해 타인의 애정을 다이어트로 구하려 하는 것이 얼마나 잘못된 일인지를 알 수 있을 것입니다.

무한 외모 콤플렉스

예뻐지면 내 삶도 술술 풀릴 거야

저를 찾아오는 내담자분들은 대부분 안 해본 다이어트가 없습니다. 원푸드 다이어트, 황제 다이어트, 간헐적 단식까지 유행 따라 뜨고 지는 다이어트를 얼리어댑터처럼 가장 먼저 해보죠. 거기에 살 빠지는 약도 먹어보고, 성형이나 지방흡입은 기본으로 따라오는 옵션입니다. 체중을 급히 무리하게 빼면 요요가 쉽게 생기다 보니 어쩔 수 없이 여러 보조 수단을 찾을 수밖에 없습니다. 최근 들어서는 유튜브에 성형 후기가 많이 올라오는데요. 그 영상들에 혹해서 성형을 하는 경우도 많습니다.

오랫동안 외모 콤플렉스 때문에 다이어트 중독에 빠져 있던 민아 씨도 그랬습니다. 상담을 진행하던 중 어느 날 갑자기 성형을 하고 온 그녀는 이렇게 말했죠.

"성형이 나쁜 것만은 아니라 생각해요. 이번에 성형을 하고서 외모 콤플렉스에서 벗어났고 내적으로도 정말 많이 성장했거든요. 주변의 시선이 달라지면서 제 자존감도 많이 올라갔어요."

민아 씨는 성형한 걸 절대 후회하지 않는다고 거듭 말했습니다.

이렇게 수많은 다이어터들이 다이어트 보조 수단이나 성형을 선택하는데요. 그 이유는 살이 빠지고 외모가 더 예뻐지면 자신의 모든 문제가 해결될 거란 믿음이 있기 때문입니다. 이 믿음은 점차 나의 몸과 얼굴이 획기적으로 달라졌으면 좋겠다는 바람으로 바뀌어갑니다. 아주 빠른 속도로 말이죠.

제가 내담자분들께 정말 많이 받는 질문이 있습니다.

"한약을 두 달만 먹으면 살이 빠진다는데 먹어도 될까요?"

"코를 좀 높이면 체중에 덜 집착하게 되지 않을까요?"

글쎄요. 잔인하게 들릴지 모르지만 한약을 먹고 살을 뺀다고, 성형해서 예뻐진다고 달라지는 건 아무것도 없습니다. 물론 이전보다는 조금이나마 내가 더 예쁘게 보이고 살이 빠져서 만족감은 들 수 있습니다. 하지만 그러한 심리적 만족감은 정말 아주 잠시뿐입니다.

실제로 성형 후 자존감이 회복되고 이제 뭘 해도 잘 풀릴 것 같다 말했던 민아 씨 역시 얼마 지나지 않아 다시 원래대로 돌아갔습니다. 크게 틔운 눈과 오뚝하게 올린 코가 주는 만족은 금세 사라져버렸죠. 오히려 전보다 더 심한 부정적 감정들과 자기비난이 몰려와 당황하다가 결국 다시금 다이어트라는 쳇바퀴 위에 오르게 되었습니다.

계속해서 다이어트에 집착하고 외모에 집착하며 이런저런 다이어트 방법을 다 시도해보는 다이어트 중독자들은 끝끝내 만족을 얻지 못합니다. 스스로를 바라보는 부정적 시선이 살을 뺀 순간, 성형한 그 잠깐 순간에는 사라지지만 이내 다시 부족한 부분으로 눈을 돌리게 되기 때문입니다. 어디를 어떻게 고치든, 어디를 얼마나 빼서 말라졌든 간에 자기를 아름답게 볼 수 있는 힘이 없으니 영원히 자기 안의 아름다움을 찾지 못합니다. 또한 분명 더 나아질 거란 믿음으로 큰 결심을 하고 거금을 들여 몸에 칼까지 댔는데 다시 원점으로 돌아갔으니 '나는 온갖 노력을 다 해도 좋아질 수가 없는 구제불능이다' 하는 자기비난도 심해집니다.

나는 왜 외모에 집착하게 되었을까?

계속해서 다이어트에 집착하고 보조제 복용과 시술, 성형을 반복하고 있다면, 가장 먼저 해야 할 건 모든 시도를 끊는 일입니다. 잠시만 거울을 벗어나세요. 그리고 내가 왜 그토록 몸매와 얼굴 같은 외적인 부분에 집착하게 되었는지를 생각해보기 바랍니다. 그 집착이 정말 나를 위한 것인가요? 만약 남에게 인정받고 싶어서 생긴 집착이라면, 타인의 인정이 왜 그토록 나에게 중요한 문제가 되었나요?

명확하게 답을 내기 힘든 분도 있겠죠. 타인의 인정이 중요한 건 알지만 그 이유를 모르는 분도 있겠고요. 사실 그건 여러분의 어린 자아가 겪었던 과거의 일들 때문일 겁니다. 그 지점까지 가닿기는 쉽지 않죠. 우선은 내가 남의 인정을 위해 외모 콤플렉스에 빠졌고 그 무한의 굴레에서 벗어나지 못하고 있다는 걸 아는 게 중요합니다. 그래야 다른 사람의 눈이 아닌 자신의 눈으로 스스로를 바라보는 일이 가능해집니다. 그렇게 나는 부족한 사람이라는 왜곡된 믿음이 사라지면, 그다음은 그 자리에 무엇을 채우고 싶은지 생각할 수 있습니다.

지금껏 40kg대에 55사이즈를 언제나 유지하는 사람, 얼굴이 갸름해서 어떤 각도로 찍어도 인생샷이 나오는 사람이 꿈이었다면 이젠 마음의 꿈도 생각해보세요. '스스로를 부족하지만 괜찮은 사람이라고 생각했으면 좋겠다'거나 '내가 어떤 모습이어도 진심으로 사랑할 수 있으면 좋겠다'와 같이요. 이제 100세 시대라고 하죠. 그런데 저체중을 유지하고 외모를 늘 가꾸는 것이 죽을 때까지 이루고픈 인생의 목표라면 어떻게 될까요? 평생 다이어트에 족쇄를 차고 조금만 살이 쪄도 나 자신을 미워하는 것에 에너지를 쓰게 될 겁니다.

환상 속의 그녀

말랐을 때의 나를 되찾아야 해

흔히들 식이장애로 상담을 받는 사람은 다이어트에 성공한 경험이 없을 거라고 생각하는데요. 오히려 그 반대인 경우가 많습니다. 저는 그동안 내담자분들로부터 매우 비슷한 다이어트 히스토리를 들어왔습니다. 다들 처음에는 영양소를 충분히 챙기고 운동을 꾸준히 하면서 건강이 상하지 않게 다이어트를 했고 실제로 목표로 한 성공을 이루어 냈지만, 한번 몸무게 숫자가 줄자 더 욕심이 생겨서 나중에는 다소 무리하게 살을 뺐습니다. 하루에 섭취하는 칼로리를 1의 자리까지 계산해서 하루 800kcal를 넘지 않게 하고 매일 2~3시간에 이르는 운동을 했죠. 그렇게 살을 빼자 주변에서 "너 진짜 예뻐졌다"고 칭찬을 해줬고 어떤 분들은 연애도 시작했습니다. 이때까지만 해도 자신감이 올라서, 몸은 고되어도 삶의 질은 올라간 느낌이었다고 합니다.

그런데 시간이 조금 지나면, 어느 날 폭식이 찾아옵니다. 낮 동안 조금이라도 힘든 일이 있었으면 밤이 되어 뭔가 먹게 되었던 것이죠. 하지만 어떻게 뺀 살인가요? 뱃가죽이 등에 달라붙는 심정을 견디며 뺀 살입니다. 단 1kg도 다시 찌는 걸 용납할 수 없습니다. 이쯤 되면 몇몇 분들은 먹자마자 억지로 구토를 했습니다. 또 몇몇 분들은 씹고 뱉기를 하셨고, 변비약이나 이뇨제, 다이어트약을 드시는 분도 있었습니다. 잠도 안 자고 공원을 몇 바퀴나 달린 분도 있었습니다. 이러한 행동들을 식이장애에서는 '제거행동'이라고 합니다. 제거행동을 할 정도로 살에 대한 강박이 심해지면, 이상하게 살은 빠지지 않고 1kg에 일희일비하며 불안 속에 빠지게 됩니다.

이 불안이란 감정에서 빠져나오기는 매우 어렵습니다. 왜냐하면 '다이어트에 성공했던 나'라는, 스스로 정해둔 환상 속의 그녀가 계속 떠오르기 때문입니다. 과거 살을 쫙 빼고 자존감이 높아진 경험(사실 진짜 자존감이 올라간 게 아님에도)이 있는 분들은 그때의 자신을 절대 잊지 못합니다. 오히려 본인을 더 옥죄는 존재가 되죠. '그렇게 독하게 살을 뺀 경험이 있는데 한 번 더 못 할 게 없잖아?'라는 생각 때문에 다이어트를 포기할 수 없습니다. 그렇게 손에 닿을 듯 닿지 않는 과거의 자신을 갈구하며 불안의 구덩이는 더욱 깊어만 갑니다.

환상 속의 그녀를 정해두고 그 이상형에 닿기 위해 가짜 다이어트를 반복하는 유형에는 또 다른 형태도 있습니다. 좋아하는 여자 연예인의 몸무게를 목표로 잡고 끝없이 노력하는 것입니다. 많은 다이어트 전문가들이 되고 싶은 나의 모습을 실제로 설정하라고 조언합니다. 동기 부여가 잘된다는 이유인데요. 다이어트 중독에 빠져 있지 않은 분들에게는 맞는 말이겠지만, 그렇지 않은 분들에게는 독이 될 수 있습니다. 본인의 타고난 체질을 무시하고 매체에서 본 아주 마른 연예인의 모습만을 동경하기 때문입니다.

사람에게는 저마다 유전적으로 유지해야 하는 지방량이 있습니다. 이를 '지방량의 세트 포인트'라고 하는데, 이로 인해 아무리 살을 빼도 일정 정도 다시 요요가 오는 것입니다. 임계체중(critical weight)은 이 지방량의 세트 포인트에 의해 유전적으로 꼭 도달해야 하는 체중입니다. 임계체중보다 체중이 내려가면 월경이 멈추고 기운과 집중력이 떨어지는 등 실질적인 신체 문제가 나타납니다. 한마디로 건강을 위해 지켜야 하는 체중이죠. 그렇기 때문에 무작정 아이돌처럼 47kg이 되려고 해서는 안 됩니다. 그 아이돌 가수에게는 47kg이 문제가 안 될 수 있지만, 여러분에게는 건강에 위해가 되는 체중일 수 있습니다. 게다가 신장 차이가 나는 경우엔 단순히 몸무게 숫자만 따라 하다가 심각한 건강 문제를 겪을 수 있습니다.

소연 씨 역시 이런 강박이 있었습니다. 소연 씨는 사춘기 때부터 여자는 50kg을 넘어서는 안 된다는 생각을 했다고 합니다. 성인이 된 후에도 여자가 50kg대면 게을러 보이고 살쪘다고 무시만 당한다고 생각했죠. 그녀의 이상형은 작은 체구로 유명한 모 여자 아이돌이었습니다. 그 여자 아이돌의 온라인 프로필상 몸무게는 43kg, 소연 씨는 그 숫자를 늘 떠올리며 매일 체중계에 올랐습니다. 그러나 과거 경험 등을 토대로 알아본 소연 씨의 임계체중은 63kg이었습니다. 소연 씨의 환상 속 '정상 여성'은 50kg 미만이어야 하는데 본인의 몸은 60kg을 넘어야 하니 환상과 현실 사이에 괴리가 생기고 말았죠. 심지어 극심한 다이어트를 오래 해오며 50kg 이하로 몸무게가 떨어지고부터는 폭식, 구토가 생겼고 충동도 잘 못 조절하게 되었습니다.

그렇게 소연 씨의 일상은 음식과 다이어트에 지배당하고 있었습니다. 하지만 소연 씨는 괜찮다고 말했습니다. 어쨌든 자신이 정한 몸무게 50kg보다 적게 나가니 어느 정도 자신감이 생겼기 때문입니다. 이 자신감이 그리 좋은 자신감이 아니라는 건 여러분도 아시겠죠?

나와 동떨어진 '관념적인 몸'이 불러오는 식이장애

무리하게 식욕을 눌러 특정한 몸이나 체중에 나를 맞추는 다이어트는 생리적으로 폭식을 불러일으킵니다. 우리 몸은 살아 있는 유기체이기에 생존을 위해 일정량의 칼로리가 필요하기 때문입니다. 더군다나 바라는 몸매가 되면 자존감이 높아질 거란 기대로 다이어트를 했다가는, 실패했을 때 배에 달하는 좌절감을 겪게 됩니다. 예민해진 상태로 인해 '나는 부족한 인간이야', '나는 사랑받을 자격이 없어'라는 자기비난에도 시달리게 되죠. 결국 자신에 대한 부정적 믿음을 날씬한 몸으로 해결하려다 무리한 다이어트를 이어가는 악순환에 갇히고 맙니다.

'관념적인 몸'에 집착하는 게 무서운 이유입니다.

내가 되고 싶은 체중을 달성하면 심리적으로는 일시적이라도 안정될 수 있습니다. 다만 뇌신경 생리학적으로는 불안정해집니다. 반면 그 체중을 넘겼을 땐 몸에 대한 불만족 때문에 심리적으로 불안정해지지만, 대신 뇌신경 생리학적으로는 안정감을 느끼게 됩니다. 여기서 선택이 필요하죠. 일시적 심리 안정을 위해 임계체중에 가까운 몸을 유지하느냐, 일상의 안정을 위해 이상향의 몸무게를 포기하느냐. 어떤 선택이 옳을지는 누가 봐도 알 것입니다. 하지만 이미 다이어트라는 늪에 빠진 분들에게 후자를 선택한다는 건 너무 어려운 일입니다.

우선 머릿속에 그린 이상향을 조금 바꿔보는 건 어떨까요? 구체적인 숫자의 몸무게를 지정하지 말고, 타고난 몸매를 지닌 연예인을 동경하지 말고, 말랐던 과거의 나를 기억하지 말고 지금의 내가 될 수 있는 건강한 나를 그려보는 겁니다. 그래야 실제로 체중도 줄고 기분도 좋은 다이어트를 할 수 있습니다.

또 하나, 내가 꿈꿔온 다이어트 후의 나는 정말 내가 바라는 모습인지도 생각해보세요. 그 모습이 정말 '내가' 되고 싶어서, '내가 보기에' 완벽해서 이상향이 된 건가요? 아니면 '주변 사람들'이 그 모습을 가장 아름답다고 칭찬하길래 이상향으로 삼은 건가요? 타인의 평가에 맞추어 잡은 이상향은 당연히 내게 어울리지 않습니다. 수많은 대중이 사랑하는 연예인을 부러워하기보다 스스로 나를 사랑하는 법을 찾아야 합니다. 그래야 진정 건강하고 행복한 다이어트를 할 수 있습니다.

씹고 뱉는 자

굶는 것보다 괜찮겠지

"아침엔 주로 요거트와 과일을 먹고요. 점심은 회사 가는 날엔 닭가슴살 샐러드와 고구마를 싸 가고 주말엔 샐러드만 먹는 편이에요. 저녁은 달걀이나 고구마, 견과류 같은 거 간단히 먹어요. 가끔 저녁 약속이 있으면 밥을 먹긴 하는데 되도록 적게 먹으려고 노력하죠."

"먹는 양이 매우 적네요. 근데, 상담 요청 메시지에 보니까 중간중간 씹고 뱉는 경우도 있으시다고요?"

"네. 살찔 것 같아서 그냥 맛만 보고 뱉어요. 토하는 건 무서워서 못 하겠거든요. 그래서 조금 먹다가 뱉을 때가 많아요."

"한번 식사할 때 뱉는 횟수는 몇 번 정도시죠?"

"거의 5~6번 정도요."

"그러시군요. 그런데 오히려 씹고 뱉는 방법이 식욕을 더 증폭시켜서 장기적으론 다이어트를 방해하게 돼요."

"아… 그렇지만 씹고 뱉는 게 폭식하는 것보단 낫지 않나요?"

경자 씨와의 첫 상담 내용입니다. 경자 씨는 나이도 어린 편에 속했고 매우 마른 몸매를 유지 중이었습니다. 그럼에도 매일 식단을 철저히 관리하고 있었죠. 다만 요즘 들어 몸이 많이 약해졌는데 그럼에도 불구하고 자꾸 먹는 일이 어려워져 저를 찾아왔습니다.

경자 씨는 위가 가득 찬 느낌이 너무나 싫다고 했습니다. 마치 죄를 짓는 기분이라고 했죠. 그래서 처음엔 먹는 양을 줄였고 나중에는 씹기만 하고 삼키지 않았습니다. 어떤 맛인지 느끼기만 하고 뱉은 것입니다. 경자 씨는 씹고 뱉기가 최고의 다이어트 방법이라고 생각했습니다. 식욕은 충족하면서 체중은 늘지 않으니까요. 또 폭식 후 구토를 하는 것보다 이 방법이 훨씬 안전하다는 인식을 하고 있었습니다.

씹고 뱉는데 왜 살이 찔까?

'씹고 뱉기(chewing and spitting)'란 말 그대로 음식을 삼키지 않고 씹기만 한 후 뱉는 행동을 말합니다.[1] 이 개념을 처음 접하신 분들은 '아니, 왜 음식을 씹고 뱉지?' 하고 이해를 못 하실 수도 있습니다.

---

1 씹고 뱉기는 원래 DSM-IV-TR(정신질환 진단 및 통계편람)에서 달리 분류되지 않는 식이장애 증상 중 하나였습니다. 그런데 이것이 2013년 DSM-5로 개정되면서 명시되지 않는 급식 또는 섭식장애로 한데 묶여 항목이 사라졌습니다. 그러나 씹고 뱉기는 명백히 식이장애 증상입니다.

그러나 연구에 따르면 식이장애 내담자들의 약 20퍼센트에서 씹고 뱉는 행동이 나타났다고 합니다.[2] 이들은 경자 씨처럼 다이어트 방법의 하나로 씹고 뱉기를 해보다가 습관이 되었거나 위에 무언가 들어가는 자체에 죄악감을 느껴 무의식적으로 씹고 뱉게 된 경우 등 다양한 경로로 씹고 뱉기를 하는데, 대부분은 극심한 다이어트 중독에 시달리고 있었습니다. 이렇게 흔한 증상임에도 씹고 뱉기에 대한 연구는 대단히 적은 편입니다. 게다가 씹고 뱉기는 일상생활 중에 잘 드러나지 않습니다. 그래서 상황이 심각해질 때까지 누구 하나 그 위험을 지적해주기가 힘듭니다.

그런데 정말 씹고 뱉으면, 어쨌든 위에 음식이 안 들어가니 소화도 안 되고 흡수할 것도 없으니까 살이 빠질까요? 아닙니다. 생쥐의 위장에 관을 삽입하여 먹은 음식이 위장 이하로 내려가지 못하도록 하는 실험에서, 생쥐들은 관이 없었을 때보다 있을 때 섭취량이 두 배 증가했고 시간이 지남에 따라 섭취량은 더욱 늘어났습니다.[3]

사람의 씹고 뱉기도 이와 유사합니다. 음식이 위장에 도달하는 자극은 포만감을 가져와 섭취 욕구를 조절하는 역할을 하는데 이러한 포

---

2 Youn Joo Song&Jung-Hyun Lee&Young-Chul Jung, 〈Chewing and spitting out food as a compensatory behavior in patients with eating disorders〉, 《Comprehensive Psychiatry》

3 Klein D.A&Smith G.P, 'Animal Models of Eating Disorders', 〈Sham Feeding in Rats Translates into Modified Sham Feeding in Women with Bulimia Nervosa and Purging〉, 《Neuromethods》, 2013, pp 155-177

만감을 느끼지 못하면 욕구조절이 안 돼 오히려 음식에 대한 갈망이 커집니다. 그래서 씹고 뱉는 행위는 욕구만 충족시킬 수 있는 안전한 방법이 아니라 오히려 욕구를 증폭시켜 더 심각한 식행동 문제를 부르는 원인이 됩니다. 실제로 한 연구에서는 식이장애인 중 씹고 뱉기를 하는 분들의 증상이 더욱 심각한 편이며 신체에 대한 인식도 왜곡되어 있음을 밝혀내기도 했습니다.[4]

씹고 뱉기는 다이어트 방법이 아닙니다. 아니, 다이어트 방법이 될 수 없습니다. 만일 씹고 뱉기 증상이 통제 범위를 벗어났을 정도로 심해졌다면 반드시 전문적 도움을 받아야 합니다. 경자 씨도 거듭된 상담 후에야 씹고 뱉기를 할 때 항상 감정 기복에 시달리고 있었음을 깨달았죠. 다른 잘못된 다이어트들과 마찬가지로 씹고 뱉기 역시 드러난 증상을 교정하는 게 아니라 그 행동이 촉발된 감정과 심리적 문제에 초점을 맞추어 오랫동안 살펴볼 필요가 있습니다.

씹고 뱉기는 자신을 해하고 건강한 다이어트를 방해하는 적임을 명심하세요.

---

4 Dora Kovacs&Jennifer Mahon&Robert L. Palmer, 〈Chewing and spitting out food among eating-disordered patients〉, 《International Journal of Eating Disorders》, 2002

대리만족 갈구자(Feat. 먹방)

나 대신 저 사람이 먹어주잖아

현서 씨는 학창 시절 내내 통통과 뚱뚱 사이를 왔다 갔다 했습니다. 인성 나쁜 친구들에게 놀림도 많이 받았는데요. 짓궂은 남자애들이 '씨름 선수하면 잘하겠다' 하고 비웃거나 안 친한 여자애가 마른 친구와 비교하며 '네가 밀면 쟤는 완전 쓰러지겠다' 하는 등 몸에 관한 많은 말을 들었습니다. 부주의한 선생님도 한몫해서, 반에서 힘쓰는 일이 생기면 현서 씨를 부르기 일쑤였습니다.

그렇게 현서 씨의 오랜 다이어트는 고등학교를 졸업할 무렵 시작되었습니다. 날 무시한 사람들에게 복수하겠다는 독한 마음으로 굶으며 운동하자 살이 쑥쑥 빠지기 시작했습니다. 그러자 갑자기 현서 씨를 대하는 주변 사람들의 행동이 달라졌습니다. 말도 부드럽게 해주고 힘든 일에서도 빼주고 무슨 일이든 좋게 봐줬죠. 한번 달라진 대우를 받자 현서 씨의 욕심은 점차 커졌습니다. 살을 더 빼고 싶어졌죠.

하지만 어느 체중에 도달하고부터는 몸무게가 영 내려가질 않았습니다. 하는 수 없이 현서 씨는 억지로 구토까지 했습니다. 그제야 체중계 숫자가 내려가기 시작했죠. 현서 씨는 주변에서 해주는 칭찬을 잊지 못해 다이어트를 놓지 못했습니다. 그러다 결국 임계체중에 도달하게 되었습니다. 불면증에 종일 기운이 없었으며 때로 멍하니 정신을 빼놓고 지내는 시간이 많아졌습니다. 기억력도 나빠졌고 뭘 해도 흥이 나질 않았습니다. 여전히 먹는 건 샐러드와 과일뿐이었고 가끔 회식을 가서 뭐라도 먹었다면 집에서 전부 토해냈습니다.

그러던 어느 날, 현서 씨는 유튜브에서 먹방 영상을 보게 됩니다. 아주 날씬하고 아름다운 여자 유튜버가 책상이 넘칠 듯 많은 음식을 앉은 자리에서 다 먹어 치우는 영상이었죠. 영상의 처음부터 끝까지 유튜버는 질리는 기색이나 배부른 기색도 없이 아주 맛있게 음식을 먹었습니다. 현서 씨는 뭐에 홀린 사람처럼 그날부터 수많은 먹방 유튜버의 먹방 영상을 섭렵했습니다. 특히 유튜버가 날씬한 여성인 채널 위주로요. 그렇게 먹고도 날씬한 몸을 유지하는 게 부럽기도 하면서 한편으로는 나 대신 저 사람이 먹어주니 다행이란 생각을 했습니다. 현서 씨는 먹방이 대리만족을 시켜줘 살도 안 찌고 기분은 나아지게 해준다며 먹방 다이어트를 시작합니다.

먹방 대리만족 다이어트는 초반엔 효과가 좋았습니다. 먹고 싶은 욕구를 영상으로 대체해 스트레스는 줄이고 체중도 늘지 않게 유지할 수 있었죠. 그런데 시간이 흐를수록 현서 씨는 조금씩 몸과 마음이 아프기 시작했습니다. 먹방 영상을 볼 때는 괜찮았는데 보고 난 다음에 기분이 극도로 나빠진 것입니다. 게다가 자꾸 식욕을 억제했더니 위장 장애에 변비, 혈액순환 문제 등이 나타났습니다.

현서 씨와 상담자와 내담자로 만났을 때는 현서 씨도 먹방 대리만족 다이어트가 뭔가 잘못되었다는 것을 알아챈 때였습니다. 이미 몸과 마음이 많이 상해서 도무지 자기는 객관적으로 자신의 상태나 문제를 고치기 어렵다며 도움을 요청했죠. 저는 현서 씨의 이야기를 들어주며 우선 학창 시절 나쁜 친구들 때문에 상처받은 사춘기 현서 씨를 위로해주었습니다. 그때의 감정이 아직도 남아 있어 현서 씨의 건강한 식행동을 방해하고 있었으니까요.

먹방이 무의식에 남기는 상처

다이어트를 얘기하며 빼놓을 수 없는 주제가 바로 '먹방'입니다. 지금은 먹방이 넘쳐날 정도이지만 몇 년 전까지만 해도 먹방은 사실 생소했습니다. 폭식 수준을 넘어서서 일반인이 상상할 수 없을 정도로 엄청난 양의 음식을 먹는 것을 보고 대리만족을 한다니, 이게 콘텐츠라고 할 수 있는 걸까 하는 의문까지 따라붙었죠. 하지만 이제 먹방은 많은 이들이 즐기는 영상 콘텐츠이자 다이어터들의 필수템이 되었습니다. 왜 먹방이 다이어트 필수템이 되었을까요?

마른 몸이 미의 기준이 되고, SNS가 발달하면서 사람들은 자신의 몸을 온라인상에 자랑하기 시작했습니다. 온라인에는 예쁘고 마른 여성과 탄탄한 근육에 훤칠한 남성들만 존재하게 되었죠. 다이어터들은 현실의 나와 그들을 비교하지 않을 수가 없었습니다. 또한 디지털 환경이 빠르게 발전하면서 이제 사람들은 정보를 텍스트가 아닌 이미지와 영상으로 검색하고 배우게 되었습니다. 특히 태어날 때부터 디지털 환경에 노출된 1990년대 중반~2000년대 초반 출생의 Z세대는 모든 정보를 텍스트가 아닌 이미지와 영상으로 검색해 보며 더욱 외적인 것에 관심을 갖게 됩니다. 이러한 변화들이 몸에 대한 열광을 더욱 부추기게 되었습니다. 우리 모두 내면을 성찰하고 자기 자신에 대해 깊이 있게 생각할 기회보다 다른 이의 삶과 몸을 관찰하고 평가할 기회가 훨씬 많아진 환경에 놓인 겁니다.

손안의 스마트폰은 경계 없는 소통을 만들어주기도 했지만 면대면 소통을 앗아가면서 내적 결핍을 만들어냈고 이 역시 몸에 대한 집착을 불러왔습니다. 우리는 보이는 것 외에도 가진 매력이 많습니다. 그건 반드시 대화를 해야만 알 수 있죠. 그러나 스마트폰으로 나누는 대화는 피상적이고 단편적입니다. 어떤 말을 쓰는지보다 그 옆의 셀카가 더 큰 의미를 지니죠. 그러다 보니 메신저나 SNS의 프로필사진이 무척 중요해져서 단 한 컷의 완벽한 프로필사진을 위해 또 외모에 매달리게 됩니다. 아무리 SNS 친구가 많아도 외로움이 사라지지 않는 이유입니다.

외모 지상주의에 빠진 사회 속에서 이상적인 몸매를 유지하기 위해서는 현서 씨처럼 먹는 걸 참아야 합니다. 그런데 알다시피 먹고 싶은 걸 참는 것만큼 괴로운 것도 없습니다. 이런 식욕을 참기 위한 여러 방법이 있었습니다. 식욕 억제제가 가장 대표적이죠. 어떤 내담자분들은 수면제를 먹고 잠들어버리기도 했습니다. 여기에 덧붙여 나온 게 먹방입니다. 내가 참고 있는 식욕을 다른 사람이 대신 먹는 소리로 채우는, 마치 돈을 아끼겠다며 공중에 굴비를 매달아놓고 바라보며 맛을 음미하는 행동 같은 것이죠. 그런데 먹방으로 대리만족하며 식욕을 참는 게 먹고 토하는 것보다 좋은 대체활동일까요?

저는 식이장애와 다이어트 강박이 있는 분들께 먹방 보는 것을 멈추라고 얘기합니다. 다 그런 건 아니지만 대체로 먹방을 찍는 분들은 날씬한 편입니다. 아무리 먹어도 날씬한 몸매를 유지하는 경우가 많죠. 그 모습은 무의식중에 자극이 됩니다. '저 사람은 저렇게 많이 먹고도 살이 안 찌는데 나는 왜 조금 먹어도 살이 찌지?'라는 자괴감이 마음속에 자라나는 겁니다. 의식하지 못하는 새에 계속 먹방 유튜버와 자신을 비교하며 '나는 못 먹는데 저 사람은 저렇게 많이 먹을 수 있잖아' 하는 비교가 이어지고 결국 계속 부정적 감정을 느끼게 됩니다.

또한 먹방이 유행하면서 함께 생긴 프레임이 있습니다. '많이 먹지만 마른 사람이어야 한다'는 것입니다. 잘 먹는 동시에 마른 여성은 뭔가 성격도 좋고 털털하지만 자기관리는 철저히 한다는, 새로운 사회적 미의 기준이 형성된 것입니다. 그런데 이 기준은 참 가혹합니다. 자기 일도 잘하고 성격도 좋으면서 많이 먹는데 마르기까지 해야 한다니 너무 많은 걸 기대하고 있죠. 게다가 먹방 유튜버들은 돈도 많이 벌고 팬도 많습니다. 점차 먹방 유튜버를 동경하게 되고 그와 자신을 비교하면서 나는 매력적이지 않다는 생각을 할 수밖에 없습니다. 이렇게 꼬리를 물고 가다 보면 결국 살찐 내 몸이 문제인 것처럼 느끼게 되고, 심한 죄책감과 함께 참을 수 없는 폭식 욕구에 휩싸이게 됩니다.

오해는 마세요. 먹방 자체가 문제라는 것이 아닙니다. 나 자신을 제대로 세우지 않은 채, 나를 잃어버린 채 먹방에 기대는 게 문제라는 것입니다. 공허함이나 결핍을 보이는 것으로만 채우려고 하다 보면, 실제 관계 안에서 누릴 수 있는 안정감이나 친밀감을 누릴 수 없습니다. 점차 내면만 곪아갈 뿐이죠.

먹방은 내가 진실로 느끼는 감정이 무엇인지를 잊게 만듭니다. 시각적 자극에 눌려 내면의 외침을 못 듣게 됩니다. 내가 무엇을 느끼는지, 어떤 감정인지, 좋아하는 건 뭔지, 어떤 삶을 살아가고 싶은지를요. 진짜 나 자신이 누구인지도 모른 채 다른 사람들의 삶을 바라보며 살아간다면 행복은 요원해집니다. 몸의 건강도 당연히 잃게 됩니다. 정말 중요한 것은 바로 나 자신입니다. 다이어트의 주체도 내가 되어야 합니다. 남이 먹는 걸 보면서 내 식욕을 채우려 하지 마세요. 배고픔을 느끼는 사람은 먹방 유튜버가 아니라 바로 여러분 자신입니다.

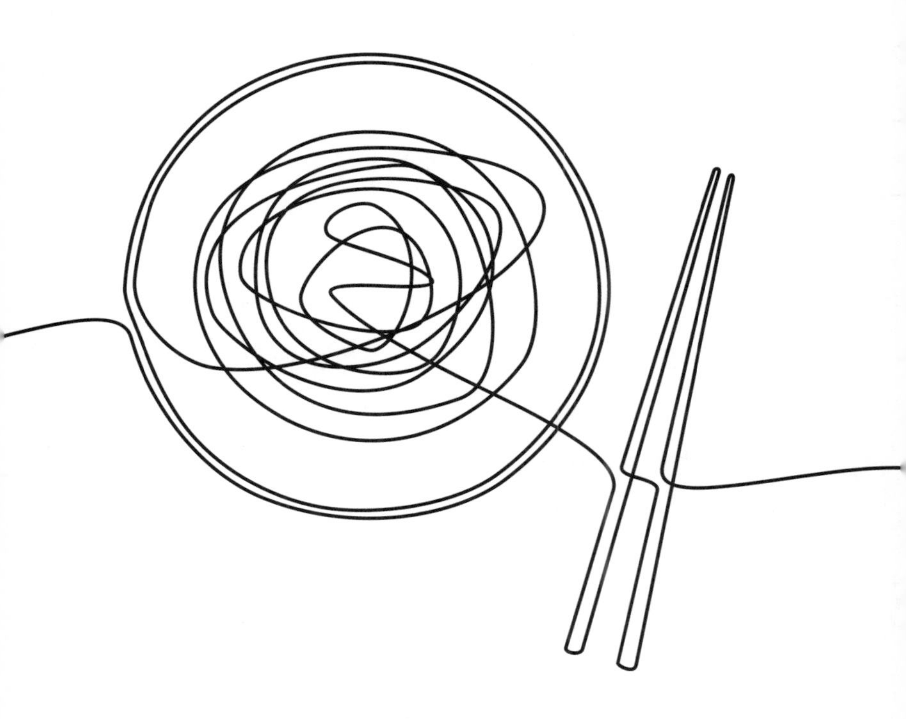

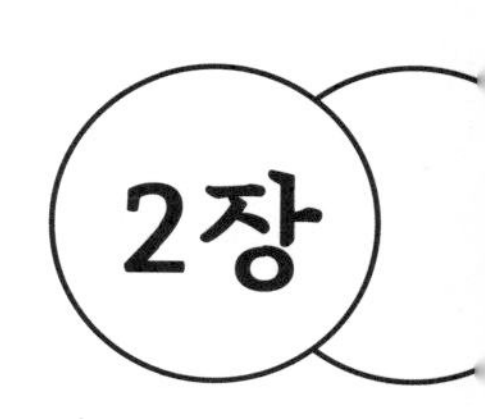

가짜 다이어트가 만든 가짜 문제

다이어트 강박은
진짜 문제를
가립니다

가짜 다이어트는 나의 일상을 방해합니다. 모든 문제의 원인이 오직 살, 체중, 몸에 있다고 생각해서 실패를 할 때마다 자기 탓을 하게 되죠. 그사이 정작 진짜 문제를 만드는 부정적 감정들은 알아차릴 수조차 없게 됩니다. 그렇게 가짜 다이어트는 전 세계 수많은 다이어터들에게 크나큰 죄들을 저질러왔습니다.

나의 자존감을 갉아먹은 죄

나에게서 '진짜 삶'을 앗아간 죄

고칼로리 음식은 입에도 못 대게 한 죄

친구들과의 저녁 약속을 전부 깨뜨린 죄

굶게 하여 몸에 필요한 열량을 빼앗은 죄

너무너무 배고픈데 혹독한 운동을 하게 한 죄

살 빼기 전까지 미팅도 못 하게 해 외롭게 만든 죄

신진대사율을 떨어뜨려 몸 안에 지방을 쌓게 한 죄

체중계 눈금 한 칸으로 내 기분을 오르락내리락하게 한 죄

살 빼기 전까지 수영장도 못 가게 해 여름을 심심하게 만든 죄

살 빼기 전까지 옷을 사지 못하게 해 패션테러리스트로 만든 죄

이상의 죄목 외에도 가짜 다이어트가 여러분에게 저지른 죄는 많을 겁니다. 그만큼 감정이 배제된 채 몸무게 하나에만 집착하는 가짜 다이어트는 우리 삶을 뒤흔듭니다.

지나친 다이어트가 지속되면 식이장애의 전조 단계인 역기능적 식습관이 나올 수 있습니다. 마요네즈에 설탕을 뿌리고 딸기잼을 섞어 마구 퍼먹는 등의 자극적인 식사들은 보통 사람이 보면 괴식이지만 잦은 폭식과 구토를 반복하여 맛을 느끼는 미뢰(맛봉오리)가 둔감해진 사람에겐 자연스러운 식사가 되죠. 이처럼 가짜 다이어트로 인해 생기는 이상 식습관과 증상에는 어떤 것들이 있는지 알아보겠습니다.

살찐 느낌

조금만 배가 불러도 살찔까 봐 불안해져요

"살찐 느낌 때문에 너무 괴로워요. 정해둔 하루치 먹을 양을 넘기면 미칠 것 같고 먹지 말기로 다짐한 음식을 먹고 나면 갑자기 제 몸이 두 배가 된 기분이에요. 과자 한 개만 집어 먹어도 살찐 느낌이 들어서 배를 만져보고 거울에 비춰보고… 살찐 느낌이 많이 드는 날은 길거리 다른 여자들하고 저를 쓸데없이 비교하면서 아주 땅굴을 파고들어요. 그래도 살찐 느낌은 영원히 사라지질 않아요."

특별한 이유 없이, 물만 마셔도 기분이 나빠져 극심한 우울을 겪고 있다며 저를 찾은 시연 씨. 하지만 이야기를 나눌수록 우울의 원인은 식사 후에 오는 살찐 느낌이라는 것을 알게 되었죠. 학창 시절부터 또래보다 덩치가 큰 편이라 계속 다이어트 인생을 살아온 시연 씨는 그 오랜 다이어트 역사만큼이나 오랫동안 '살찐 느낌'의 공격을 받아왔습니다. 시연 씨는 살찐 느낌만 느끼지 않을 수 있다면 몇 날 며칠을 굶어도 좋다는 생각까지 하고 있었죠.

저는 시연 씨와 조용한 상담실에서 깊은 대화를 나눴습니다.

"오늘도 살찐 느낌을 받으셨어요?"

(손에 든 커피를 보며) "사실 지금도 살찐 느낌을 느끼고 있어요…."

"그건 블랙커피인데요? 시럽도 안 들어갔어요."

"뭐가 되었든 먹으면 배가 부르잖아요. 배부른 느낌이 들고 나면 얼마 지나지 않아 바로 살찐 느낌이 들어요."

"혹시 지금 시연 씨의 기분은 어떤가요? 살찐 느낌이나 배부른 느낌 외의 감정요."

"음, 조금 힘들달까요…."

"왜 힘드시죠? 무슨 일이 있었나요?"

"요즘 대학 친구들하고 관계가 안 좋아요. 졸업 후 가는 길이 달라지고 그 차이 속에서 서로 비교하게 되었거든요. 저도 저보다 더 잘나가는 친구들 보면 부럽기도 하고… 이렇게 상담받을 정도로 제가 심각한 상태라는 걸 털어놓을 친구가 한 명도 없다는 게 허탈하기도 해요."

이야기를 계속하면서 시연 씨는 점차 자신이 부정적 감정이나 감각을 전부 살찐 느낌으로 표현하고 있었음을 깨달았습니다. 원래는 맘 놓고 고민을 털어놓을 사람이 없다는 허탈감인데, 그런 감정을 그저 먹고 난 다음에 살찐 것 같고 다이어트를 망친 것 같다는 느낌으로 생각해버렸던 것이죠.

살은 감정의 영역이 아닙니다

그런데 잘 생각해보면요. '살찐 느낌(feeling fat)'이라는 말은 너무나도 이상합니다. 살이라는 것은 감정의 영역이 아닌데, 살찐 느낌이라는 감정의 단어로 표현하고 있으니까요. 이 말은 저를 만나러 오는 내담자분들뿐 아니라 많은 여성분들이 실제로도 많이 사용합니다. 여러분도 늦게까지 친구들과 술자리를 했거나 직장에서 회식을 한 다음 날 아침에 이런 느낌을 느껴보셨을 거예요. 오늘따라 얼굴이 좀 부은 것 같고, 잘 맞던 바지가 끼는 것 같고, 왠지 배가 더 나온 것 같고, 전신 거울 속 다리가 좀 두꺼워진 것 같고… 한마디로 어딘지 모르게 살이 골고루 붙었다는 느낌 말입니다. 그런 생각을 한번 하고 나면 어제의 나를 매우 꾸짖게 되고 스스로가 형편없어 보여서 금세 기분이 우울해집니다. 하루가 온통 다이어트 생각으로 가득 차고요.

그런데 사실 살이 찐 느낌은 곧 살이 찐 상태, 즉 체중이 급격히 증가한 상태를 의미하지 않습니다. 살찐 느낌은 나의 실제 체형과 상관없이 시도 때도 없이 드는 생각입니다. 내가 생각한 양보다 밥을 좀 더 많이 먹었을 때나 외출하기 위해 옷을 입고 거울을 볼 때 등 개인에 따라 어떨 때 느끼는지는 차이가 있지만, 실제 체중과는 상관없이 일어나는 느낌이라는 것만은 공통적입니다. 오직 나의 눈에만 내 몸이 부은 것처럼 보이는 것이고 오직 나의 감각만이 살이 쪘다고 단언하는 것이죠. 솔직히 하루 술 마셨다고, 과자 하나 먹었다고 바로 몇 킬로그램씩 찌는 게 아니잖아요. 이렇게 실제 체중과 상관없이 드는 살찐 느낌은 체형과 체중에 더 집착하게 만들고 결국 급격한 절식과 폭식, 잘못된 다이어트 방법을 시도하게 만듭니다.

비슷한 예로 어떤 내담자분은 칼국수를 먹고 배가 부르자마자 곧바로 살찔 것 같다는 불안감에 휩싸여 구토를 한 적이 있었는데요. 이분은 배가 부른 감각이 어떤 신호로 느껴졌냐는 제 질문에 온몸에 살이 찌는 신호 같았다고 했습니다. 우리는 힘들어도 그 상황으로 되돌아가 보기로 했습니다. 칼국수를 먹을 때 무슨 일이 있었고 그때 이 내담자분의 진짜 감정은 뭐였는지를 추적해본 것입니다. 그러자 이분은 왜 자신이 배부른 순간부터 숨이 잘 안 쉬어질 정도로 긴장됐는지 유추해냈습니다.

"엄마랑 같이 먹었거든요. 칼국수가 나오기 전까지 엄마랑 이런저런 대화를 하다가 엄마가 '너 취업은 언제 할 건데?'라고 쏘아붙이셨어요. 그러고 칼국수를 먹었죠. 이미 칼국수를 먹기 시작할 때부터 저는 엄마한테 화도 나고 그 상황이 스트레스였던 거예요. 네, 불안한 상태에서 칼국수를 먹었으니 배부른 느낌이 더 불편했던 거였어요."

이 내담자에게 살찐 느낌은 위협 신호가 아니라 엄마에 대한 분노와 미래에 대한 불안이었습니다. 이처럼 우리는 자신의 부정적인 감정 상태를 모두 살찐 느낌으로 뭉쳐서 표현하기 때문에, 내 몸에 대한 막연한 두려움과 불안감을 키우고 맙니다. 지루함, 우울함, 허함, 언짢음과 같은 부정적 감정을 배부름, 더부룩함, 덥거나 땀이 나는 것 등의 감각으로 치환하고 있는 것이죠.

그래서 살찐 느낌 밑에 깔린 숨은 감정들을 명확하게 이해하고 또 어떤 상황에서 내가 이런 감정과 감각들을 느끼는지 찾아내야 합니다. 그래야 내 몸에 대한 막연한 두려움을 줄일 수 있습니다. 살찐 느낌이 감정의 부정적 해석임을 알아차려야 비로소 왜곡된 생각에서 벗어나 건강한 다이어트를 할 수 있습니다.

먹을 수 없는 음식

살찌는 음식은 다 나쁜 음식이죠

맛있는 음식을 즐기고 내 몸에 좋은 음식을 먹는 일은 우리 삶에서 빼놓을 수 없는 큰 즐거움입니다. 그러나 다이어트를 할 땐 이 즐거움을 알고도 포기해야만 합니다. 이렇게 음식은 먹으면 안 되는 것이란 생각을 오래 하다 보면 결국 음식을 음식 그 자체로 대하지 못하고 다이어트나 날씬한 몸매를 위해 무조건 피해야 하는 '적'으로 여기게 됩니다. 먹는 행위에서 자유로워지지 못하고 늘 의식하게 되고, 음식에 압도당하는 상황마저 벌어지죠.

이러한 상황이 몇 달, 몇 년 지속되면 일상의 많은 부분이 음식을 참느냐 못 참느냐로 결정되며, 에너지 대부분을 음식과 싸우는 데 소모하게 됩니다. 또 식욕을 참는 습관이 생활의 다른 영역에까지 확대되어 모든 일에 있어 일단 참는 일이 늘어납니다. 그런데 다들 알겠지만, 참는 것만큼 스트레스를 받는 일이 없습니다. 계속 스트레스는 쌓이는데 습관적으로 참는 악순환에 갇히고 마는 것입니다.

특히 참는 습관 때문에 어떤 감정을 느꼈을 때 그게 무슨 감정인지도 모른 채 넘어가는 일도 많아집니다. 당연히 감정적으로 둔해지고 스스로 억압하면서 이 모든 부정적 감정과 스트레스를 담아 폭식을 하는 결과를 낳게 됩니다. 음식을 참으려다 폭식을 하게 되는, 기가 막힌 상황인 거죠.

다이어트를 하는 분들이 주변으로부터 아주 쉽게 듣는 말 중에 '살이 왜 안 빠져? 좀만 덜 먹어도 빠지는데'라는 말이 있습니다. 이 말을 하는 사람이나 듣는 사람이나 다 이게 맞는 말이라고 생각합니다. 그러나 이때의 음식은 고작 '살을 빼기 위해 조심해야 하는 무언가'로 정의될 뿐입니다. 음식에 담긴 더 중요한 것들은 하나도 언급되지 않은 채 말입니다.

음식은 먹는 것 그 이상의 의미가 있습니다

사실 음식은 그냥 보면 감정과 전혀 무관해 보입니다. 단지 먹는 행위만 가능한 것이라는 생각이 들죠. 하지만 이런 생각 때문에 '음식=다이어트의 적'이라는 잘못된 등식이 참으로 받아들여지고 있습니다.

음식에는 생각보다 더 다양한 것들이 담겨 있습니다. 사람마다 살아가는 환경이 다르죠. 나라도 다르고, 지역도 다르고, 함께 사는 가족의 구성원도 다르고, 매일 만나는 사람의 수, 어떤 분야의 사람을 만나는지 등 전부 다릅니다. 그렇게 다른 환경 속에서 음식은 먹는 당사자가 속한 환경과 문화를 반영합니다. 간단히 예를 들면, 우리나라의 경우 저녁 식사는 일과를 마친 가족이 집에 들어와 한데 모여 먹는 문화가 흔합니다. 그래서 우리나라의 저녁 식사에는 그 가족 구성원의 문화가 굉장히 많이 반영됩니다. 식사 때 하는 여러 이야기의 주제도 가족마다 다를 텐데요. 그 주제가 무엇이냐에 따라 그 가족의 저녁 식사에도 다양한 감정이 뒤섞이게 마련입니다. 혼자 사는 사람이 식사를 하는 경우에도, 그가 먹는 음식에는 외로움이라든지 혹은 자유로움이라든지, 권태, 위안 등의 감정이 나타납니다.

심리치료가 깊이 있게 잘 진행되면, 내담자분들에게 음식이 어떤 존재인지 그 진정한 의미가 반드시 드러납니다. 누군가는 음식을 항상 분노의 대상으로, 누군가는 독립된 욕구로, 또 누군가는 통제로 생각했죠. 그만큼 음식은 우리 삶을 아주 잘 보여줍니다.

음식이 단지 음식이 아닌 이유는, 인간은 먹는 행위를 통해 유아기 때부터 중요한 정서적 발달을 이루기 때문입니다. 아기 때는 젖을 먹으며 엄마와 유대관계를 형성하고 정신적 욕구를 채워나가는 방법을 배웁니다. 또 자라서는 엄마가 해준 음식을 통해 엄마의 사랑이라는 무형의 감정을 유형의 음식과 먹는 행위로 느끼고 충족할 수 있습니다. 실제로 몇몇 어머니들은 음식을 자식에 대한 사랑의 표현이나 또는 화를 내는 수단으로 여기기도 합니다.

이렇게 음식은 우리의 삶과 감정에 긴밀히 연결되어 있습니다. 그래서 가끔, 분노나 스트레스 같은 부정적 감정을 폭식으로 푸는 건 어찌 보면 자연스러운 일이지 않을까 생각도 듭니다. 그렇지만 정신적 욕구를 먹는 것으로 푸는 행위는 임시방편에 불과합니다. 아무리 먹어도 감정적 결핍은 해소되지 않고 가려진 채 그대로 남아 있기 때문입니다. 그렇기에 다이어트를 위한 식욕조절에 앞서서 음식이 나에게 주는 의미가 무엇인지부터 선명하게 자각하는 것이 매우 중요합니다. 혹시 음식에 이런 의미를 부여하고 있지 않나요?

위안을 주는 친구

스트레스 해소 창구

따분함을 해소하는 자극

흥분을 진정하기 위한 치료제

하기 싫은 일, 두려운 감정에서 벗어날 도피처

만일 '음식을 참느냐, 참지 못하느냐' 이 문제로 일상이 흔들리고 있다면, 내가 음식에게 어떤 의미를 부여하고 있는지 생각해보기 바랍니다.

강박증

잘못된 걸 알면서도 계속 마른 몸에 집착해요

"선생님 말씀이 무슨 뜻인지는 알겠어요. 그런데 아직 제가 준비가 안 된 것 같아요. 다시 연락드릴게요."

혼란스러운 표정으로 상담실을 서둘러 빠져나가는 상아 씨의 뒷모습을 보며, 저는 한숨을 내쉴 수밖에 없었습니다. 먹는 행위에 두려움이 심해져 음식 거부 증상을 보이기 직전이 되었다며 찾아온 상아 씨는 자기가 얼마나 심각한 상태인지 잘 알고 있었고 고치고자 하는 의지도 큰 편이었습니다. 그럼에도 제가 일단 세끼를 드셔야 한다고 하자 곧바로 무너져내린 것이었습니다.

저는 내담자분들과 첫 상담을 진행할 때 우선 말씀드리는 것이 있습니다. 세끼를 잘 챙겨 드셔야 한다는 점, 그리고 이로 인해 일시적으로 2~3kg이 늘어날 수도 있다는 점입니다. 사실 당연한 이치입니다. 그간 극한의 다이어트를 쉬지 않고 이어오던 분들이 세끼를 잘 챙겨 먹는다면 어쩔 수 없이 체중이 조금 늘어날 수밖에요. 하지만 이 말을 듣자마자 많은 분들이 잔뜩 겁을 먹고 치료를 포기합니다. 아무리 몸과 마음이 아파도 체중이 느는 것보단 낫다고 생각하는 거예요. 그 정도로 극한의 다이어트 강박에 시달리는 분들은 다시 상담 자리로 오게 하는 일 자체가 하나의 미션입니다.

얼마 후, 상아 씨는 다시 상담실의 문을 두드렸습니다. 살찔까 봐 먹고 싶은 음식을 참고 사람을 만나는 것도 노심초사하느라 지칠 대로 지친 것이었죠. 머리로는 다이어트에 얽매이는 삶이 잘못되었음을 알지만 체중이 불어나지 않게 해야 한다는 그 강박을 계속 놓지 못하는 이유를 그 누구보다 가장 알고 싶어 했습니다.

체중과 상관없이 강박이 생길 수 있습니다

솔직히 평범하게 다이어트를 해서는 저체중을 유지하는 건 불가능합니다. 조금 힘이 빠지는 말 같아도 어쩔 수 없는 사실입니다. 특별히 타고난 체질이 아니면 강한 수준의 제거행동과 절식을 해야만 하죠. 그런데 이렇게 저체중을 유지하려고 노력하면 할수록 몸에 대한 불만족은 더 심해지는 경우가 있습니다. 그렇게 원하던 마른 몸을 얻었지만 더 마르고 싶고 평생 마르고 싶은 겁니다.

그래서 다이어트에 성공한 후에 오히려 강박증에 시달리는 분들이 있습니다. 무조건 적게 먹어야 한다는 식이조절 강박, 먹은 것보다 운동량이 몇 배나 많아야 한다고 생각하는 운동 강박, 조금만 부어도 그게 다 살이 될까 봐 전전긍긍하는 외모 강박 등에 휩싸이는 것입니다. 강박증이란 증세는 한번 생겨나면, 시간이 지날수록 더 불안해지고 심각해지는 특징이 있습니다. 이 강박증 때문에 자기만의 여러 규칙이 생겨나는데 이 규칙을 지키지 못하면 심각한 우울에 빠지게 됩니다.

강박증이 생기고 나면 실제 몸매가 얼마나 말랐든, 저체중을 유지하고 있든 상관없이 문제가 생깁니다. 온 에너지와 생각이 다이어트에만 꽂혀 인생의 다른 중요한 부분들은 모두 우선순위가 밀리는 것입니다. 심지어는 건강보다도요. 당사자들도 이런 강박들을 버려야 더 건강하고 편안한 삶을 살 수 있다는 것을 너무나 잘 압니다. 그런데 문제는 그러기엔 두렵다는 데 있습니다. '체중이 늘고 살이 찌면 주변 사람들이 날 어떻게 볼까?' 하는 강한 불안이 치고 올라오는 것입니다. 다른 사람들은 내가 신경 쓰는 것만큼 내 몸에 큰 관심이 없다는 사실을 머리로는 아는데도 말입니다. 살이 찌면 사람들은 내 앞에서는 아닌 척해도 뒤에서는 욕할 것이고 그럼 정상적인 사회생활은 불가능하다는 생각까지 하게 되죠.

그리고 이런 강박은 실제로 뇌에 영향을 줍니다. 감정과 기억, 자율신경계를 조절하는 뇌의 영역인 변연계 안에는 식욕을 조절하는 시상하부가 있습니다. 식사에 엄격해질수록 식욕을 조절하는 시상하부가 스트레스를 받고 결국 뇌가 불안정해져서 개인의 감정적 인내 단계들이 극도로 낮아지게 됩니다. 식욕을 강하게 통제할수록 감정과 수면까지 악영향을 받아 평소보다 예민해질 수밖에 없는 거죠. 내가 평소 꺼리던 음식이 저녁 메뉴로 나왔다거나, 스케줄이 다른 사람에 의해서 바뀌는 것, 운동할 시간이 갑자기 부족해지는 것 등 아주 작은 변화들에도 쉽게 좌절을 경험하는 것입니다.

결과적으로 뇌의 불안정함은 '내가 마른 것을 유지하지 않으면 모든 사람들이 나를 다 욕할 거야'라는 헛된 믿음을 갖게 만들고 감정적으로 더 취약한 상태가 되게 합니다. 그러므로 불안정한 뇌를 바꾸는 습관을 들여야 합니다. 이를 위한 몇 가지 방법은 다음과 같습니다.

첫째, 모든 다이어트 규칙은 반 이상만 지켜도 성공이라고 생각하세요. 백 퍼센트 다 지키려고 하면 나도 모르게 다이어트의 노예가 되어버릴 수 있습니다.

둘째, 일주일에 한 번은 평소에 살찔까 봐 기피했던 음식을 즐겨보세요. 살찔 것 같아 불안하겠지만 막상 체중이 늘어나지 않는 걸 눈으로 확인하면 오히려 안심이 됩니다.

셋째, 일주일에 한 번은 내가 제일 편안해하는 사람과 포만감 있는 식사를 해보세요. 편안한 사람과의 식사는 살찔 것이라는 불안을 줄여줍니다. 배부르게 먹어서 기운도 생기고 기분도 좋아지는 일석이조의 효과도 맛볼 수 있죠.

넷째, 일주일에 한 번은 오직 나를 위해서 극진한 대접을 해보세요. 이날만큼은 다이어트 식단이 아닌 손이 많이 가는 요리를 해보는 겁니다. 집에 귀한 손님이 오면 해주고픈 요리를 스스로에게 해주세요.

다섯째, 나만의 '위안 음식'을 정하세요. 꼭 식사가 아니어도 됩니다. 만일 캐러멜마키아토라면 그 음료를 천천히 음미하며 즐겨보세요. 음식을 살찌는 것으로 규정하며 두려워하는 마음을 상쇄해주는 효과가 있습니다.

여섯째, 운동 쉬는 날을 정하세요. 할 수만 있다면 일주일에 2~3회 운동하는 게 좋습니다. 운동을 쉬는 날에는 다른 취미 활동을 해봅니다. 운동의 적절한 로테이션은 살도 안 찌게 하고 체중 증가에 대한 두려움도 희석해줍니다.

일곱째, 체중을 범주로 인식하세요. 예를 들어 평소에는 51kg이라도 생리주기에는 53kg까지 증량할 수 있습니다. 그렇다면 나의 체중을 51~53kg 범주 안에 있다고 인식하는 것입니다. 특히 생리주기나 과식한 다음 날 체중 변화가 약 1~2kg이 있을 수 있다는 걸 받아들일 줄 알아야 합니다. 다음 날 조금 덜 먹고 몸을 움직이면 체중은 원래대로 돌아온다는 것을 잊지 마세요.

여덟째, 몸에 대해 극단적이고 부정적인 감정이 느껴지면 그 감정을 계속 생각하지 말고 다른 곳으로 신경을 돌리세요. 인생에서 다이어트 이외에 현재 나에게 중요한 것이 무엇인지 찾아보고 적어보는 것도 좋습니다. 나의 비전, 관계, 경제적 자립 등 살 말고도 많은 현실적 고민들이 있을 테니까요.

아홉째, SNS에서 여자 몸에 대한 사진을 찾아보지 마세요. 매체를 통해 접하는 몸매를 자꾸 찾아서 나와 비교하면 안 됩니다. 있는 그대로의 자기 모습에 충실하게 살 때 우리는 가장 빛나고 아름다울 수 있습니다.

극심한 다이어트의 굴레로 인해 생겨난 강박증을 극복하려면 가장 먼저 자존감을 회복해야 합니다. 왜냐하면 강박증의 밑바닥에는 나는 마른 것밖에 내세울 게 없다는 낮은 자존감이 존재하고 있기 때문입니다. 사실 식이장애와 다이어트 집착이 심한 분들 대부분이 자신에 대한 그릇된 믿음을 지니고 있습니다. 체중에 따라 나의 가치가 좌지우지된다는 허황된 믿음이죠.

따라서 불안정한 뇌를 안정시켜 강박을 완화하기 위해서는 내 마음을 들여다보고 내 자존감의 크기를 재볼 필요가 있습니다. 또 다이어트를 조금 느슨하게 하고 식욕을 더 채울 수 있는 방법에는 무엇이 있을지 생각해보는 게 좋습니다. 당장은 극단적인 다이어트를 포기할 수 없더라도 여유를 가지고 시도해나간다면 분명 작은 변화들을 경험하게 될 것입니다.

정상 집착증

남들은 다 어떻게 먹는 거죠?

"세끼를 밥 대신 빵으로 해결해도 되나요? 하루에 세끼를 다 먹기는 할 건데, 이왕이면 밥 말고 다른 걸 먹고 싶거든요. 그래도 정상적인 식사는 맞는 거죠?"

유림 씨는 유독 '정상식'에 집착하는 내담자였습니다. 십 대 때부터 삼십 대 중반이 넘을 때까지 멈추지 않고 이어온 다이어트 때문에 먹토 증세까지 보였던 유림 씨는 더는 이렇게 살 수 없다는 생각에 상담을 시작했습니다. 다이어트에서 벗어나겠다는 의지도 있었고, 곧 출산도 준비해야 하는 상황이라 시기적으로도 치료에 적절했었죠. 제가 첫 상담 때 일단 세끼를 먹는 것부터 시작하라고 말씀드리자 바로 실천하기도 했습니다. 나름 희망적인 케이스였던 유림 씨인데요. 그러나 극심한 다이어트를 너무 반복해온 탓인지, 원래 식사라는 걸 어떻게 했는지, 정상적으로 배가 부르다는 게 뭔지를 헷갈려 하고 있었습니다.

유림 씨처럼 저에게 '그건 정상이에요'라는 확인을 받아야 안심을 하는 내담자분들이 꽤 있습니다. 왜 그러냐고요? 심한 다이어트를 장기간 반복하다 보면 어느 순간 더 이상 이성으로 식욕을 누를 수 없는 지경에 이르게 됩니다. 물론 다이어트를 처음 할 때는 내가 계획한 대로 식욕을 억제할 수 있었을 거예요. '한 끼에 300kcal가 넘지 않게 해야지', '저녁은 무조건 오후 5시 전에 먹을 거야', '기름진 음식과 설탕은 절대 금지'처럼 다소 지키기 어려워 보이는 식욕 억제 규칙을 웬만하면 지킬 수가 있습니다. 그러나 이런 강한 규칙이 너무 오랫동안 반복되어 식욕을 억제하는 일이 너무 많아지면 의지와 상관없이 식욕이 충동적으로 일어납니다. 자기도 모르는 사이에 케이크 한 판을 퍼 먹고 충격을 받아 전화를 해온 내담자도 있었을 정도요. 그리고 이렇게 식욕 억제에 실패하고 나면 이건 비정상이라는 생각과 함께 심한 자책에 빠지고 소위 '멘붕'을 겪게 됩니다.

"선생님 저는 왜 이럴까요? 지금 배가 아주 볼록해졌어요. 이렇게 먹는 걸 못 참고 비정상적으로 살다가는 체중이 순식간에 불어나 돼지가 될지도 몰라요. 대체 다른 사람들은 밥을 어떻게 먹나요? 생리적 신호에 맞춰서 배고프면 배부를 때까지 식욕을 허용해줘야 한다고 선생님이 말씀하셨는데, 그게 뭔지 잘 모르겠어요. 어디까지가 허용되는 건지 알 수가 없어요. 분명 다이어트를 하기 전에는 이런 고민을 하지 않았던 것 같은데… 내가 어떻게 먹었는지, 남들은 어떻게 먹는지 하나도 기억이 안 나요."

배고픔과 배부름의 감각을 기억하세요

다른 사람이 어떻게 먹는지 궁금해한다니, 정상적으로 먹는 게 뭔지를 모른다니, 이게 이해가 안 되는 분도 계실 겁니다. 식욕은 살아 있는 유기체라면 마땅히 느끼는 본능적인 영역으로, 배고프면 먹고 배부르면 수저를 놓으면 되니 굳이 머리로 계산할 필요가 없기 때문입니다. 그러나 다이어트를 해본 사람들이라면, 지금도 다이어트 때문에 고통받는 분들이라면 아마 공감하겠죠.

머리로 계산하고 이성으로 누르는 식사를 몇 개월만 반복하다 보면 본능적이고 직관적인 식사가 무엇인지 잊어버리게 됩니다. 우리 뇌에는 식욕을 알아서 조절해주는 영역이 있습니다. 그런데 이걸 이성으로, 의지로 억누르고 조절하다 보면 점차 뇌가 주는 배고픔과 배부름의 신호가 불안정해집니다. 여기에 극심한 다이어트로 잦은 절식과 폭식이 겹쳐지면 더욱더 우리는 배고픔과 배부름의 감각을 믿을 수 없게 됩니다. 이성으로 식욕뿐 아니라 감각까지 억누르고 마비시키려 하니 종국엔 '예전에 내가 어떻게 먹었지?' 하고 식사에 대한 감조차 잊게 되는 것입니다.

유림 씨도 잘못된 다이어트를 하기 전에는 분명 다른 사람들처럼 몸의 감각을 신뢰하며 식사를 했을 것입니다. 몸의 감각이란 어려운 게 아니거든요. 그저 배가 고프면 배꼽시계에 따라 음식을 먹고, 배가 찼다는 감각이 느껴지면 수저를 놓으면 되죠. 그러나 자꾸만 이성으로 식욕을 억누르다 신호에 혼선이 생기자 배부르게 먹은 후의 감각을 불쾌한, 마치 병에 걸린 듯한 신호로 착각하게 되었습니다. 신호가 뒤죽박죽이 되었으니 뭐가 정상적인 식사인지, 내가 비정상적인 건지 모를 수밖에요.

밥을 먹고 나면 배가 살짝 나오고 옷도 살짝 끼는 느낌이 듭니다. 당연한 겁니다. 음식이 배 속에 들어갔고 위가 늘어났는걸요. 하지만 몇 시간 뒤 소화가 되고 나면 배는 다시 들어갑니다. 생리학적으로 자연스러운 반응입니다. 숨을 들이쉬고 내쉴 때 교감신경과 부교감신경이 자연스러운 리듬에 맞춰 왔다 갔다 하는 것과 마찬가지입니다. 배고픔과 배부름도 왔다 갔다 하며 배가 들어갔다가 나오기를 자연스럽게 반복하는 거죠. 평소에 숨 쉬면서 '왜 숨을 들이쉴 때 배가 올라가고 가슴이 확장되지?'라고 되묻는 분은 없으시죠? 자연스러운 현상이니까요.

물론 남들이 나보다 적게 먹는다면 그 상대가 아무리 나보다 나이가 많아도 불안해질 수 있습니다. 나이의 많고 적음에 상관없이 내 옆에 있는 동성이 먹는 양은 무조건 중요한 비교 대상이 됩니다. '저 사람은 나보다 어리고 마른 편인데도 저것밖에 안 먹는데, 내가 이만큼 먹어도 괜찮은 건가?' 자꾸 이런 의심이 올라오는 거죠. 머리가 원하는 식사와 몸이 원하는 식사가 충돌하는 상황입니다. 그러다 보니 남이 먹는 정도에 집착해 그게 정상이고 지금 내가 먹는 건 비정상일 수 있다는 의심을 품습니다. 배부른 느낌이 들어야 수저를 놓아야 하는데

이 감각보다도 드러난 음식의 양에 집중해 식사를 하게 되는 겁니다.

정상 식사에 집착하면 어쩔 수 없이 부정적 감정에 휩싸이고 감정이 롤러코스터를 타듯 들쑥날쑥할 수밖에 없습니다. 배고픔과 배부름을 인지하고 조절하는 식이중추는 식욕만 조절하는 게 아니라 감정, 수면, 성욕, 체온을 조절하는 기능도 있기 때문입니다. 게다가 조금만 비정상이라는 생각이 들어도 당연히 두려워지게 되죠. 먹고 싶어서 짜장면을 시키려고 했다가 살이 안 찐 사람들은 밥 대신 짜장면을 안 먹을 테니까 나도 참고 닭가슴살 샐러드나 먹어야겠다고 마음을 바꿨다고 생각해보세요. 아무리 본인이 그렇게 선택했다 한들, 짜증이 안 날 리가 있을까요?

이렇게 감정조절이 힘든 상태에서는 거울을 통해 자신을 비추었을 때 제일 먼저 눈에 띄는 부분을 왜곡해서 보게 됩니다. 엉덩이가 비정상적으로 큰 것 같고, 다른 사람들보다 다리도 짧은 것 같고, 볼살이 디룩디룩 쪄서 볼품없다는 생각을 쉽게 하게 됩니다. 점차 더 정상 몸매에 대한 집착, 부정적 보디이미지가 정신을 지배하게 되고요. 이로 인해 식사에 대한 불안감은 더욱더 커져버립니다.

정상적인 식사에 집착한다는 것은 결국 나의 감각보다 다른 이의 상황에 의존한다는 뜻입니다. 그러므로 자꾸 뭐가 정상적인 식사인지 고민이 된다면 우선 심호흡을 하고, 다른 사람의 식사에 대한 정보를 찾지 마세요. 그리고 '살이 쪘으니 사람들이 나를 한심하게 볼 것이다', '사랑받으려면 굶어야 한다'는 등의 내 안에서 들려오는 메시지를 차단하세요. 식사를 할 땐 배가 고픈가, 배가 부른가에만 초점을 두어야 합니다. 복부감각에 집중하며 포만감을 느끼고 관찰하는 것이 진짜 정상적으로 식사를 하는 방법입니다.

만일 배고픔과 배부름을 확신하기 어렵다면 일단은 기계적으로 세 끼를 먹어야 합니다. 되도록 정해진 시간에 규칙적으로 일 인분의 식사를 하여 불안정한 뇌의 신호체계를 안정시켜주는 것입니다. 여기서 일 인분은 여러분이 정하지 말고 보통 식당에서 일 인분을 주문했을 때 나오는 양으로 생각해야 합니다. 메뉴는 먹고 싶은 걸 먹고, 딱히 먹고 싶은 음식이 없다면 영양가가 골고루 들어 있는 한식이 좋습니다. 이때도 다른 사람과 먹는 양을 비교하지 않도록 주의하세요.

나의 몸을 믿으세요. 제일 정확한 기준은 내 몸의 감각입니다.

거짓된 나

저는 말랐다는 거 말고는 장점이 없거든요

여러 원인에 의해 식사를 거부하는 거식 상태에 있던 분들은 치료를 받으며 다시 식사를 시작할 때, 체중 강박이 굉장히 심합니다. 단순히 체중을 신경 쓰는 정도가 아니라, 하루에도 수십 번씩 체중계에 올라가 1kg이라도 늘었다면 극심한 감정 기복을 겪는 수준이죠. 마치 자기 자신을 잃어버린 것처럼 극도의 불안감을 드러내며 다시 음식을 거부하는 때로 돌아가기도 합니다. 그리고 철저한 식욕조절을 하는데요. 문제는 계획한 대로 식욕을 조절하지 못할 경우, 못 참고 음식을 먹은 나를 진짜 내가 아니라 믿고 원하는 체중을 유지하는 나를 진짜 나라고 믿는 것입니다. 결혼을 위해 다이어트를 해 성공했지만, 출산과 육아 등으로 살이 찌고 나서 다시 격한 다이어트를 하다가 식이장애를 겪게 된 희연 씨도 자신을 거짓되게 바라보고 있었습니다.

"옷을 전부 다시 사야 해요. 애 낳기 전에는 수월하게 입던 옷들인데… 말랐던 나를 잃어버렸어요. 전 이제 아무것도 아니에요.”

희연 씨는 현재 자기 모습이 아닌 예전의 젊고 날씬했던 자신을 계속 떠올리고 있었습니다. ‘나도 한때는 이렇게 말랐었다’라는 걸 대화 중 몇 번이고 강조했죠. 그렇게 과거에 갇혀 그때의 자신만 진짜 나이고 살찐 나는 가짜라고 믿었습니다.

“희연 씨에게 체중계의 숫자가 도대체 무엇을 의미하죠?”

“50kg 밑으로 떨어져야 정상이고 넘으면 비정상이죠. 저는 아무런 장점이 없기 때문에 마르기라도 해야 해요.”

정말 희연 씨는 마르기라도 하지 않으면 아무런 매력도 없고 장점도 없는 사람일까요? 아니요. 제가 보기에 희연 씨는 자기 분야에서 괄목할 만한 경력을 쌓은 커리어우먼이자 좋은 엄마, 멋진 아내였습니다. 그러나 희연 씨는 스스로를 거짓되게 바라보고 있었기 때문에 자신은 마르기라도 해야 한다는 체중 강박에 갇히고 만 것입니다.

지나친 다이어트는 위축된 가짜 나를 만듭니다

시카고 정신분석학회 최고의 이론가이자 교수로 존경받는 심리학자 하인즈 코헛(Heinz Kohut)은 자기심리학의 관점에서 보자면, 사람은 부모에게 인정받고 사랑받아야 건강하고 응집력 있는 자기로 구축될 수 있는데 이런 부분이 잘 이루어지지 않았을 때 잘못된 방식으로 그 결핍을 채우기 위해 노력한다고 했습니다. 즉, 희연 씨가 마른 몸을 유지해야만 하는 것도 결핍된 자기를 채워보기 위한 필사적인 노력으로 볼 수 있습니다. 특별한 학대나 트라우마가 있지 않아도 아이가 가정 내에서 불안이나 걱정을 드러냈을 때 그 감정이 무시, 묵살, 축소되는 분위기였다면 그 아이의 내적 경험은 관심의 대상에서 멀어지고 아이는 '건강한 나'를 구축할 수 없게 됩니다.

아름답고 예쁜 몸을 갖고 싶은 것은 사람의 기본적인 욕구입니다. 그리고 그것을 유지하기 위해 노력하는 것도 건강한 삶의 방식이라 볼 수 있습니다. 그렇지만 만약 내가 체중에 너무 과도하게 집착하고 있거나 마른 것이 전부가 되어 나의 다른 모습은 보지 못하고 있다면 내면을 점검해보는 과정이 반드시 필요합니다. 또 식욕은 용수철처럼 아무리 대뇌(의지)에서 시상하부(본능)를 눌러도 튕겨 나오게 되어 있습니다. 단기간에 체중을 감량한 뒤부터 식이조절이 어려운 것도 다 이런 이유 때문입니다. 그러니 의지가 부족한 거짓된 나를 설정해놓고 괜한 죄책감을 가질 필요가 없습니다.

지나친 다이어트는 건강을 해치는 것뿐 아니라 자존감까지 훼손해 수동적이고 위축된 가짜 나를 만듭니다. 하지만 진정한 자존감은 마른 것을 유지하는 데서 나오지 않습니다. 나 자신을 찾아가는 것, 언제나 내가 나로서 존재할 수 있을 때 진정한 자신감을 획득할 수 있습니다. 나의 내적 결핍을 다이어트로 채우려고 한다면 출구 없는 미로에 갇히는 것이나 마찬가지임을 기억해야 합니다.

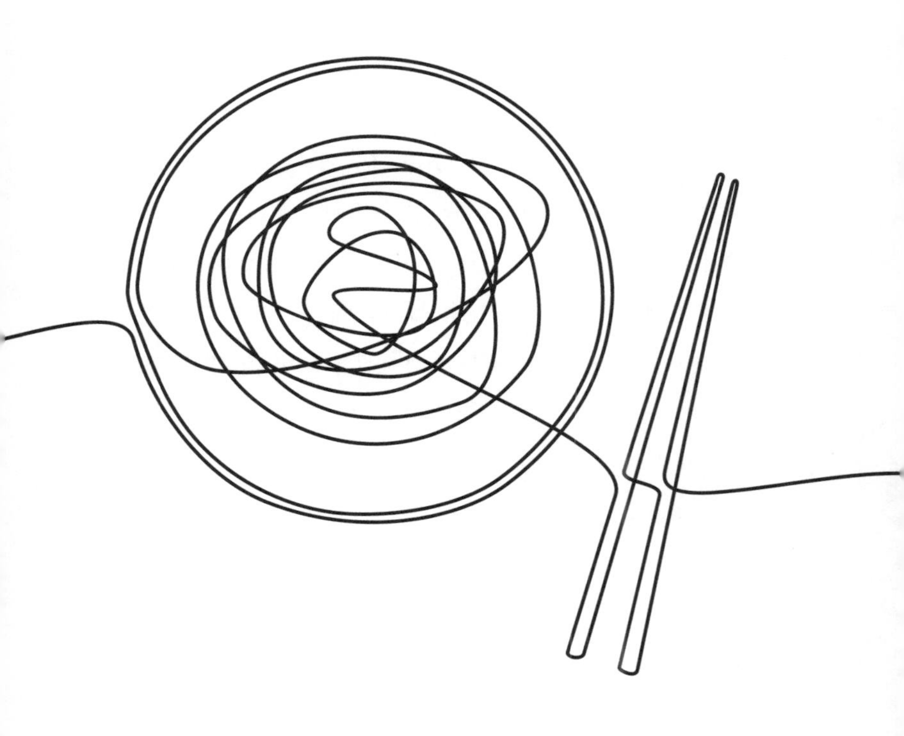

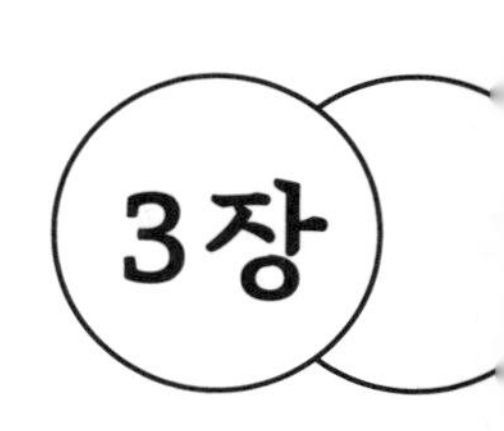

다이어트의 늪에 빠지게 하는 진짜 문제

거식, 폭식, 먹토…
의지의 문제가 아닌
감정의 문제입니다

식이장애 증상을 포함하여 모든 마음치유에서 가장 중요한 것은 자신의 감정을 알아차리는 것입니다. 그런데 감정이란 무엇일까요? 단순히 화나거나 기쁘거나 하는 순간의 반짝임 같은 것일까요?

감정에는 여러 의미가 복합적으로 들어 있습니다. 예를 들어 유독 어떤 사람과 대화를 할 때면 얼굴이 화끈거리고 가슴이 답답해지는 경우가 있습니다. 이건 내가 의식하지 못한 상태에서 일어나는 생리적·신체적 반응이죠. 이것을 심리학적으로 정동(affect)이라 말합니다. 이렇게 무의식적인 상태에서 나도 모르게 일어나는 반응이 지속되면 '화'라는 감정을 느끼게 됩니다. 이처럼 우리가 감정이라고 일컫는 것에는 나의 무의식적 신체감각도 포함됩니다.

또한 감정은 곧 내가 원하는 욕구와 삶의 방향을 알려줍니다. 분노와 두려움은 위험에서 보호받고자 하는 욕구이고, 죄책감은 스스로에게 어떤 일을 하지 말라는 경고를 보내는 것이죠. 또 우울하고 불안한 감정은 현재의 삶을 재정비하라는 뜻이기도 합니다. 반대로 밝고 긍정적인 감정들은 그 감정을 불러일으킨 대상을 좋아한다는 신호겠죠.

이토록 우리 삶 그 자체인 감정을 우리는 점점 더 소홀히 하고 있습니다. 이성적이고 합리적인 사고만으로 살아야 실수하지 않는다고 생각하면서요. 그런데 떠올려보면 삶에서 중요한 결정을 내릴 때 생각 외로 직관과 감정의 영향을 많이 받습니다. 감정을 빼놓고서는 결정을 내리기가 어렵다는 게 더 맞는 말일 정도죠. 이성적으로는 무엇이 맞는지 알고 있어도 좀 더 끌리는 쪽, 마음이 가는 쪽으로 선택했을 때 후회가 덜 남았던 경험은 다들 있을 것입니다.

이런 점에서 생각할 때 마음의 병이 생기는 이유는 내가 나의 감정을 억누르고 무시한 데서 나오는 것임을 알 수 있습니다. 감정은 인지와도 연결되기 때문에 극심한 다이어트로 왜곡된 자아를 형성한 분들은 반드시 감정을 알아차리는 연습이 필요합니다.

만성스트레스

짜증 나면 먹는 걸로 풀어요

부모님에게 잔소리를 들었을 때, 직장을 때려치우고 싶을 때, 이유 없이 불안할 때 등 스트레스 상황을 생각해보면 그 원인은 대부분 '사람'입니다. 사람이 주는 스트레스는 현대인이라면 누구나 겪는 문제죠. 실제로 저를 만나러 온 내담자분들에게 가장 스트레스를 주는 일을 말해보라고 하면 대개 특정 주변인을 꼽습니다.

"회사에서 거래처 직원이 너무 말귀를 못 알아들어요. 우리 회사 사람이 아니니 윗선에 말한다고 바뀌지도 않아요. 게다가 그 사람하고 통화하고 힘들어서 좀 진정시키고 있으면 사수가 나타나서 절 다시 힘들게 해요. 일이 별로 없어서 놀고 있냐고 비꼬는데 정말 한 대 쥐어박고 싶을 정도로 얄미워요. 하지만 대놓고 뭐라 할 수 없는 위치잖아요? 아무 말도 못 하고 있는 제가 바보 같아요."

그리고 스트레스 상황 후 혼자만의 시간이 오면 쌓인 스트레스를 풀기 위해 결국 폭식을 한다고도 털어놓습니다.

"스트레스를 받으면 먹는 걸로 풀어요. 먹을 땐 좀 풀리는데 먹고 나면 또 후회되고 짜증 나요. 근데 또 짜증 나니까 더 먹게 되고요… 이러면 안 되는 거 아는데 살은 더 찌고 완전 악순환이에요."

누가 들어도 심리적으로 불안정한 상황이죠. 먹는 걸로는 스트레스를 제대로 풀어내지도 못할 뿐 아니라 먹는 행위 때문에 다시 스트레스를 받아서 결국 만성스트레스가 됩니다. 그리고 이 만성스트레스는 또다시 우리를 다이어트에만 집중하게 만들죠.

나만 참으면 될 거란 생각의 위험성

만성스트레스와 극단적 다이어트의 결합이 어떻게 폭식으로 나타나는지, 쥐를 대상으로 실험한 연구가 있습니다.[5] 실험에서는 식욕만 제한하고 스트레스를 주지 않은 쥐, 스트레스만 받게 한 쥐, 식욕을 제한하고 스트레스도 받게 한 쥐로 실험군을 나누어 관찰했는데요. 식욕 제한과 스트레스 각 한 가지의 요인만 적용한 쥐보다 식욕도 제한하고 스트레스도 준 쥐의 섭취량이 눈에 띄게 증가한 것을 볼 수 있었습니

5 Mary Boggiano&Paula C chandler-Laney, 〈Binge eating in rats produced by combining dieting with stress〉, 《Current Protocols in Neuroscience》, 2006

다. 식욕 제한과 스트레스가 서로 증폭제 역할을 한 것입니다. 결국 만성스트레스를 건강하게 해결하지 못한 채 식욕을 무작정 참는 다이어트까지 하면, 오히려 폭식을 불러일으키는 선택을 하는 셈입니다.

문제는 내가 만성스트레스를 받고 있다고 알아차리지 못한다는 데 있습니다. '직장에 가면 원래 스트레스받는 게 당연한 거 아닌가?', '학업 스트레스는 원래 누구나 겪는 거잖아? 근데 왜 나만 먹는 걸로 풀지?', '다른 사람들은 스트레스를 받아도 적당히 해결하는 것 같은데 나만 그게 아닌 것 같아' 이렇게 만성스트레스를 일회성 스트레스로 치부하는 분들이 너무나 많죠.

만일 일회성 외부 자극에 의한 스트레스나 급성스트레스라면 일시적으로 식욕을 줄어들다가 곧 정상 패턴으로 돌아옵니다. 시험을 망쳤거나 사랑하는 사람이 병원에 입원했을 때 입맛이 없어서 밥을 못 먹는 경우가 바로 이러한 예입니다. 일시적 스트레스에 의해 교감신경계가 흥분하면 위장운동이 감소하고, 혈중 당성분이 증가해 생리적으로는 식욕이 줄어들기 때문입니다. 정신적으로 그리 큰 타격이 아니라면 시간이 흐른 후 점차 식사량이 회복됩니다. 다시 신경계가 자연스럽게 안정을 찾아가죠.

반면 만성스트레스는 가족관계 안에서 느꼈던 오래된 분노와 외로움이나 여러 이유로 생긴 낮은 자존감과 열등감의 문제에서 기인합니다. 짧은 시간에 형성된 것이 아니라 오랜 시간 계속 내 몸에 스트레스를 주고 있는 것들이죠. 이렇게 만성스트레스에 노출되면 스트레스 호르몬인 코르티솔이 과도하게 분비됩니다. 이로 인해 식욕이 증가하죠. 코르티솔은 식욕을 억제하고 지방분해를 촉진하는 효소인 렙틴 호르몬의 활성을 억제하기 때문입니다. 이러한 생리적 과정으로 만성스트레스는 폭식을 부르고, 이것이 체중을 증가시키며, 다시 식욕을 제한하는 다이어트를 하게 되는 악순환에 빠지게 합니다.

만성스트레스성 폭식의 대표적 증상은 다음과 같습니다.

특정 음식에 대한 갈망이 일상을 지배할 때가 많다

음식을 먹으면서 죄책감을 느끼면 스트레스가 더욱 증폭된다

맛이 아닌 식감을 즐기며(바삭함, 쫄깃함) 2시간 이상 단것을 계속 먹는다

배가 부른 상태에서도 불쾌한 감정이 완전히 해소될 때까지 계속 먹는다

만성스트레스성 폭식은 특히 부정적인 감정 표현을 잘 못 하는 여성에게서 많이 나타납니다. 다른 사람의 눈치를 많이 보고, 갈등과 거절하기를 두려워하는 여성은 어떤 문제가 생겼을 때 주로 참고 회피하는 방식을 택하기 때문입니다. 여성을 비하하는 것이 아니라 여성분들에게 평상시 잘 표현하지 못하는 분노, 두려움, 불안, 외로움과 같은 감정을 음식을 먹어서 해결하고 있는 건 아닌지 확인해보도록 말씀드리는 것입니다. 이렇게 신체적 배고픔과 상관없이 부정적 감정들을 달래기 위해 음식을 먹는 것은 결코 좋은 식사라고 볼 수 없습니다.

스트레스에 효과적으로 대처하는 네 가지 실천법

나만 참으면 된다는 생각으로 감정을 해소하지 않고 오랫동안 쌓아두면 결국 그것을 해결하는 방법으로 다이어트를 택하게 됩니다. 따라서 스트레스가 쌓였을 땐 지혜롭게 풀어야만 합니다. 스트레스 상황에 맞닥뜨렸을 때는 다음과 같이 대처해보세요.

첫째, 문제 앞에서 한 발 뒤로 물러나세요. 그리고 '이 문제가 정말 얼마나 오래갈까? 한 달? 일주일? 과연 이 문제가 내가 그렇게까지 오랫동안 신경 써야 할 일일까? 내 인생에서 이 문제가 정말 중요할까? 내가 너무 서두르는 것은 아닌가?'를 천천히 물어봅니다. 생각 외로 스트레스를 주는 문제가 그리 대단한 문제가 아니라는 결론에 도달할 겁니다.

둘째, 심호흡을 하며 진정합니다. 우리는 불안하고 화가 나서 흥분할 때 교감신경계가 과하게 활성화되어 호흡을 일시적으로 멈추거나 짧게 쉽니다. 반대로 무기력하거나 우울할 때는 부교감신경계가 과도 활성화하여 혈압이 낮아지고 심장박동과 호흡이 느려집니다. 이때 의식적으로라도 호흡을 편하게 할 수 있도록 숨을 고르게 쉬어주세요. 눈을 감고 호흡을 깊게 또는 짧게 들이쉬고 내쉬면서 불편한 신체감각을 편안하게 해준다고 생각하세요. 이렇게 심호흡을 바꿔주는 것은 마음을 평정시키는 데 도움이 됩니다.

셋째, 어떤 일에든 적극적으로 몰입합니다. 좋아하는 일, 가장 잘할 수 있는 일, 진정으로 원했던 일 등 본인의 페이스에 맞는 속도로 어느 한 가지 일에 몰두해보세요. 아주 작은 일이라도 괜찮습니다.

넷째, 극단적인 다이어트에서 건강한 다이어트로 옮겨 갑니다. 만성스트레스로 인해 마음이 수시로 뒤바뀌는 상황에서 식욕까지 제한한다면 그로 인한 폭식은 더 심해집니다. 체중이 늘까 두려운 마음에 폭식을 하지 않으려는 데에 초점을 두기보다는 내면을 돌보는 쪽으로 다이어트의 초점을 옮겨야 합니다. 더불어 내가 현재 회피하고 있는 감정들이 곧 나 자신의 일부라는 것을 받아들여야 합니다. 슬픔, 상처, 수치심, 두려움, 분노, 자기비난까지 이 모든 것이 바로 나라는 것을 받아들여야 건강한 다이어트가 가능합니다.

불안정한 애착1 저항형

왜 연애만 하면 을이 될까요?

다해 씨는 남자친구만 사귀면 유난히 폭식이 심해지는 타입이었습니다. 남자친구를 사귀기 전에는 나를 사랑해주고 지지해주는 이성을 만나면 마음이 안정되어 폭식이 줄어들 줄 알았는데, 막상 남자친구가 생기자 정반대가 되었던 것이죠. 다해 씨는 지금 만나는 남자친구가 너무너무 좋지만 그와 비례하게 늘어나는 폭식 횟수 때문에 고민이 컸습니다.

“남자친구랑 데이트하고 나면 체중에 대한 강박이 심해져요. 맛있는 걸 먹으러 가도 걱정돼서 잘 먹지도 못해요. 그래 놓고 남자친구랑 헤어지고 집에 오면 참을 수 없이 배가 고파져서 폭식을 해요.”

“남자친구랑 맛있는 걸 먹으러 가서도 체중이 늘 것 같다는 불안을 느낀 건가요? 남자친구와 함께 있다는 행복한 감정보다도요?”

“네. 막 먹었다가 살이 찌면 남자친구가 나를 싫어하지 않을까 불안해서요. 폭식하고 난 다음 날엔 더 그렇고요. 지금 남자친구 전에 사귀었던 사람들도 그랬어요. '너 조금 살쪘네?'라고 할까 봐 매번 거울 앞에서 몇 시간을 보냈어요."

다해 씨의 식사에는 늘 '지금 먹어서 살이 찌면 남자친구가 나를 더 이상 사랑하지 않을 것이다'라는 불안이 반찬처럼 올라왔습니다. 심지어 다해 씨는 남자친구와 사이가 더 좋아질수록 불안을 더욱 심하게 느꼈다고 합니다.

왜 다해 씨는 이런 불안을 느껴야 했을까요? 그 이면에는 자신은 무가치한 사람으로 바라보고, 상대는 무조건 더 좋은 사람으로 바라보는 불균형한 평가가 있었습니다.

불안정한 애착이 가져온 불안과 폭식

이 불균형한 평가는 불안정한 애착으로 인해 나타난 것입니다. 애착이란 어릴 때 가장 가까운 대상(주 양육자)과 맺은 정서적 관계를 말합니다. 특히 부모와 맺은 관계 패턴이 이후 맺는 모든 대인관계에 큰 영향을 끼친다고 보는 것이 바로 애착이론이죠.

이 이론을 기반으로 한 연구에 따르면, 부모와 안정적 애착관계를 맺은 사람은 커서도 친구들과 안정적인 관계를 맺고, 학업 성적 역시

우수하다는 결과가 있었다고 합니다.[6]

이런 연구 결과만이 아니라도 부모와의 안정적 애착 형성이 아이의 인생에 중요하다는 말은 많이들 들어보셨을 거예요. 그만큼 아이의 신경계를 안정시키고 스스로 감정조절을 잘할 수 있게 하는 데 부모와의 안정적 관계는 매우 중요합니다. 부모가 자신의 감정을 읽어주고 공감해주는 경험을 통해 아이는 자신의 감정이 소중하다는 것을 배울 수 있습니다. 더불어 자기가 부모에게 사랑받고 있다는 것도 알게 되죠. 그래서 성인이 되면 부모가 그렇게 해주었듯이, 스스로 자기감정을 잘 알아차리고 돌볼 수 있는 어른이 됩니다. 마음의 중심을 잘 잡고 감정을 조절할 수 있게 되었으니, 집중력과 공감 능력도 상승하고 자존감 역시 높을 수밖에 없습니다.

애착 형성은 특히 이성과의 관계에 큰 영향을 줍니다. 이성관계는 주 양육자와 어릴 때 그랬듯 피부와 피부로 만나는 관계라 초기 애착관계가 그대로 재연되기 쉽습니다. 안정적 애착을 형성한 사람은 상대가 나에게 보여주는 부정적 반응에 큰 타격을 입지 않습니다. 연락이 잘 안 되어도 '아, 지금 바쁜가 보다' 하고 넘어가지 '이제 내가 귀찮아져서 연락을 피하나 봐'라고 생각하지 않죠. 상대와의 관계에서 일어나는 일들의 원인을 자신에게서 찾지 않는 겁니다.

또 안정적 애착을 경험한 사람은 나에게 무례하게 대하는 상대에게

6 애착이론을 만든 정신분석가 존 볼비(John Bowlby) 이후 많은 후대 연구가들이 초기 애착관계가 연인, 친구와의 관계나 학업 성적에도 영향을 끼친다는 것을 보고하였습니다.

단호히 그 행동이 불쾌하다고 말할 줄 알고, 그래도 상대가 선을 넘는다면 관계를 먼저 끊는 단호함도 갖고 있습니다. 갈등 상황에서 항상 자신의 감정을 정확히 인지해 전달하고, 요구 사항을 화내지 않고 말합니다. 그러나 부모와의 관계에서 애착관계가 불안정했다면 다해 씨의 사례처럼 이성관계에서 심한 불안을 느낄 수 있습니다.

애착 문제는 몸에 대한 강한 불만족과 다이어트 강박, 식이장애와도 연관이 있습니다. 저는 이 부분을 마음 깊이 깨닫기까지 수년이 걸렸는데요. 다이어트와 애착 문제를 별개의 문제로 여기기 쉽기 때문입니다. 이미 여러 연구 결과로도 나와 있지만[7] 임상적 경험에서 저는 주 양육자와의 관계 수준과 질에 따라 내담자들의 식이장애 증상이 달라진다는 점을 깨닫고 있습니다. 쉽게 말해, 부모와의 관계가 안정적일수록 식이장애 증상 역시도 경미했고 반대로 부모와의 관계가 불안정할수록 식이장애 증상도 심각했습니다.

초기 양육자와의 애착 경험이 불안정하면 자존감이 낮아지고 낮은 자존감은 내가 타인에게 어떻게 보일까를 지나치게 신경 쓰게 만듭니다. 타인이 나를 볼 때 가장 먼저 보이는 것이 외모와 몸이기 때문에 몸에 대한 강한 불만족감, 외모 집착이 생기고 결국 강박적 다이어트에 식이장애까지 나타나는 것입니다.

불안정 애착은 세 유형으로 나뉘는데요. 저항형, 회피형, 혼돈형입

---

7 박지현&공성숙, 〈섭식장애 환자의 섭식장애 증상과 우울 간의 관계에서 성인애착의 매개효과〉, 《정신간호학회지》, 2018

니다. 그중에서 저항형은 자신은 부정적으로, 상대방은 한없이 긍정으로 바라보는 것이 특징입니다. 자신은 상대에 비해 굉장히 부족하고 별 볼 일 없는 사람이라고 믿기 때문에 상대와 친밀한 관계를 원하면서도 버림받았을 때의 고통이 두려워 가까워질수록 도리어 불안해합니다. 연인관계가 아닌 관계에서는 친화력이 있고 사교성이 좋다가도 이성관계에서는 을을 자처하죠. 만일 헤어짐의 작은 기미라도 보이면 상대방에게 화를 내고 집착하는 모습도 보입니다.

저항형의 이러한 집착과 불안은 주 양육자의 태도에서 기인했을 가능성이 큽니다. 부모님이 기분이 좋으면 관심과 사랑을 마구 퍼부어주다가도 기분이 좋지 않을 때는 화를 내거나 무신경한 태도를 보이는 등 일관되지 않은 반응을 해준 경우입니다. 이렇게 부모가 감정적으로 행동을 번복하면, 아이는 큰 불안을 경험하며 내가 잘못하면 부모님이 나를 사랑하지 않을 수 있다는 생각을 하게 됩니다.

이로 인해 성인이 되어서도 대인관계에서 거절에 대한 두려움이나 버려짐에 사로잡히게 되고 그 반응으로써 감정을 더 강하게 호소하는 과활성화 전략을 사용합니다. 뿐만 아니라 부정적 자기인식이 심해, 다른 사람들로부터 과도한 인정을 받으려고 애쓰는 것도 불안정 애착 중 저항형의 특징입니다. 다해 씨가 바로 저항형에 속했죠. 이런 이유들로, 다해 씨는 감정을 푸는 수단으로 폭식, 절식 등의 섭식 문제를 사용하게 된 것입니다.

타인으로는 결핍을 채울 수 없습니다

상담을 통해 다해 씨의 어릴 적을 돌아보았습니다. 다해 씨의 부모님은 다해 씨가 말을 잘 듣고 조용히 있으면 아주 잘해주다가도 정작 다해 씨가 부모님의 관심이 필요할 때에는 화를 내거나 무관심한 일이 잦았다고 합니다. 다해 씨는 태어나서 한 번도 부모님께 떼쓴 적이 없었다고 했죠. 이렇게 어릴 때를 생각해보고 나니 다해 씨는 연애만 하면 자신이 상대에게 화를 내거나 감정적 동조를 요구했던 이유가 무엇인지 알겠다고 했습니다. 부모님께 원했지만 받지 못한 관심을 연인에게서 얻고자 했던 거죠. 그러나 부모도 채워주지 않은 결핍을 다른 사람이 채워주기란 정말로 어렵습니다. 그러니 연인들과 항상 안 좋은 끝맺음을 할 수밖에 없었던 것입니다.

"저는 남자친구가 절 떠날지 모른다는 불안이 극도로 심해지면 숨도 안 쉬어지고 목도 메이고 속도 매스꺼워져요. 이런 신체적인 반응들은 어릴 때 부모님이 절 혼내시면 나타났던 것들이에요. 그때의 그 불안과 긴장의 감각이 어른이 되어서도 똑같이 재연되고 있나 봐요. 이 느낌이 들면 뭐라도 먹어야 될 것 같아서 폭식을 하게 되고요."

저는 다해 씨의 깊은 내면에 깔려 있는 '난 사랑받지 못하는 존재야'라는 믿음이 상대의 작은 행동 하나에도 불안을 느끼게 했고, 결국 극심한 폭식과 절식으로 이끌었음을 깨달았습니다. 그래서 다해 씨에게 그 믿음이 잘못된 것임을 알려드렸죠.

"폭식이 다해 씨가 불안이란 감정에서 일시적으로 벗어나게 해준 도구였던 거예요. 그러니까 폭식을 그만두고 싶다면 먼저 불안을 일으키는 감정부터 돌봐야 해요. 자, 다해 씨. 연락 횟수가 줄어들었다고 상대가 다해 씨에게 싫증 난 게 아니에요. 왜 내가 상대에게 항상 일순위가 아닌지, 나는 저 사람에게 그 정도 가치밖에 안 되는 건지, 나는 사랑받을 수 없는 사람인지 스스로에게 너무 질문하지 마세요. 다해 씨의 결핍된 부분들은 다해 씨만이 채울 수 있어요. 다른 사람이 채워주길 바라면 언제나 상대에게 매달려 다닐 수밖에 없고, 마르기라도 해야 한다는 강박을 벗어날 수 없을 거예요."

만일 누군가로부터 버려질 것 같다는 두려움 때문에 살에 집착한다면 이제는 내면을 탐색하고 바라보고 스스로 돌봐야 합니다. 먹을 때마다 몇 칼로리인지를 따지기 전에 내가 인간관계 중 어떤 지점에서 계속 자극을 받는지, 내 가치가 정말 상대보다 낮은지, 관계에서 주도권을 갖는 게 힘들다면 그 이유가 뭘지를 생각하는 게 우선입니다.

불안정한 애착2 회피형

친구 같은 거 있어서 뭐 해?

승연 씨는 어느 집단에 들어가든 사람들이 자신에게 다가오는 것이 부담스러웠습니다. 살짝 말을 섞고 조금 가까워지면 자신의 사생활을 묻는 것이 싫었기 때문입니다. 그래서 좀처럼 먼저 다가가 친구를 만들지도 못했고, 다가오는 사람을 반기지도 못했죠. 학창 시절엔 무리에 들어가는 대신 공부를 열심히 하는 게 낫다고 합리화도 했습니다. 집단 괴롭힘을 당한 것도 아니었는데 어떻게 해야 반 친구들과 이야기를 할 수 있는지 몰랐습니다.

“도대체 대화를 어떻게 시작하고 이어가야 하는지 그 방법을 몰랐어요. 때로는 ‘내가 이 말을 해도 되나’, ‘이 말을 했다가 애들이 나에게 뭐라고 하면 어쩌지’ 하는 두려움도 들었죠.”

승연 씨는 친구를 사귀고 싶은 마음이 있었지만 막상 친구들과 밥이라도 같이 먹게 되면 체할 것 같았습니다. 실제로 체해서 탈이 난 적도 몇 번 있었다고 해요. 이런 경험이 쌓이다 보니 승연 씨는 이내 '이럴 바엔 차라리 친구 따윈 만들지 말자' 하고 불편한 감정이 드는 모든 관계를 거부하게 되었습니다. 그렇게 줄곧 수많은 대인관계를 회피하며 지내왔죠.

그런데 승연 씨도 미처 몰랐다고 합니다. 이 대인기피가 식이장애를 일으킬 줄은요. 승연 씨가 저를 찾아온 이유는 다이어트를 심하게 하느라 몸이 다 망가졌는데도 살찔까 봐 계속 간헐적 단식을 이어가는 문제 때문이었습니다. 그것도 치료를 두 번이나 실패하고 다시 세 번째로 도전한 상황이었죠.

여기서 어떤 분들은 어차피 사람을 만날 일이 적은 승연 씨가 왜 굳이 날씬한 몸에 집착하는지 이해하기 어렵다 하실 겁니다. 하지만 사람을 회피하는 성향은 부정적 감정을 계속 불러일으켜 식이장애를 유발하는 주요한 원인이 됩니다. 승연 씨와 대화를 나누며 참 놀라웠던 이야기가 있었습니다.

"저녁 약속이나 회식도 참석 안 하시죠?"

"당연하죠. 주말 약속도 안 잡아요. 사람들 만나봤자 술이나 먹고 살만 찔 텐데, 만나서 뭐 해요?"

승연 씨에게 사람들과의 만남은 다이어트를 방해하는 방해물에 불과했습니다. 그런데 사실 승연 씨가 다이어트를 바라보는 시선은 대인기피를 위한 구실일 뿐이었습니다. 다이어트에 집착하는 걸로 사람들에게서 받을 상처를 회피하고 있었던 겁니다. 그렇게 다이어트로 부정적 감정을 애써 외면해왔지만 승연 씨도 한계에 부딪혔습니다.

회사에서 일할 때나 뭔가 할 일이 있을 때는 괜찮았지만, 할 일 없이 혼자 있는 시간이 되면 승연 씨는 극심한 지루함을 느꼈습니다. 그러면 자연스레 냉장고를 열게 되었고 어느 순간 무언가를 정신없이 먹고 있는 자신을 발견했습니다. 그것도 평소에는 약속까지 거절하며 먹지 않던 살찌는 음식만 골라서요. 사람을 만나지 않으며 겪는 지루함과 허전함을 다시 먹는 걸로 채우고, 먹었으니 살찔까 봐 두려워 다시 사람을 만나는 일을 회피하는 악순환이 승연 씨를 괴롭혔습니다.

독립적인 게 아니라 상처받는 게 두려운 것

불안정 애착의 한 유형인 회피형은 저항형과는 다르게 대인관계에서의 친밀감, 의존의 욕구를 억압하고 이러한 욕구들 자체를 전부 부인합니다. 그러면서 입버릇처럼 '나는 혼자가 좋아'라고 말하죠. 그래서 회피형 애착인 분들은 겉으로 보기엔 매우 독립적인 사람으로 비춰지기도 합니다. 하지만 그건 자기 합리화인 경우가 많습니다.

승연 씨가 사람들을 만나지 않는 이유로 다이어트에 방해되고 살이 찌는 게 싫어서라고 대답한 것도 마찬가지입니다. 사실은 무의식적으로 누군가와 가까워지면 자신이 상처받는 일이 반드시 생기리라는 두려움이 크기 때문에 혼자 있는 것을 선호하게 된 것입니다.

이렇게 회피형들은 자신과 타인에 대한 자아상이 모두 부정적입니다. 자기가 제일 중요하고, 타인은 어차피 가까워지면 피곤하고 자신에게 상처나 줄 거라 생각합니다. 그래서 타인에 대해서는 냉소적인 모습이 보이죠. 어떻게 보면 자존감이 높아 보이기도 합니다. 아무리 사랑하는 연인관계라도 자신의 경계를 확고하게 지키고 깊은 친밀감을 거부합니다. 당연히 안정적이고 깊은 관계는 지속될 수 없겠죠.

저항형이 나는 부정적으로 보고 남은 긍정적으로 보아 남에게서 애정을 갈구하는 데 반해, 회피형은 자신은 좋게 볼지라도 타인은 부정적으로 봐서 만남 자체를 꺼리게 됩니다. '어차피 인생은 혼자 살다 죽는 건데 친하게 지내서 뭐 해?', '아무리 내 앞에서 친한 척해도 너도 그리 진심은 아니잖아', '내가 찌질하고 이상한 모습을 보이면 떠날 거면서' 하는 믿음을 깔고 있기 때문에 누구를 만나도 즐겁지가 않습니다. 그러니 만남을 회피하고 그 회피의 도구로 다이어트를 쓰지만, 정작 외면했던 공허함은 폭식으로 채우는 것입니다.

겉으로는 자존감이 높아 보이고 자기 자신을 제일 중요하게 여기는 것 같지만 사실 깊은 무의식에는 회피성 애착 역시도 자신에 대해 그리 긍정적인 인식을 갖고 있지는 않습니다. 사람은 관계를 맺지 않고서는 홀로 긍정적인 자기정체성을 유지할 수가 없기 때문입니다. 깊이 있는 관계를 만들지 않아서 적이 없고 그것이 겉으로 편하다고 느낄 수 있으나 회피형 역시 저 깊은 곳에는 외로움과 공허함이 자리 잡고 있습니다. 나는 사랑받을 수 없다는 믿음과 함께 말이죠.

승연 씨 역시도 타인에 대한 부정적 인식이 나에 대한 긍정적 인식보다 더 컸습니다. 이런 관점 때문에 누군가와 함께하기보다 혼자 하는 게 더 익숙하고 그것이 더 낫다고 믿게 되었죠. 승연 씨는 왜 이런 믿음을 갖게 되었을까요? 우리는 어린 시절로 돌아가보았습니다.

아이가 주 양육자에게 잦은 방임을 당했거나 욕구나 감정을 드러냈을 때 혼나고 거절당했던 경험이 많아지면 아이는 누구든 나에게 반응해주지 않을 것이라는 생각을 하게 됩니다. 또한 감정을 드러냈다가는 버림받을까 봐 두려워 감정을 억압하는 게 습관이 되죠. 그렇게 성장하는 동안 다른 사람들과 가까워지려고 하는 욕구 자체를 부인하고 스트레스와 감정을 조절하는 방법으로 감정을 최대한 덜 드러내어 비활성화하는 전략을 사용하게 됩니다. 고통과 외로움, 괴로움들을 다 혼자 조절하려고 하죠. 그래서 겉으로는 독립적이고 자립적으로 보이지만, 실은 애착 대상과 함께할 수 없을 때 느낄 고통을 피하기 위해 어쩔 수 없이 독립성을 키우게 된 것입니다. 원해서 혼자가 된 게 아니기 때문에 내적 두려움들은 폭식이나 절식, 다이어트로 막고요.

승연 씨도 비슷했습니다. 맞벌이를 하는 부모님은 항상 바쁘셔서 잠들 때 외에는 소통하는 시간이 없었습니다. 게다가 외동에, 아버지 직업상 이사도 자주 다녀서 친구를 사귀기 쉽지 않은 환경이었죠. 부모님이 감정을 표현하고 피드백을 받을 수 있는 유일한 창구였음에도 방치된 것이었습니다. 심지어는 승연 씨가 외로움을 토로해도 부모님은 일 때문에 피곤하다며 윽박을 지른 적도 많았습니다.

애써 아닌 척하는 건 이제 그만

승연 씨는 어릴 적 외면당했던 그때의 감정이 상기되자 왜 자신이 사람을 못 믿는지 알 것도 같다고 말했습니다. 그러면서 본인은 남에게 절대 속 깊은 이야기를 하지 않고 힘든 티도 내지 않으며 살을 빼고 있단 것도 밝히지 않는다고 털어놓았습니다.

"힘든 거 얘기하면 뭐 하나요? 그런다고 문제가 해결되는 것도 아닌데요. 다른 사람에게 내 얘기를 하는 게 무슨 의미가 있을까 싶은 거죠. 힘든 얘기를 하면 할수록 더 안 좋은 감정들을 느끼니까 그래서 더 하기 싫은 것도 있었어요. 어차피 그 사람들이 제가 될 수 있는 게 아니잖아요."

승연 씨의 이런 타인 불신은 지난 두 번의 치료가 실패한 원인이기도 했습니다. 저 같은 상담심리사를 만나면서도 제가 치료를 도와줄 거란 기대가 적다 보니 속 시원히 말도 하지 못하고, 쉽게 포기한 것이었죠. 이런 현상은 승연 씨처럼 회피성 애착을 형성한 분들과 상담을 하면서 가장 걸림돌이 되는 부분이기도 합니다.

저는 승연 씨에게 지금 승연 씨가 식이장애 증상을 보일 만큼 다이어트에 집착하는 근본에는 사람들에게 버려지고 외면받을까 봐 두려워하는 감정이 있음을 짚어주었습니다. 그 감정을 회피하려다 보니 '혼자'라는 선택지를 애써 잡은 것이고 그 선택에 힘을 실어주기 위해서 또다시 다이어트에 집착하게 된 것도 말이죠.

"승연 씨는 평소 다이어트를 하느라 사람들과 어울리는 게 힘들다고 하셨죠. 그런데 사실은 사람들과 가까워지면서 받게 될 상처가 두려운 거예요. 그걸 애써 회피하느라 다이어트에 집착하게 된 거고요. 심심함에서 시작됐던 감정이 외로움, 허전함으로 이어지고, 급기야 '죽고 싶다'로까지 이어지며 그 불안 신호가 승연 씨를 폭식하게 만든 겁니다."

승연 씨는 비로소 자신이 혼자를 즐기는 사람이 아니라는 걸 깨닫고 우선 저녁 약속을 취소하지 않기로 다짐했습니다.

고통은 외면하고 말하지 않는다고 나아지지 않습니다. 오히려 억누를수록 그 상처가 곪아 깊어지게 됩니다. 사람들 앞에서 혼자도 괜찮은 척하면 할수록 모든 신경계는 도리어 긴장과 불안을 느낍니다. 그리고 이것은 대인관계, 사고, 신체 반응들로 이상 신호를 드러내게 됩니다. 이런 메커니즘을 모른 채 그저 내가 힘든 이유는 먹는 걸 잘 조절하지 못하는 데에만 있다고 생각하면 식이장애는 나아질 수 없습니다.

불안정한 애착3 혼돈형

다 날 싫어해서
그런 거야

식이장애클리닉에서 상담할 때의 일입니다. 약속한 시간이 다 되어도 오기로 한 명희 씨는 나타나지 않았습니다. 하는 수 없이 다른 상담을 먼저 진행했는데, 그게 다 끝날 때까지도 오지 않았죠. 결국 클리닉 전화로 명희 씨에게 전화를 걸었습니다. 하지만 여러 번 전화를 해도 명희 씨는 받지 않았습니다. 워낙 관계를 맺는 데 힘들어했고 상담도 여러 차례 오다 말다 하는 일이 잦았던 터라, 저는 다시 연락이 오겠거니 하고 메시지를 남기지 않고 그냥 넘어갔습니다.

그렇게 정신없이 두 달이 지났습니다. 저는 간만에 명희 씨에게 연락을 했죠. 그런데 전화기 넘어 들려오는 명희 씨 목소리는 너무나 격앙되어 있었습니다.

“왜 전화한 거예요? 선생님이 먼저 버렸잖아요. 제가 안 가도 상관도 안 하면서! 이제 저한테 신경 쓰지 마세요!”

순간 저는 이게 무슨 소리인가 싶어 다급히 자초지종을 얘기했지만 소용이 없었습니다. 명희 씨는 신경 쓰지 말란 말만 반복했죠. 그러고 나서 며칠 후, 명희 씨에게 먼저 연락이 왔습니다. 죄송하다며 화를 낼 일이 아니었는데 선생님에게 그렇게 버럭버럭 화를 내고서 힘들었다고 말입니다.

"연락 줘서 고마워요. 명희 씨, 걱정하지 마시고 편하게 오세요. 우리 다시 만나요."

제가 성격이 좋아서 명희 씨를 받아준 게 아닙니다. 저는 일찍이 명희 씨가 불안정 애착 중 혼돈형에 해당한다는 것을 알고 있었기 때문에 그녀를 이해했던 것입니다.

다가서고 멀어지고 혼자 분노하는 혼돈의 삶

불안정한 애착 유형 중 혼돈형은 말 그대로 양육 방식 자체가 혼란했던 경우입니다. 주 양육자가 아이에게 거리를 뒀다가도 잘해주고 또 그러다가 과잉된 감정 반응을 보여 아이가 불안과 공포를 느끼게 하는 양육 방식이죠. 말은 화나지 않았다고 하면서도 행동은 화난 태도를 보이는 이중 메시지와 여러 방식의 학대 등 혼란스러운 상황을 경험한 아이는 어느 것 하나 선택하지 못한 채로 저항형과 회피형에서 보이는 반응들을 전부 보이는 혼돈형이 됩니다. 그리고 성인이 되면 감정조절이 어렵고 관계에서 금방 버려질 것이라는 두려움에 거리를 두는 것을 반복하며 스스로도 괴로워합니다. 이로 인해 무절제한 폭식, 여러 제거행동이나 자해, 성적 문란함 등을 보이게 됩니다.

명희 씨는 다시 상담 자리로 돌아왔습니다. 그러곤 제게 지난 두 달간 자신이 어떻게 지냈고 왜 그날 화를 냈는지 말해주었습니다.

"지난 상담 때, 그날 토요일이었잖아요. 평소보다 15분 더 상담했던 걸로 기억해요. 그때 상담을 마무리할 즈음, 선생님 표정이 너무 안 좋아 보였어요. 제가 너무 칭얼거려서 화가 나신 것 같았죠. 선생님이 절 싫어하는 것 같다는 생각이 들자 다시는 상담을 오고 싶지 않았어요."

명희 씨의 기억대로, 그날은 토요일이었습니다. 항상 상담 예약이 많은 요일이었죠. 하지만 저는 명희 씨가 특히 더 힘들어한 날이었기 때문에 정해진 시간보다 15분 더 상담을 진행했습니다. 이건 전문가로서 제 선택이었어요. 하지만 뒤에 상담이 또 있다는 걸 저도 모르게 신경 쓴 순간이 있었나 봅니다. 그래서 잠시 표정이 굳었겠죠? 그 찰나의 표정을 보고 명희 씨는 제가 화가 났다고 느낀 겁니다. 물론 전 그날 정말 최선을 다해 명희 씨를 지지해주었고 표정관리도 잘 했다고 생각합니다. 그러나 사실 여부는 중요치 않습니다. 명희 씨가 그렇게 느끼지 못했으니까요. 제가 아무리 전화를 했어도 명희 씨는 '상담자마저도 내가 힘들어하는 걸 이해 못 하고, 날 이상하게 생각하는구나' 하고 공포에 떨며 슬퍼했다가 화를 냈다가를 반복했을 겁니다.

명희 씨는 모든 관계가 이랬습니다. 학교에서 짝사랑하던 동아리 선배가 조금이라도 안 좋은 표정을 지으면 심한 분노가 올라왔죠. '다른 여자 후배들한테는 미소 지어주면서 나한테는 왜 딱딱하게 얘기하는 거지? 내가 뭐 잘못했나? 나만 싫어하는 것 같아' 이런 생각부터 했죠. 한번은 심한 불안과 분노를 못 이겨 그 선배에게 따로 대화를 요청했다고 합니다. 자신이 실수하거나 잘못한 게 있는지 물어보고 사과할 게 있으면 하고 오해가 있으면 풀려고 그랬던 건데, 막상 선배와 마주 앉으니 자신도 모르게 눈물을 쏟으며 과거 얼마나 힘들게 살아왔는지를 얘기하게 되었습니다. 부모님의 폭력과 이혼, 아버지의 외도, 본인의 낙태 전력과 식이장애까지 말입니다. 하지만 모든 걸 털어놓은 뒤 자신을 더 살뜰하게 챙겨줄 줄 알았던 선배는 오히려 명희 씨에게 거리를 두었습니다. 당연히 명희 씨는 더 강한 분노를 느끼며 심한 공허함과 외로움에 폭식과 구토에 시달리게 됩니다.

폭식과 구토가 심해지니 명희 씨는 다시 체중에 집착하기 시작했습니다. 탄수화물은 아예 끊어버리고, 살찌니까 저녁은 무조건 굶고, 물 외엔 다른 음료는 절대 먹지 않기로 했죠. 배 속의 공허함을 달래기 위해 선택한 대체행동은 쇼핑이었습니다. 하루에 200만 원이 넘는 옷과 가방을 샀습니다. 처음엔 스트레스도 풀리고 속이 뻥 뚫리는 듯한 기분도 느꼈습니다. 하지만 그때뿐이었습니다. 공허는 채워지지 않았고 명희 씨는 결국 이성의 끈을 놓은 채 배달을 시켜 엄청난 양의 음식을 마구 해치워버리고 맙니다.

안정을 잡아줄 무게추는 다이어트가 아닌 자존감

명희 씨는 늘 아무도 날 좋아하지 않으며 난 사랑받을 수 없는 존재라는 '증거'들을 만들어갔습니다. 다른 사람의 아주 잠깐 스치는 표정 하나도 그 증거로 삼았습니다. 그러다 보니 작은 친절에 미친 듯이 집착하고 잠깐의 외면에 극도의 분노를 느끼며 스스로를 통제하기 어려워졌죠. 안 지 얼마 안 된 사람에게 힘들었던 모든 걸 쏟아붓고 나를 불쌍히 여기라며 강요하는 일도 많았습니다.

명희 씨는 자신의 이런 혼란스러운 성격이 모두 자기 탓이라고 생각했습니다. 이로 인해 나타난 폭식과 구토, 다이어트 강박도 자기가 사랑받지 못하는 증거일 뿐이라 여겼습니다. 하지만 명희 씨가 집착과 회피를 반복하는 건 그녀의 잘못이 아닙니다. 상담을 통해 들여다본 명희 씨의 삶은, 대학을 다니고 치료를 받으러 오는 것 자체가 대단하다 느낄 정도로 굴곡이 심했습니다.

태어나는 순간부터 명희 씨는 부모의 보호를 받은 기억이 없었습니다. 명희 씨의 부모님은 이혼하기 전 함께 살 땐 매일 싸웠습니다. 그리고 그 불똥은 모두 명희 씨에게 튀었죠. 폭력적이었던 아버지는 명희 씨가 일상적인 질문만 던져도 손을 올렸고 길에서 때리는 일도 부지기수였습니다. 부모님이 이혼한 후 명희 씨는 어머니와 살게 됩니다. 그러나 어머니는 원래도 명희 씨를 챙기지 않았지만 이혼 후엔 더욱 명희 씨를 방치했습니다. 심지어 집에 모르는 아저씨들이 자유롭게 드나

들었다고 합니다. 이후에도 엄마의 거짓말, 남자 문제 등으로 명희 씨는 엄마의 사랑과 보호는커녕 성추행과 성폭행의 트라우마를 안게 됩니다. 명희 씨의 내면에서는 자연스레 사람에 대한 믿음이 사라졌습니다. 자신을 보호해주지 않고 오히려 착취하며 학대했던 부모에 대한 분노가 다른 모든 이에게로 향했던 것입니다.

그렇지만 그와 동시에, 명희 씨는 사람이 미치도록 그리웠습니다. 아무런 조건 없이 사랑을 베풀어주는 사람이 자신에게도 생기길 바랐습니다. 그러다 보니 조금만 친절해도 큰 희망을 품고 거리를 확 좁혀버렸습니다. 다이어트는 모든 이들에게 사랑을 얻기 위한 수단이 되었습니다. 이성에게 성적으로 어필하기 위해서 살이 찌면 안 된다고 믿었기 때문입니다.

저는 명희 씨를 치료하기 위해 우선 치료적 관계에서 안정감을 만들어갔습니다. 아무리 힘든 일을 털어놔도 긍정해주고 이해해주고 그녀의 내면을 한없이 보호해주는 역할을 자처했습니다. 그제야 조금씩 명희 씨는 다른 사람에 대한 불신을 잊어갔습니다. 상담에서 경험한 안정된 인간관계가 명희 씨 내면의 흔들림을 차츰 줄여준 것입니다. 이어 저는 다른 사람에게 기울어져 있는 명희 씨의 무게추를 자기 내면세계로 끌고 오도록 유도했죠. 이리저리 흔들리는 그녀의 내면이 균형을 잡을 수 있는 키는 자존감에 있었습니다. 안정된 자존감만이 자기 내면을 이해하고 제대로 바라볼 수 있게 해주기 때문입니다.

무기력

열심히 살았는데 이제 아무것도 하기 싫어요

'나는 살이 쪄서 이제 취업도 못 할 거고 앞으로 가족들한테 짐만 되겠지.'

우울한 감정에 깊이 빠져 있는 분들은 자신의 현재와 미래를 보는 관점이 마치 한 세트처럼 비관적으로 따라다닙니다. 우울증의 인지삼제인데요. 이는 '세 개가 한 벌'이라는 뜻으로, 나는 무가치하고 결함이 있고 아무도 나를 원하지 않을 거라는 자기 자신에 대한 부정적인 지각, 현재에 대한 부정적인 해석, 미래에도 계속 고통과 실패가 반복될 것이라는 믿음으로 이루어져 있습니다. 우울증을 설명할 때 대표적으로 쓰이는 인지이론이죠.

좌절, 무기력, 절망이 반복되면 죽고 싶다는 마음이 강해질 만큼 위험할 수 있습니다. 그중 무기력은 우울증의 대표적인 감정으로 볼 수 있는데요. 문제는 무기력을 게으름으로 오해하는 분들이 많다는 것입니다. 특히 거식증이 있는 분들은 기본적으로 대충 하는 법이 없고 완벽하게 하려 하며 부지런합니다. 다른 사람들에 비해 모든 면에서 엄격한 기준을 갖고 있죠. 당연히 다이어트를 해도 대충 하지 않습니다. 정확한 숫자, 사이즈, 칼로리를 지켜가며 자신을 극한으로 몰고 갑니다. 하지만 이렇게 살을 극단적인 방법으로 확 빼고 나면 생리학적으로 거식과 폭식을 왔다 갔다 하게 됩니다.

민경 씨도 오랜 거식과 폭식으로 힘겨워하다 저를 찾아왔습니다. 제가 요즘의 감정에 대해 묻자, 민경 씨는 힘이라곤 하나도 없는 얼굴을 하고 한참 생각을 하더니 말했습니다.

"제가 한창 다이어트할 때는 조금만 먹고도 하루에 2~3시간씩 운동해도 거뜬했거든요. 맘먹고 공부하기 시작하면 밤을 새도 피곤한 줄도 몰랐고요. 회사 다니면서도 새벽에 일찍 일어나서 영어 학원도 갔어요. 정말 열심히 살았는데 지금은 너무 무기력해요. 자꾸만 게을러지고, 운동도 하기 싫어지고 공부에 집중도 안 되고… 살을 못 빼서 지금은 삶이 엉망이에요. 살을 빼지 못하면 다시는 그때처럼 살 수 없을 거예요."

민경 씨의 현재 감정은 온통 부정적인 것으로 가득했습니다. 자기 자신, 현재의 삶, 미래에 대한 희망이 모두 암흑인 것처럼 묘사했죠. 단 하나, 젊었을 적 다이어트에 성공했던 당시만큼은 에너지 가득한 나날들로 기억하고 있었습니다.

민경 씨는 심한 무기력에 사로잡힌 상태였습니다. 뭘 하고 싶지도 않고 계속 누워만 있고 싶어 했습니다. 다만, 오로지 살을 빼야 한다는 다짐만큼은 무한 반복했습니다. 무기력을 극복할 수 있는 유일한 수단은 다이어트뿐이라고 믿었기 때문입니다. 실제로 민경 씨에게 요즘 가장 긍정적인 감정을 느꼈던 일은 없었느냐고 묻자, 민경 씨는 체중계에 올라 조금이라도 몸무게가 줄어든 걸 확인하면 그렇게 성취감이 있을 수가 없다고 했습니다. 내가 계획한 대로 하나도 되지 않는 세상이지만 몸무게 하나만큼은 맘대로 할 수 있는 것 같았죠. 그럴 수밖에요. 그렇게 안 먹고 굶으니 몸무게가 안 줄어들 리 없죠.

다이어트가 주는 가짜 성취감

다이어트를 오래 지속하여 식사에 문제가 생긴 분들 중 많은 분들이 무기력을 경험합니다. 그리고 이를 극복하는 방법으로 더 극심한 다이어트를 선택하죠. 살이 빠지면 주변에서 칭찬도 들을 수 있고 목표 체중을 달성하면 묘한 성취감도 얻을 수 있기 때문입니다. 제가 만나본 내담자분들 10명 중 8명은 무기력을 느끼면 그냥 다이어트를 했다고 합니다. 그런데 이야기를 듣다 보면, 이들의 무기력이 사실은 다른 이유로 생겨난 우울이라는 것을 알게 됩니다.

민경 씨의 사례로 다시 돌아가볼까요. 민경 씨는 술만 마시면 폭력적으로 변하는 아버지와 무기력한 어머니 사이에서 성장했습니다. 부부싸움은 비일비재했고 어머니는 폭력적인 아버지를 달래느라 에너지를 다 빼앗겨 늘 무기력하고 우울해 보였습니다. 민경 씨는 자신마저 말썽을 부리면 엄마가 무너질까 봐 걱정됐기에 늘 최선을 다해서 모든 것들을 알아서 하는 착한 딸이 되었습니다. 그러니 당연히 자신의 감정과 욕구도 표현하지 않았죠. 어차피 어쩌다 한번 힘들다는 티를 내도 어머니는 전혀 알아차리지 못했으니까요. 어머니도 본인이 사는 게 너무 힘들고 우울했기 때문에 딸의 감정을 돌봐주기 어려웠던 것입니다. 아버지는 민경 씨에게 단 한 번도 칭찬을 해준 적이 없었다고 합니다. 아버지가 민경 씨를 부를 때는 뭔가 잔소리를 하거나 심부름을 시킬 때뿐이었죠.

이런 환경에서 자라온 민경 씨는 대학에 다니던 어느 날, 갑자기 삶이 너무나 재미없다고 느꼈습니다. 열심히 공부를 하고 남들 하는 대로 살아는 가는데 늘 힘도 없고 미래가 기대되지 않았습니다. 그러다 그나마 학교생활을 버티게 해주던 목표인 장학금을 못 받게 되자 민경 씨는 이제 무엇을 붙들고 살아야 할지 막막해졌습니다. 자신이 너무 초라하고 한없이 작아 보였으며 심각한 우울에 빠졌습니다.

모든 정신적인 증상이 심해지는 데는 현재의 촉발 요인이 있습니다. 원래 있었던 심리적 고통들이 촉발 요인에 의해 자극되어 표면적 증상으로 드러나는 것인데요. 민경 씨에게는 장학금을 못 탄 것이 촉발 요인이었고 이로 인해 늘 우울하고 불안했던 집안 분위기 속에서 참아왔던 감정들이 폭발하게 된 것입니다. 그렇게 한동안 우울함에 허

덕이던 그때, 갑자기 떠오른 게 다이어트였습니다.

'다이어트나 한번 해볼까?'

그렇게 무기력한 생활을 타파하고자 민경 씨의 생애 첫 다이어트가 시작되었습니다. 민경 씨는 자극적이지 않은 반찬과 현미밥을 먹으며 규칙적인 운동을 해 약 3kg 정도를 감량합니다. 참 평범하고 무리 없는 다이어트였죠. 그러나 시간이 지나기 무섭게 민경 씨는 음식을 극도로 통제하는 수준의 다이어트를 하게 됩니다. 눈에 띄게 줄어드는 몸 사이즈와 체중계의 숫자가 민경 씨에게 한 번도 느껴보지 못한 성취감을 안겨주었기 때문입니다. 이후로도 극심한 다이어트는 민경 씨가 오랜 시간 갖고 있었던 무기력과 우울감을 통제해주는 훌륭한 도구로 작동했습니다.

사람마다 극심한 다이어트를 하게 만드는 촉발 요인은 다양합니다. 친구가 다이어트를 성공하는 걸 보고 따라서 시작하기도 하고, 누군가 내 신체 일부를 놀려서 화가 나 시작하기도 합니다. 때론 시험에 떨어졌을 때, 친구와 싸우고 나서처럼 외모와 관련 없는 일에서 정신적 충격을 받아 식사가 불가능해지고 이때 살이 빠지는 경험을 한 후 그 느낌이 좋아 계속해서 다이어트를 하게 된 분도 있습니다.

이러한 극심한 다이어트를 유발하는 요인들 외에도 어마어마한 요인들이 존재합니다. 그러나 중요한 건, 이런 촉발 요인보다 무리한 다이어트를 계속 붙잡게 하는 진짜 이유, 즉 어린 시절의 상처나 외면받은 감정을 알아채는 것입니다.

다이어트를 할수록 무기력해지는 이유

완벽하게 자신을 통제하며 극단적인 다이어트를 하면, 처음에는 다이어트가 잘되는 것 같지만 나중에는 식욕이 폭발해 체중이 되레 더 늘어납니다. 살이 빠지면서 느꼈던 기쁨도 순식간에 사라지죠. 그러면 살이 빠지는 기쁨 아래 가려져 있던 원래의 무기력과 우울이 다시 드러나고 오히려 더 심해집니다. 아무런 의욕도 생기지 않죠.

그런데 이때 대부분의 내담자분들은 내가 굶었으니까 폭식이 터진 것뿐이라 생각을 합니다. 사실은 아주 어릴 때부터 켜켜이 쌓인 우울과 부정적 감정을 돌봐주지 않아 폭식을 하게 된 것인데도요. 그러면서 자기의 무기력을 탓하게 됩니다. '살은 이렇게 쪄놓고 아무런 노력도 안 하는 거야?' 하며 무기력한 자신을 채찍질합니다. 정작 무기력의 원인인 우울은 알지도 못한 채 말입니다.

여기에 설상가상으로 주변에서는 무기력한 자신에게 잔소리를 아무 생각 없이 툭툭 던집니다. 민경 씨도 어머니에게 걱정 아닌 걱정을 들었는데, 그 말이 얼마나 상처였는지 모른다고 했습니다. 민경 씨 어머니가 한 말은 이것이었습니다.

"빼빼 말랐을 때는 너무 안 먹고 운동만 해서 걱정이었는데, 요즘엔 또 운동은커녕 집 밖에도 안 나가니? 게을러터졌어, 아주."

그런데 식이장애 당사자분들은 물론 그 주변 사람들도 반드시 알아야 하는 게 있습니다. 극심한 다이어트를 장기간 하다 보면 어쩔 수 없이 무기력을 느낄 수밖에 없단 것입니다. 바로 '아드레날린' 때문입니다. 아드레날린은 부신 속질에서 분비되는 호르몬으로, 교감신경을 흥분시키고 혈당량을 증가시켜 뇌의 활동에 영향을 미칩니다. 평상시에는 도파민과 유사하게 각성, 활력, 주의력의 기능을 담당합니다. 그러다 목숨이 위험하거나 불안한 감정이 솟구치는 상황에서 집중력과 결단력이 필요할 때 활발히 분출되죠. 그래서 심각한 저체중일 때 안 먹어도 집중력이 제일 좋았다고 느끼는 분들이 있기도 합니다. 물론 아주 잠깐이지만요. 하지만 그 집중력을 한번 경험하고 나면, 그때를 그리워하면서 '지금은 왜 식욕도 절제하지 못하고 집중도 안 되고 아무것도 하기 싫지?' 이런 생각으로 이어지게 되고 자기비하에 빠집니다.

다이어트를 시작하면 뇌는 위기 상황이 닥쳤다고 느낍니다. 굶주림은 모든 생물의 생존을 위협하는 가장 원초적 두려움이기 때문입니다. 그래서 체내로 들어오는 영양소가 갑자기 줄면 생존에 심각한 위기가 닥쳤다고 파악해 이를 견뎌낼 수 있도록 아드레날린을 분비합니다. 아드레날린의 분비로 우리는 배고픔을 일정 정도 견뎌낼 수 있죠. 하지만 아드레날린의 도움도 한계가 있습니다. 식사를 너무 제한하고 그게 지속되면 아드레날린도 고갈되고 그때부터는 피로와 무기력이 한꺼번에 몰려옵니다. 당연히 견딜 수 없는 감정적 아사 상태에 빠지고 폭식을 하게 되죠. 식이장애 증상이 나타나는 겁니다.

이렇게 다이어트에 얽매여 살면서 점점 더 식욕조절도 안 되고 무기력에 빠지는 걸 느끼면서도, 식사에 문제가 있는 분들은 다이어트를 놓지 못합니다. 민경 씨의 사례처럼, 다이어트가 주는 가짜 성취감이 그립기 때문입니다. 뇌가 아드레날린을 짜내며 마지막 몸부림을 쳤던 그때 그 다이어트 시절로 돌아가고 싶은 건데요. 아무리 돌아가고 싶어도 사실 돌아가기 힘듭니다. 고갈된 아드레날린을 다시 만들어내기 위해선 몸과 뇌가 충분히 쉬고, 영양도 섭취하고, 게으름도 피우는 시간이 필요하기 때문입니다.

그러니까 다이어트를 과도하게 하면서 만나는 무기력은 몸이 보내는 위험 신호라고 할 수 있습니다. 여러분이 게으른 사람인 게 아니고 몸과 마음이 많이 지쳤다는 시그널입니다. 그러므로 계속 다이어트에 매달리기보단 마음부터 돌봐야 합니다. 사실 다이어트뿐 아니라 우리가 하는 모든 일들이 너무 과하면 오히려 전보다 못한 결과를 얻게 됩니다. 이 간단한 자연의 진리를 잊는다면 다이어트로 인한 무기력을 다시 다이어트로 물리치려는 모순에서 빠져나올 수 없습니다.

외로움

혼자일 때마다 폭식해요

듣기만 해도 가슴이 먹먹해지고 눈물이 나는 단어, 세상 모두가 나에게 등을 돌려도 내 편이 되어줄 한 사람. 이 설명을 듣고 떠오르는 말이 무엇인가요? 아마 많은 분이 '엄마'라고 하셨을 거예요. 그런데 과연 누구에게나 엄마라는 말이 그런 감정을 불러일으킬까요?

내담자분들 중에는 단 한 번도 엄마로부터 따뜻함을 느껴본 적이 없다고 한 분들이 많습니다. 태어나 가장 가까웠던 존재인 엄마에게 소중한 존재가 아니라는 느낌을 받으면, 아이의 마음에는 커다란 구멍들이 뚫립니다. 나는 사랑받지 못한다고 느끼는 애정에 대한 구멍, 있는 그대로 나로서 존재하면 안 된다고 느끼는 존재에 대한 구멍, 칭찬과 격려보다 무시와 냉대를 받아 생기는 자신감에 대한 구멍, 집이라는 공간에서 온전히 안정을 느끼지 못해 생기는 안식처에 대한 구멍, 그리고 혼자라는 감정이 파고들어 생기는 외로움에 대한 구멍… 그리고 이 구멍들은 마음에 큰 흔적을 남겨놓지만 정작 알아차리기는 어려운 존재가 됩니다.

루다 씨도 상담을 받는 초기에는 자신의 폭식이 감정 때문에 일어나는 것임을 이해하지 못했습니다. 자꾸 폭식을 하고 후회하는 현상에만 집중해서 이걸 빨리 고치고 싶다고만 말했죠. 그러나 저는 루다 씨와 처음 만난 순간부터 루다 씨가 극심한 외로움을 느끼고 있으며 그 외로움의 원인을 파고들지 않으면 이 치료는 어려울 것이라고 내다보았습니다. 왜냐하면 루다 씨가 폭식을 하는 상황이 언제나 홀로 있는 시간에만 나타났기 때문입니다.

"루다 씨, 가족 구성이 어떻게 되죠?"

"부모님하고 오빠 한 명이 있었어요. 네 식구요."

"어렸을 때 가족들과 감정적 소통은 어떤 편이셨나요?"

"소통이랄 게… 있을까요? 부모님은 늘 바쁘셨고 하나 있는 오빠랑도 나이가 네 살 정도 차이가 나니 그리 친하진 않았어요. 전 그래도 친구는 좀 있는 편이어서 밖에선 활달했는데 집에만 가면 입을 꾹 닫고 살았죠. 부모님께는 내가 뭘 하고 싶다거나 원하는 게 있다고 말도 안 했어요. 아니, 못 했어요. 대화 없는 집이라 늘 썰렁했거든요."

"집에서 많이 외로웠겠네요."

"음, 그때는 몰랐지만 지금 생각하면 조금 외로웠던 것 같아요. 그 어린애가 자기 방에만 콕 박혀서 살았으니까요."

루다 씨는 어렸을 적부터 외로움이란 감정이 너무나 익숙했습니다. 그래서 어른이 되어서도 외롭다든가 혹은 외로워서 힘들다든가 하는 인식이 없었습니다. 하지만 루다 씨가 폭식을 하는 상황은 늘 그녀가 완전한 외로움 속에 잠겼을 때였습니다. 특히나 성인이 되어 자취를 하고 나서부터는 아무도 없는 집에 귀가하면 무조건 옷도 갈아입지 않고 냉장고부터 연다고 했습니다. 낮 동안 많은 사람과 어울렸던 날엔 더욱더 폭식을 주체하지 못했죠. 아마도 루다 씨가 불이 꺼진 고요한 집에 들어설 때 어릴 적 집에서 느꼈던 그 황량하고 차가웠던 외로움의 기억이 되살아난 것이 아닐까 싶습니다.

저는 루다 씨가 어렸을 때 느낀 외로움은 그저 조금 심심했다는 정도가 아니었으리라 생각했습니다. 아니나 다를까, 대화를 하며 알게 되었는데 루다 씨는 꽤 오랜 시간 부모로부터 방임당했습니다. 자기감정을 말하는 것조차 포기할 정도로 감정적 돌봄을 받지 못했어요. 특히 정말로 공감을 얻고 싶었던 어머니에게서 관심은커녕 귀찮아하는 반응만 돌아오자 아예 다가가는 것도 체념하게 되었습니다. 기댈 존재가 없는 아이는 방에 틀어박혀 혼자 외로움을 씹어 삼켰겠죠.

또 루다 씨의 폭식은 가족들과 함께 살았던 사춘기 시절에 시작되었는데요. 그때도 지금도, 가족 중 그 누구도 루다 씨의 폭식으로 인한 고통을 알지 못한다고 했습니다. 루다 씨가 십 대 때부터 다이어트에 집착하며 밥을 안 먹어도 가족들이 관심이 없었던 거죠. 물론 루다 씨도 어차피 집에서 가족들하고 식사하는 게 편치 않아서 식사에 대한 감정이 그다지 좋지도 않았고요.

그렇게 어린 나이부터 다이어트를 하면서 폭식과 같은 식이장애를 겪었고, 그러면서도 이 힘든 상황을 가족 누구에게도 말을 못 한 루다 씨. 루다 씨의 폭식은 어쩌면 나를 좀 봐달라고, 루다 씨의 어린 자아가 가족에게 외치는 구조 요청이었을지 모릅니다. 하지만 가족들은 그런 루다 씨를 그저 먹는 거 좋아하고 식탐이 많다고만 여겼습니다. 심지어 어머니는 "그만 좀 먹어! 네가 다 먹으면 오빠 뭐 먹니?" 하며 서러운 소리까지 했죠. 그러면 루다 씨는 마구 먹다가 눈물을 흠뻑 쏟고 때론 게워내면서 '왜 식욕을 못 참는 거야' 하고 스스로를 책망했습니다. 정말 루다 씨가 느꼈을 외로움이란 상상할 수조차 없을 만큼 지독했을 듯합니다.

폭식이 외로움의 피난처가 되어준 것입니다

폭식이나 구토 등 식이장애 증상은 명백히 심리적 요인으로 인해 생깁니다. 어떤 감정을 느끼면 식이장애 증상이 나타나는 것이죠. 하지만 이 과정이 단 몇 초 만에 이루어지다 보니까 그 짧은 순간에 '내가 지금 왜 폭식을 하려고 하지?'라고 생각하기 쉽지 않습니다. 아무리 '내일은 진짜 폭식하지 말아야지' 다짐해도 폭식을 끊기 어려운 이유가 바로 이것입니다. 단순히 먹는 것을 이성으로 누르고 말고의 문제가 아닌 겁니다.

이렇게 문제 증상을 일으키는 부정적 감정을 마주하고 싶은 사람은 아무도 없겠죠. 루다 씨도 어릴 때부터 지겹게 느껴서 이제는 익숙하다 생각했던 외로움을 사실은 피하고 싶었던 것입니다. 그래서 과거에도 현재에도 계속 이어지고 있는 외로움이라는 감정이 자극받을 때, 이를 느끼지 않기 위해 빛의 속도로 빠르게 음식을 먹었던 것입니다. 자동반사적으로 말이죠.

이러한 면 때문에 식이장애의 증상들은 하나의 '생존자원'이 됩니다. 즉, 내가 외로움이나 우울, 분노를 느꼈을 때 이걸 있는 그대로 받아들였다간 혈압 상승, 심장 발작, 자해와 같은 생존에 심각한 위해가 될 수 있는 행동을 할 수도 있기 때문에 그 대신 나를 살리는 수단으로 폭식을 하고 구토를 한 것입니다. 맹수가 달려들 때 작은 동물들이 살려고 도망가거나 맞붙어 싸우거나 그냥 얼어붙어버리는 것처럼, 우리 몸이 심각한 위험 신호를 인지했을 때 살고자 취하는 방어기제가 식이장애 증상인 셈입니다.

바쁜 하루를 마무리하고 집에 들어오자마자 느껴지는 어둠과 고요 속에서 루다 씨는 어릴 적 지독하게 느낀 외로움을 상기할 수밖에 없었고, 이 외로움이 자신을 잠식해버리기 전에 재빨리 폭식이라는 피난처로 도망을 갔습니다. 너무나 자연스럽고 무의식적인 방어여서 본인 스스로는 이 메커니즘을 절대 알아차릴 수가 없죠. 그래서 폭식이나 구토를 하지 말아야 한다는 의지만으로, 혹은 다른 대체행동으로 치료하기가 어려운 겁니다.

멈춤 표지판을 따라 내면의 엄마를 만날 것

이렇게 말하니 폭식을 벗어나기가 너무 어렵게만 느껴지실 것 같네요. 영영 폭식이라는 피난처에서 살아야 하나 걱정도 되시겠죠. 다행히 감정을 제대로 알아차리는 습관을 들이면 외로움으로 인한 폭식을 벗어날 수 있습니다.

먼저 외로움이란 감정이 폭식이나 구토로 연결되는 그 잠깐의 과정에 '멈춤' 표지판을 세워보세요. 물론 폭식과 구토는 순식간에 벌어지는 일이기는 하지만, 그래도 머릿속으로 '멈춤' 표지판을 세워두는 건 '폭식하지 말아야지'라고 다짐하는 것보다는 쉬울 거예요. 그리고 표지판 앞에 다다랐을 때는 폭식을 멈추자고 생각하는 게 아니라 일단 오늘 하루의 식사를 되돌아보세요. 오늘 하루 종일 모든 식사 시간이 다 무탈하게 지나갔었음에도 폭식과 구토를 하고 있는지 확인하는 겁니다. 이 과정을 몇 번 하고 나면 내가 어떤 감정일 때 무너지는지, 식이장애 증상이 시작되기 전과 후에 반복적으로 보이는 행동 패턴이 있는지 등을 알 수 있습니다. 이런 알아차림이 있어야만 감정을 음식에 투사해 에너지를 쓰는 일을 방지할 수 있습니다.

그리고 이와 동시에 내 외로움이 어디서 왔는지 깊이 있게 이해하는 시간을 가져야 합니다. 내가 가장 최초로 외로움을 느꼈던 때를 더듬어보세요. 루다 씨와 이야기를 나누며 알아보았듯, 어린 시절 어머니와의 관계에서 정서적 허기를 느끼면 원인을 알 수 없는 공허와 외로움에 오랜 시간 시달릴 수 있습니다.

애착 형성에서 어머니와의 관계는 매우 중요한데, 여기서 안정적인 애착이 만들어지면 아이는 그 힘을 기반으로 삼아 정서적 융통성, 사회적 기능, 인지능력이 향상되어 힘든 상황이나 좌절에도 유연하게 대처할 줄 알고 다른 사람들과도 안정된 관계를 유지할 줄 알며 자신의 감정 역시 잘 조절할 수 있게 됩니다. 반면 불안정한 애착을 형성하게 되면 아이는 코르티솔이라는 스트레스 호르몬이 과다 분비돼 모든 상황에서 경직된 반응을 보이고 감정을 잘 조절하지 못하게 됩니다. 특히 아이가 힘든 감정을 표현했을 때 최초 감정조절자인 엄마가 괜찮을 거라고 달래주기보다 자기가 더 불안해하거나 다그치면, 그 아이는 성인이 되어서도 자신의 감정을 조절하는 자기조절(self-regulation) 능력이 부족해집니다. 그래서 사회에 나가서도 편안한 관계를 맺는 것을 힘들어합니다. 나도 내가 불편하니 타인과도 안정적 관계를 맺기 힘들어지는 것이죠.

희망적인 것은, 심리적 구멍을 채워나가는 방법이 다양하다는 것입니다. 가족상담치료를 통해서 가족들, 특히 엄마와의 관계를 바꿔나가는 방법도 있고 가족이 아니라도 나를 아껴주고 사랑해주는 사람들로부터 힘을 얻어 스스로 '내면의 엄마'를 만들 수도 있습니다. 결국 내 상처는 스스로를 사랑하고 보살핌으로써 치유할 수 있기 때문입니다. 힘이 되는 글귀를 적거나 외우면서 심리적 구멍을 채우는 것도 느리지만 확실한 치료법입니다.

매일 아침 스스로에게 내면의 엄마가 전하는 메시지를 들려주면 어떨까요?

넌 안전해

편히 쉬어도 괜찮아

네가 있어서 정말 기뻐

늘 너를 지켜보고 있단다

언제나 너만을 위해 시간을 낼게

네 욕구와 감정은 그 무엇보다 중요해

현재 내가 알 수 없는 공허감, 외로움의 감정에 시달리며 이를 폭식이나 구토, 강도 높은 다이어트로 해결하고 있다면 그것은 상처받고 결핍된 마음의 조각들을 돌봐달라는 몸의 구조 신호임을 잊지 마세요.

병적 수치심

내 존재 자체가 잘못이에요

수정 씨의 성인 자아는 알고 있었습니다. 자신이 세끼를 먹어야 하는 것과 더 살을 빼면 안 된다는 것을요. 배가 부른 느낌이 자연스러운 것이고 그게 곧 살이 찐다는 신호가 아니라는 것도 잘 알았습니다. 그런데 이건 어디까지나 수정 씨의 이성적인 성인 자아의 생각일 뿐이었습니다. 수정 씨가 식탁 앞에 앉을 때마다, 성인 자아를 밀치고 식이장애 자아가 나타나 살이 찌면 안 된다고 외쳤습니다. 그래서 건강해지고 싶다는 마음으로 밥을 먹으려다가도 살이 찔 거라는 불안이 훅 치밀어 올라 그대로 수저를 놓게 되었죠. 이렇게 아침과 점심을 거의 굶다시피 하면 저녁에 폭식을 하리란 건 자명했지만 살이 찌면 안 된다는 식이장애 자아의 외침은 순식간에 수정 씨의 모든 정신을 지배해버렸습니다. 마른 것을 유지해야 한다는 공포는 그렇게 수정 씨를 패닉 상태로 몰아갔고 구토까지 불러일으키게 되었습니다.

거식증을 겪고 있는 분들은 체중에 대한 강한 공포감을 호소합니다. 배가 부른 감각을 살이 찐다는 위험 신호로 받아들이기 때문입니다. 그런데 이 공포감이 정말 살의 문제일까요?

"제 소원이 뭔지 아세요? 많이 먹는데 살찌지 않는 거예요. 아니, 많이 먹어도 오히려 살이 빠졌으면 좋겠어요. 알아요, 말도 안 되는 거. 하지만 저는 말라야 해요. 가뜩이나 자존감이 낮은데 체중까지 늘면 진짜 은둔형 외톨이가 될지도 몰라요."

"구토를 할 때 기분은 어때요? 힘들지 않아요?"

"아뇨. 저는 토하는 게 세상에서 제일 쉬워요. 보통 아침에는 샐러드를 먹고 점심은 굶는 편이고 저녁에 몰아서 먹은 다음에 토해요. 이게 저한테는 스트레스를 해소해줘요. 폭식과 구토에 에너지를 다 써서 체력이 떨어져 힘들긴 하지만 이것만이 유일하게 해방감을 주거든요."

수정 씨가 본격적으로 체중에 집착하게 된 것은 대학교 3학년 이후입니다. 그전까지는 다이어트를 반복하더라도 그렇게까지 체중에 목을 매지는 않았죠. 그러다 4학년이 되어 수정 씨는 취업보다 젊을 때 조금이라도 더 도전을 하고 싶어 인도에 가서 언어를 공부해보기로 합니다. 하지만 부모님의 격렬한 반대에 부딪혔습니다. 결국 어머니가 앓아누우면서 수정 씨는 도전을 포기하고 부모님이 바라는 대로 취직을 합니다. 그러나 하고 싶었던 것을 포기하고 하기 싫은 일을 하는 생활은 수정 씨에게 심각한 스트레스를 안겨주었습니다. 그 스트레스가 체중에 대한 집착으로 변했고 지금의 상황에까지 이르게 된 것입니다.

사실 수정 씨가 부모님의 반대에 부딪힌 경험은 이때만이 아니었습니다. 어릴 때부터 수정 씨 의견대로 선택한 것은 거의 없었습니다. 학교 진학 문제며, 전공 선택이며, 심지어는 옷차림까지도 부모님의 의견을 따라 살아왔죠. 감정, 의견, 욕구들이 매번 부정당했고 이상한 것으로 취급당했던 경우는 셀 수 없이 많았습니다. 한번은 수정 씨가 왜 내가 하고 싶은 대로 하게 두지 않느냐고 따진 적도 있었다고 합니다. 그러자 부모님은 이런 답변을 했다고 합니다.

"우리가 하라는 대로 하기 싫었으면 그때 말을 했어야지."

설마 수정 씨가 의사표현을 하지 않았을까요? 아니요. 하고 싶은 게 뭔지, 싫은 게 뭔지 다 말했습니다. 하지만 그걸 늘 부정당했고 남은 건 상처뿐이었던 거죠. 아무리 맷집 좋은 사람도 매번 거절과 비난, 심한 처벌만 받으면 더 이상 무언가를 주장할 수 없을 겁니다.

이러한 성장 과정 때문에 수정 씨는 자기감정을 드러내고 알아채기 힘들어했습니다. 또한 반복되는 거절은 수정 씨에게 지독한 수치심이라는 깊은 상처를 남겼죠. 그 때문에 수정 씨는 유달리 사람들에게 벽을 치는 성향이 강했습니다. 학교나 회사를 다니면서 굳이 친한 동료를 만들지 않았고 혼자서도 씩씩하게 지냈습니다. 적어도 본인 스스로는 그렇게 믿었습니다.

하지만 상담을 진행하면서 수정 씨가 보였던 독립적인 태도는 사실 다른 사람들에게 상처받지 않기 위해 먼저 센 척하며 외롭지 않다고 스스로 세뇌한 것임이 밝혀졌습니다.

참을 수 없는 존재의 부끄러움

수정 씨처럼 거식증을 앓는 분들은 거의 자기감정을 드러내지 못하고 알아채지 못합니다. 특히 부정적 감정 중 분노를 자기내면 깊은 곳에 억압해놓는 경우가 많지요. 그 이유는 '내 존재는 무엇인가 잘못되었어'라는, 자신의 존재에 깊은 수치심을 갖고 있기 때문입니다. 이것을 병적(독성) 수치심(toxic shame)이라 부릅니다.

수치심이라는 감정은 죄책감과도 비슷한데, 그 자체로서는 나쁜 게 아닙니다. 건강한 수치심은 우리에게 필요한 감정입니다. 나와 타인에게 잘못된 행동을 하거나 나쁜 마음을 품었을 때 사람이라면 자기 자신을 돌아보고 뉘우칠 수 있어야 성숙한 사람으로 발전할 수 있기 때문입니다. 수치심이 없다면 부끄러운 짓을 해놓고도 전혀 반성할 줄 모르겠죠.

그렇지만 병적 수치심은 얘기가 다릅니다. 건강한 수치심이 내가 한 행위나 잘못을 부끄러워하고 뉘우치는 것이라면, 병적 수치심은 그냥 내 존재가 잘못되었다고 믿는 것입니다. 나는 있는 그대로 사랑받을 만한 가치가 없는 존재이고, 태어날 때부터 결함투성이었다고 생각하는 것이죠. 그래서 나는 아무리 많은 성과를 이루어도 늘 부족한 사람이며 뭘 해도 거절당할 거란 착각에 빠져 있습니다.

이런 존재에 대한 부끄러움은 결국 체중에 대한 지나친 집착으로 이어집니다. 뚱뚱했을 때 스스로 느끼는 수치심은 다른 원인에 의한 수치심보다 더 큰 파도가 되어 밀려오기 때문입니다. 그러니 그나마 마르기라도 해야 병적 수치심을 조금이나마 덜 수 있는 것입니다.

병적 수치심은 존재를 파괴할 정도로 다이어트에 매달리게 만듭니다. 병적 수치심으로 진짜 자신의 감정을 알아채지 못하는 분들은 신념체계도 왜곡되어 있습니다. 매일 자신에 대해 다음과 같은 부정적 평가를 내리죠.

나는 멍청해

나는 실패자야

나는 내가 싫어

나는 이기적이야

나는 결함이 많아

나는 매력이 없어

나는 나쁜 사람이야

나는 부족한 사람이야

나는 무가치한 사람이야

나는 사랑받을 자격이 없어

나는 태어나지 말았어야 해

스스로에게 부정적인 평가가 쌓일수록 모자란 나를 감추기 위해서 몸이라도 말라야 한다고 생각하는 것입니다.

상처받은 어린 자아에게 괜찮다고 해주세요

병적 수치심은 어린 시절 부모와의 관계에서부터 차곡차곡 쌓여 만들어집니다. 그래서 의식적으로 알아차리기가 매우 어렵습니다. 게다가 '나 자신이 부끄럽다'라는 건 우울, 분노, 슬픔 등의 다른 감정들과 분리하기가 어려운 오묘한 감정입니다. 여기에 잦은 다이어트로 왜곡된 자기평가가 더해져서 더욱더 알아차리기가 쉽지 않죠.

하지만 다행히, 마음 위로 덮인 병적 수치심이란 안개는 걷어낼 수 있습니다. 내 안의 상처받은 어린 자아를 인식하고 건강한 성인 자아가 다가가 네가 상처받은 걸 몰라주었다고, 미안하다고, 그때 네가 겪은 일들은 네 잘못이 아니라고 말해주는 것입니다. 비난하는 부분이 몰아세워 상처를 받은 어린 자아에게 성인 자아가 증인이 되어 이제 괜찮다고 반박해주세요.

비난하는 부분이 마치 인격이 있는 것처럼 상상해보세요. 가족 안에 여러 구성원들이 하나의 가족 체계를 이루는 것처럼 내 몸도 하나지만 내 안에도 다른 인격들을 가진 내면의 부분들이 다 모여서 나라는 사람을 만드는 것입니다. 비난하는 부분이 어떤 표정과 목소리, 태도를 갖고 어린 자아를 몰아세우는지 종이에 적어보거나 그림을 그려보는 것도 방법입니다. 비난하는 부분이 시각적으로 보이도록 돕는 것이라면 다 좋습니다. 그럴 때 비난받는 어린 자아의 모습은 어떤지도 함께 상상합니다.

성인 자아가 증인이 된다는 말이 이해가 안 가신다면 이런 장면도 한번 떠올려보세요. 지나가는 길에 어떤 아이가 누군가로부터 괴롭힘을 당하며 폭언을 듣고 있는 모습을 봤다면 나는 그 아이에게 어떤 개입을 해주고 싶은지 말입니다.

내 안의 건강한 성인 자아와 자신을 무가치하다고 믿고 있는 어린 자아는 지속적으로 내면의 대화를 이어가야 합니다. 그래야 어린 자아가 나는 원래 사랑스러운 아이이고 마땅히 사랑받을 자격이 있다고 믿을 수 있습니다. 내면의 대화가 가능할 때 비로소 마르고자 하는 강박, 살찌는 것에 대한 막연한 두려움을 떨쳐낼 수 있습니다. 치유의 열쇠는 바로 연민과 사랑의 시선으로 이루어지는 내면의 대화입니다.

잘못된 죄책감

내가 거절하면 상처를 주겠지?

일과를 마치고 친구와 만나 술 한잔 기울인 뒤 집에 돌아오니, 식탁 위에 웬 마카롱 세트가 놓여 있습니다. 여러분은 아무 생각 없이 식탁 앞에 서서 마카롱 세 개를 눈 깜짝할 새에 먹어 치웁니다. 어느 정도 입에 단맛이 가득 찰 때쯤, 문득 여러분은 지금 자기가 무슨 일을 한 건지 깨닫습니다. 이때 여러분은 어떤 생각을 할 것 같나요?

'마카롱을 세 개나 먹었네. 방금 치킨에 술도 마시고 왔는데. 나 미쳤나 봐.'

누구나 평소보다 많이 먹었을 때나 마카롱처럼 살이 찌는 음식을 많이 먹으면 약간의 죄책감을 느낍니다. 그러면 생각 없이 먹은 자신을 살짝 꾸짖기도 하고요. 그렇지만 그 자책은 그리 오래가지 않습니다. 자기에게 좀 미안한 정도의 일로 생각하고 이내 잊어버리는 게 일반적입니다. 마카롱 세 개를 먹은 나를 대역죄인 취급하며 밤에 잠도 못 이루며 자책할 정도는 아니죠. 조금 더 마음의 여유가 있다면 '에이, 다이어트는 원래 내일부터 하는 거야' 하고 웃어넘기기도 합니다.

그러나 살에 대한 죄책감이 지나쳐 자책을 심하게 하면, 일상이 무너질 정도의 식이장애 증상이 나타날 수 있습니다. 약한 영양실조 증세로 길에서 쓰러지는 위험한 일을 겪었음에도 다이어트를 포기하지 못하고 매일 체중 강박에 시달리던 가은 씨도 뭐만 먹었다 하면 무조건 자신을 책망했습니다.

"눈앞에 일단 먹을 게 보이면 손부터 나가요. 어쩔 땐 입을 꿰매버리고 싶을 정도예요. 저는 자제력이 부족해서 먹는 걸 못 참기 때문에 그냥 음식 자체를 안 봐야 해요. 그러지 않으면 혼자서 일어설 수 없을 만큼 뚱뚱해질 게 분명해요."

저는 처음 상담을 할 때면 언제나 일단 세 끼 식사를 다 챙기는 것부터 시작하라고 조언합니다. 우선은 먹어야 다이어트를 끊을 수 있고, 먹는 행위에서 내담자가 느끼는 감정을 체크하고 그 원인을 파악해야 하기 때문이기도 한데요. 가은 씨는 자신은 한번 먹기 시작하면 멈추지 못하는 의지박약이기 때문에 절대 먹을 수 없다고 수차례 거부했습니다. 그러면서 어제 먹은 유일한 한 끼였던 저녁 식사 때도 생각했던 것보다 많이 먹었다는 생각이 들자마자 눈물이 터져, 나 때문에 가족들과의 식사 자리가 망쳐졌다며 하소연했죠. 저는 가은 씨가 왜 그토록 자신을 자책하며 죄책감을 느끼는지 그 이유를 파헤쳐보기로 했습니다.

잘못된 죄책감은 원하는 것을 포기하게 합니다

죄책감이라는 감정은 3~5세 사이에 발달합니다. 그래서 아기는 죄책감이 발달하기 전까지는 남을 때려도 죄책감을 갖지 않습니다. 그러나 점점 자라면서 가족들과 생활하며 다른 사람을 때리면 안 된다는 것, 물건을 던지면 안 된다는 것 등 잘못인 것과 아닌 것을 배우고 이런 행동을 했을 때 다른 사람의 마음을 상하게 할 수 있다는 것까지 깨닫게 됩니다. 이처럼 죄책감은 인간답게 살기 위해서 꼭 필요합니다. 그리고 잘못을 알아야 그걸 수정하고 더 나아질 수도 있죠. 건강한 죄책감이 중요한 이유입니다.

하지만 건강하지 않은 죄책감도 있습니다. 잘못된 죄책감이란 것인데, 우리가 하는 모든 행동을 내면에서 검열해 건강한 자기주장을 할 수 없게 만듭니다. 검열을 통해 해도 되는 행동과 하면 안 되는 행동을 명확히 구분해주면 괜찮지만, 검열의 결과가 항상 '잘못됐다'이기 때문에 뭘 할 수가 없게 되는 겁니다.

가은 씨의 경우엔 본인도 피곤해 죽겠으면서 누가 뭘 부탁하면 절대 거절하지 못했습니다. 사실 사람이 좀 힘들면 아무리 간곡히 부탁을 해와도 거절을 할 수 있죠. 그러나 가은 씨의 내면에서는 늘 '내가 부탁을 거절하면 저 사람에게 상처를 주겠지?' 하고 잘못된 죄책감을 느끼는 방향으로 결론을 냈습니다. 그러니 싫다고 말도 안 하고 해주고, 그래 놓고 집에 가서는 거절도 못 하는 자신을 자책했습니다. 식당에서 음식이 잘못 나와도 바꿔달라고 했다간 점원을 귀찮게 할까 봐 참고, 열심히 일한 뒤 맞는 휴가에도 부모님은 힘들게 일하는데 나만 사치를 부리는 건 죄송한 일이라 생각해 여행도 포기했습니다.

가은 씨는 자신의 행동과 말이 다른 사람에게 상처가 될지 안 될지만 생각하고 자기는 돌보지 않았습니다. 몸의 감각, 마음의 상태, 과거의 상처를 보지 않고 그저 자신을 책망하기 바빴죠. 이런 부분들은 음식을 대하는 태도에도 영향을 미칩니다. 음식 앞에서 마치 큰 잘못을 저지른 사람처럼 벌을 서는 것입니다. 음식을 좀 많이 먹었다고, 아니 일 인분이 나왔는데 그걸 다 먹었다고 죄가 되는 게 아닌데도 말이죠.

건강한 죄책감과 잘못된 죄책감을 구별하세요

음식에 대한 잘못된 죄책감은 대표적인 식이장애 증상 중 하나입니다. 그리고 이 잘못된 죄책감은 없던 것이 다이어트 때문에 갑자기 생긴 게 아니라, 그냥 늘 삶의 전반에 존재해왔을 가능성이 큽니다. 표면적으로 드러나는 건 음식에 집중되어 있을 뿐인 거죠. 가은 씨와 대화를 나눠보니 그녀 역시 식이장애로 고생하기 전에도 느끼지 않아도 될 죄책감을 느껴오고 있었습니다.

"생각해보면, 저는 대학 다닐 때 조별 모임 날짜를 잡을 때마저 제가 원하는 시간을 말하지 못했어요. 제가 편한 시간에 맞추면 다른 사람들에게 피해를 줄 거라고 생각했거든요. 버스에 자리가 비어 있어도 내가 앉으면 나보다 몸이 약한 누군가는 서서 가야 할지도 모른다는 생각도 했어요."

저는 가은 씨가 지닌 잘못된 죄책감을 없애는 것이, 가은 씨가 식사를 대하는 감정을 알아채는 가장 첫 번째 단계라고 생각했습니다. 나의 죄책감이 잘못된 것인지 건강한 것인지 구별하는 법은 간단합니다. 죄책감이 들었을 때 이것이 나를 더 나은 길로 이끄는지와 죄책감에 따라 행동한 후 기분이 더 좋아질지를 생각해보는 겁니다. 가은 씨의 경우, 음식 앞에서 드는 죄책감이 식사를 거부하게 해 건강을 해치게 하며 죄책감에 따라 굶고 나면 기분이 나아지지 않았습니다. 잘못된 죄책감이 확실하죠. 건강한 죄책감은 언행이나 습관을 바로잡아 그 다음의 생활이 더 나아집니다. 죄책감 이전과 이후가 달라지기 때문에 헷갈리지 않을 수 있습니다.

만일 잘못된 죄책감을 구별해냈다면 종이에 적어보세요. 음식, 대인관계, 가족, 친구들, 일, 공부 등등 모든 생활 영역에서 느낀 잘못된 죄책감을 찾아내세요. 그리고 이 죄책감들이 내 삶을 어떻게 몰아가는지 관찰해보기 바랍니다. 죄책감의 목적지가 항상 부정적인 결과라는 걸 안다면 그것만으로도 한결 마음이 나아집니다. 그리고 비로소 먹는 것에 대한 죄책감도 덜어낼 수 있습니다.

트라우마

내 몸이 말라서 다 사라졌으면

0.5kg만 늘어도 삶이 끝장난 것처럼 우울해하고 자살 충동을 느끼는 사람이 있습니다. 그가 이해되나요? 아마 많은 분들은 그깟 체중이 뭐라고 죽고 싶다는 생각을 하는지 이해하지 못할 겁니다.

그런데 극심한 식이장애로 삶이 피폐해질 대로 피폐해진 분들에게는 체중이 그저 '숫자'가 아닙니다. 내가 살아도 되는지 아닌지를 정하는 목숨 지수와도 같죠. 식이장애는 겉으로 드러나는 증상은 살, 음식에 대한 강박만 있는 것처럼 보이지만, 실은 그 이면에 매우 복잡한 심리적 메커니즘이 작용하고 있습니다.

그중 트라우마는 가장 중요합니다. 식이장애치료를 '트라우마치료'라 부를 정도로, 식이장애는 트라우마와 밀접한 관련이 있기 때문입니다. 트라우마가 두 개 이상인 복합트라우마 내담자일수록 거식증과 폭식증을 넘나들며 살과 체중에 강박적으로 매달리는 모습을 보입니다.

현주 씨는 어린 시절을 떠올려보자는 제 말에 안색이 급속도로 어두워졌습니다. 무섭고 외로운 기억이 많았기 때문입니다. 현주 씨의 어머니는 강박적일 정도로 모든 일에 철저한 성격이었습니다. 그래서 현주 씨가 하는 것들을 전부 못마땅해하고 비난하셨죠. 현주 씨는 어머니를 떠올리면 늘상 짓던 딱딱하고 무서운 표정부터 떠오른다고 말했습니다. 현주 씨는 어머니와 반대로 타고나기를 느긋하고 예술가적 기질이 있었습니다. 그런 현주 씨가 어머니 눈에 게으르고 부족한 아이로 보였겠죠. 그래서 현주 씨가 잘되라고 하는 잔소리가 끊이지 않았고, 의도야 어쨌건 어머니의 말들은 어린 현주 씨 맘에 상처를 가득 남기고 말았습니다. 피아노 대회에서 상을 타도 어머니는 칭찬 한마디 해주지 않았습니다. 대신 돌아오는 건 이런 차가운 말들이었죠.

"얘, 상 탔다고 네가 피아노 잘 친다고 착각하지 마라. 너보다 잘 치는 애들 널렸으니까."

그리고 어머니는 본인처럼 완벽주의 성향이 강한 현주 씨의 오빠와 현주 씨를 늘 비교했습니다.

"오빠는 말귀도 잘 알아듣고 빠른데, 너는 누굴 닮아 그렇게 멍청하고 느려터졌니."

아버지도 구세주는 아니었습니다. 현주 씨의 아버지는 주기적으로 분노를 폭발하며 화를 내는 사람이었습니다. 어린 현주 씨에겐 아버지도 공포의 대상일 뿐이었습니다. 두 분이 부부싸움이라도 하면 누구 하나 지지 않으려 고함을 치고 물건을 던졌습니다. 귀가 예민했던 현주 씨는 방에 틀어박혀 귀를 막고 울면서 그 시간을 버텼습니다. 그리고 시간을 함께 견뎌준 것은 다디단 과자였습니다.

"어릴 때부터 저는 자주 불안을 느꼈어요. 그럴 때마다 저는 방 안에서 혼자 단것들을 먹었죠. 초콜릿, 과자, 빵 이런 것들이요. 먹다 보면 기분도 좋아지고 아무 생각도 나지 않았거든요. 중학교 때는 초콜릿 한 통을 앉은 자리에서 다 먹어 치울 정도였어요. 초콜릿은 내 친구이자 나를 위로해주는 존재예요. 그래서 그런지 지금도 단것을 먹을 때 절제가 잘 안 돼요."

어머니로의 차가운 눈빛과 태도, 비난의 말을 온몸으로 경험하고 현주 씨는 자기 자신을 사랑하는 법을 잊게 되었습니다. 진짜 나를 알아볼 새도 없이 부모님이 자신을 대하는 태도를 그대로 내재화했기 때문입니다. 그렇게 현주 씨는 스스로를 늘 부족하고 못난 사람으로 인식합니다. 그 인식은 자랄수록 짙어져 삼십 대에 들어선 지금엔 자기 혐오로 변모하고 말았죠.

존재에 대한 혐오, 잦은 분노를 드러내던 아버지로부터 얻은 불안, 어머니의 냉대 속에 결핍된 긍정적 정서를 현주 씨는 단것을 먹으며 스스로를 채워왔습니다. 실제로 많은 내담자분이 어릴 때부터 단 음식을 잘 절제하지 못했다고 고백합니다. 단걸 자꾸 먹으니 살이 찌고 그 때문에 또 비난받고, 이게 트라우마가 되어 다이어트에 집착하지만 단 음식으로 위로받았던 습관이 남아 다이어트는 실패하고, 그렇게 계속 악순환에 빠져 허우적대게 됩니다. 현주 씨도 단것을 많이 먹다 보니 자연스레 살이 찌고 통통한 몸은 다시 어머니의 비난 대상이 되었습니다.

모든 일보다 다이어트를 우선순위에 두느라 일상의 많은 것들이 파괴된 현주 씨의 현실은, 바로 이런 트라우마로 인한 것이었습니다.

트라우마를 다이어트로 치유하고자 하는 심리

트라우마는 어떻게 우리 내부에서 악마로 작동하는 걸까요? 아이는 부모와의 관계를 통해 자존감을 형성합니다. 따라서 어릴 적 부모와 불안정한 애착을 형성했거나 부모로부터 마음의 상처를 받으면 이는 자기혐오라는 부정적 인식으로 자리 잡게 됩니다. 그리고 과거 안 좋은 감정을 느끼게 했던 사건들은 트라우마로 남아, 그것과 비슷한 상황이 벌어지기만 하면 그 감정을 똑같이 느끼게 됩니다.

트라우마로 생긴 자기혐오와 불안들은 결국 자기 몸을 부정적으로 바라보게 하고, 스스로 비난하게 만듭니다. 실제로 몸이 날씬한지 통통한지와는 상관없이, 무조건 부정적으로 보게 하죠. 자연스럽게 '내 몸은 정상이 아니니까 살을 빼야 해, 내가 날씬해지면 불안도 사라지고 나의 모든 문제가 해결될 거야'라는 믿음으로 이어집니다. 그렇게 내면에 '마르고자 하는 부분'이 생깁니다. 이 부분은 트라우마로 인해 생기는 힘든 감정을 외면할 수 있게 해주는 새로운 정체성입니다.

우리는 고통스럽고 힘들 때 본능적으로 그걸 피하고자 하는데, 그 과정에서 마르고자 하는 부분이 생겨나는 것이죠. 내담자분들은 마르고자 하는 부분을 통해 트라우마로 인한 고통을 해리시키고, 부정적 감정으로부터 보호받습니다. 저는 현주 씨에게 마르고자 하는 부분이 그녀에게 어떤 의미인지 물었습니다.

"높은 성벽이죠. 그 안엔 수치심, 분노, 외로움 등 여러 감정이 뒤엉켜 있고요."

뿐만 아니라 마르고자 하는 부분은 현주 씨에게 심리적 독립을 할 수 있는 힘을 키워주는 역할도 했습니다. 현주 씨처럼 가정 내에서 자기주장이나 표현을 해도 부정적인 피드백만 받은 사람은 가족관계, 특히 모녀 사이에서 심리적 분리를 어려워합니다. 사사건건 통제했던 부모님이기에 그렇습니다. 하지만 마르고자 하는 부분만큼은 부모님조차도 침범할 수 없는, 독립된 공간입니다. 엄마가 먹으라고 하건 말건, 먹는 행위를 할 수 있는 주체는 오로지 나 자신뿐이기 때문입니다.

마르고자 하는 부분으로 트라우마를 덮으려는 분들은 다이어트 성공 후 주변 사람들의 칭찬을 듣고 그 신념을 더욱 강화합니다. 구멍 난 자존감을 살을 빼서 듣는 칭찬으로 메우는 겁니다. 이 경우, 조금이라도 살이 쪘을 때 받는 스트레스와 압박이 상상을 초월합니다. 단순히 몇 킬로그램이 찐 게 아니라 사람들이 나를 싫어하게 될 것이라는 왜곡된 믿음에 휩싸이죠. '체중이 곧 나 자신'인 것입니다. 그래서 이 견딜 수 없이 우울한 감정을 몸으로 대체시키고, 굶어가면서까지 자기 몸이 말라 사라지도록 노력하게 됩니다.

체중이 아닌 진짜 나 자신을 찾아서

폭식이나 구토 등 여러 제거행동도 트라우마와 연관되어 있습니다. 왕창 먹고 토하는 순간만은 즐겁기도 하고, 나를 괴롭히던 스트레스와 심리적 고통으로부터 벗어날 수 있거든요.

거식증이든 폭식증이든, 증상 자체만을 바라보면 식이장애를 치료하기 힘듭니다. 그 이면에 있는 마음의 상처와 감정, 그리고 이것들을 일으키는 근본 트라우마를 바라봐야 하죠. 그러려면 나의 건강한 부분, '진정한 자기 자신'의 힘을 키워나가야 합니다. 거짓된 자기, 마르고자 하는 부분은 과감히 버리고요.

가장 먼저 시도해볼 수 있는 것은 신체적 배고픔과 정서적 배고픔을 구별하는 자각 능력을 키우는 일입니다. 일상의 식사를 대하는 자세가 안정됐을 때 비로소 마르고자 하는 부분이 피난처이자 심리적 방어기제였다는 것을 확인하고 대면할 수 있기 때문입니다. 그 후 어린 시절에 생긴 트라우마에 조금씩 다가가야 합니다.

물론 쉽지 않은 과정이죠. 그러나 이 과정을 천천히 다 거치고 나야 비로소 진정한 자기 자신과 마주할 수 있습니다. 그렇게 차차 나의 내면과 만날 때 온전한 자기 자신으로 지내며 작은 승리를 성취했던 지난날의 건강한 삶을 되찾을 수 있습니다.

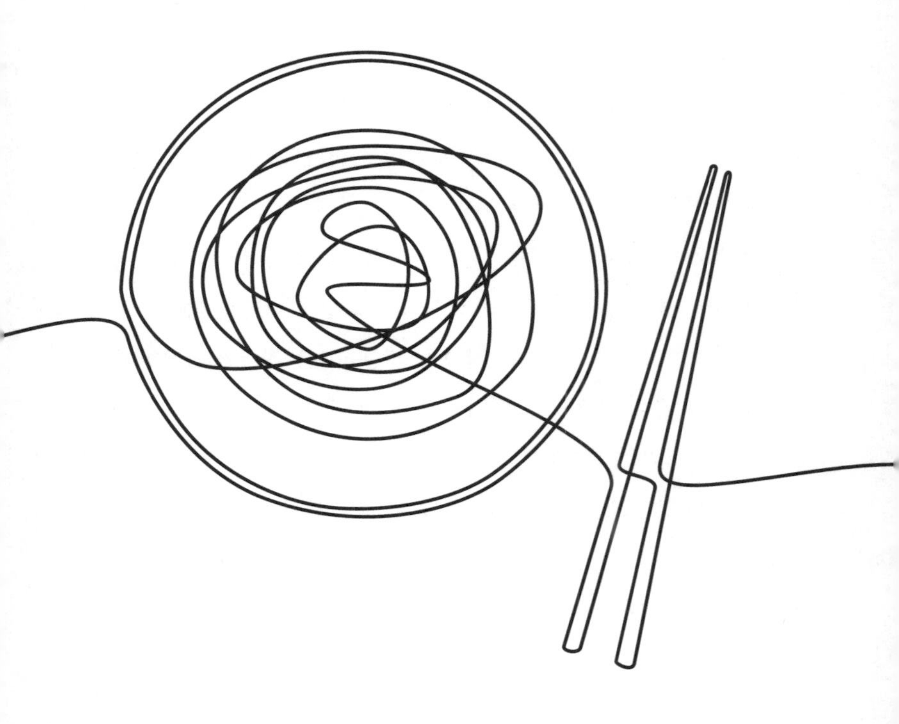

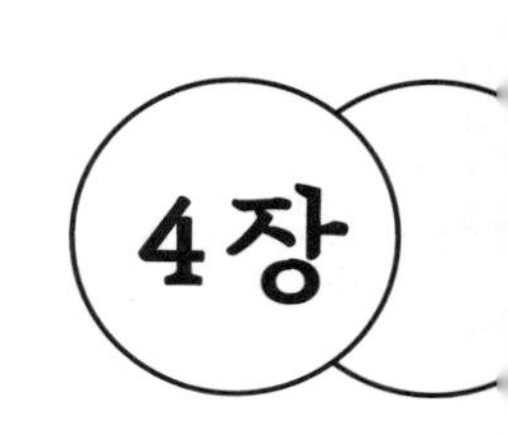

4장

나와 감정을
가로막는
내면의 보호자들

나를 버티게 해준
생존자원과
결별할 때입니다

저는 강박적 다이어트를 지속하다가 조절되지 않는 거식이나 폭식이 생겨 힘들어하는 내담자분들을 자주 만납니다. 이들의 사연은 각자 다양하지만, 한 가지 공통점이 있는데요. 다들 자신의 증상이 단순히 식욕조절을 못 해 다이어트에 실패하는 것일 뿐이라고 인식한다는 점입니다. 그러나 식이장애는 단순한 살의 문제가 아닙니다. 그 이면에 복합적인 감정 문제가 작용하고 있죠. 내담자분들이 자신의 감정을 제대로 인식하지 못하는 건 아주 당연합니다. 그 감정이 내면의 보호자들에 의해 가려져 있기 때문입니다.

내면의 보호자들은 일반 심리학에서는 '방어기제'라고 부르는 것으로, '보호자'라는 명칭은 내면가족치료이론에서 사용합니다. 내면가족치료이론은 가족이 여러 구성원으로 이루어지듯 우리의 내면도 여러 역할을 맡고 있는 구성원이 존재한다고 봅니다. 우리의 내면세계가 각기 다른 자신의 감정, 생각, 감각을 갖고 있는 여러 인격체들로 구성되어 있다고 보는 것이죠. 그 많은 역할 중 보호자는 내가 상처받지 않게 하기 위해 부정적 감정을 막는 방어막으로 작용합니다. 특히 내가 과거의 상처를 다시는 반복하여 경험하지 않도록 노력합니다. 어릴 적 여러 이유로 받았던 상처들과 그로 인해 마음에 남은 외로움, 수치심, 두려움 등의 감정을 다시는 느끼지 않도록 하죠. 보호자의 모습은 사람에 따라 다양하나, 이들의 공통적인 임무는 절대 고통스러운 감정들이 나오지 않도록 꾹 눌러 막는 것입니다.

모든 심리치료가 그런 것처럼 식이장애치료도 증상 이면에 있는 내면의 결핍들, 오랜 시간 묻어두었던 상처들을 보듬어주는 내면치료를 통해 외부의 목소리에 가려져 있던 진짜 나와 만나며 이루어집니다. 진짜 나, 진정한 자기는 비판적 목소리로 자신을 들여다보는 상태가 아니라 있는 그대로의 나를 받아들이고 수용하는 마음가짐입니다.

물론 많은 분들이 상담에 와서도 그동안 보호자들에 의해 가려져 있던 고통스러운 감정들을 마주하는 걸 힘겨워합니다. 상담을 하는 중에도 내면의 보호자들이 필사적으로 부정적 감정을 막고 있기 때문입니다. 식이장애는 이렇게 나를 살리기 위해 존재하는 보호자들 때문에 가려진 모든 감정을 그저 '살찔까 봐 두렵다'는 한 가지 감정으로 치환하며 발생하는 것입니다.

사람마다 가족관계를 비롯한 내적 경험에 따라 보호자들이 주로 막고 있는 취약 감정이 있습니다. 어떤 사람은 외로움이고 어떤 사람은 소외감입니다. 여러분에게는 어떤 보호자들이 있을까요? 이를 알기 위해서는 나의 보호자가 어떤 모습으로 나타나는지, 그들이 보호하고 있는 나의 감정은 무엇인지 이해하는 과정이 반드시 필요합니다. 이번 장에서는 대표적인 보호자들을 알아보겠습니다. 나의 보호자는 이들 중 누구인지 알아보고, 내가 어떤 감정에 취약한지 마주하는 시간을 가져보기 바랍니다.

완벽주의자

이 정도 몸매로는 어림도 없지

완벽을 추구하는 성향에는 식이장애와 싸우고 있는 이들의 핵심 문제가 반영돼 있습니다. 이들에게 다이어트란 '완벽한 나'의 연장선이기 때문에 그 기준과 규칙이 보통 사람을 훌쩍 뛰어넘습니다. 철저하게 식단과 규칙, 운동 계획 등을 세워 그것을 전부 완벽하게 지켜야 한다고 스스로를 압박하죠. 그렇게 자신이 만들어놓은 엄격한 다이어트 규칙으로 자신을 통제하며 살을 빼야 자신이 그나마 괜찮은 사람이 된다고 생각하는 것입니다.

식이장애 중에서도 특히 거식증이 완벽주의와 가장 깊은 연관이 있습니다. 실제로 거식증으로 고통받는 내담자분들에게선 절대 작은 흠도 남에게 보여선 안 된다는 강한 신념이 보입니다. 그중 외적인 부분은 정말 완벽해야만 한다는 심한 압박을 느끼고 있죠. 나는 다른 사람들보다 특별히 더 말라야 한다는 이런 강박은 점차 심해져 결국 신체적 폭식과 여러 제거행동으로 이어집니다. 이것은 내면의 '완벽주의자'가 작동하고 있다는 신호입니다.

완벽주의자의 보호를 받는 분들은 빠르면 아동기 때부터 심한 완벽주의적 성향을 지닙니다. 모든 면에서 완벽함을 제일 우선순위로 두죠. 그래서 다른 사람들이 보기엔 학벌, 직업, 외모, 성격, 그 어느 것 하나 부족함이 없어 보입니다. 그럼에도 정작 본인은 늘 자신이 성에 차지 않습니다. 더 완벽하게, 더 말라야만 하는 겁니다.

주희 씨가 처음 저를 찾아왔을 때 저는 드러내진 않았지만 매우 놀랐습니다. 주희 씨는 다이어트를 너무 심하게 해 거식증을 앓아 일상생활이 안 될 정도로 힘들다며 상담을 요청한 분이었는데, 막상 만나고 보니 머리부터 발끝까지 정갈하고 깔끔했으며 얼굴색도 나쁘지 않고 말투에도 힘이 있었습니다. 하지만 주희 씨는 매일 밤 혼자인 시간이 되면 스스로에게 채찍을 휘두르기 바빴습니다.

아직도 부족해

흠이 없어야 해

다리가 더 가늘어져야 해

이제 체지방률도 신경 써야지

이 정도 몸매로는 어림도 없어

지금보다 더 완벽해야 해, 최고로 완벽해지자!

"거울을 볼 때마다 흠이 보여요. 승모근이 두껍게 올라와서 목이 짧아 보이고, 허벅지 안쪽 살도 불룩해 보이고 그래요. 그럴 때면 식사를 당연히 거르게 되고요. 저는 이런 제 몸이 언제쯤이면 완벽해질지 막막해요."

주희 씨 내면의 완벽주의자는 주희 씨가 임계체중을 한참 밑도는 상태가 되었음에도 채찍질을 멈추지 않았습니다. 이처럼 내면의 보호자 중 완벽주의자는 사실 완벽하다는 것 자체가 잘못된 전제임에도 늘 자기비판을 하게 합니다. 사람들이 아무리 칭찬을 해줘도 그것이 가짜라고 믿을 때가 더 많죠. 완벽주의자는 아주 조금의 실수도 용납하지 않습니다. 만약 예측 불가능한 상황 때문에 계획과 조금이라도 틀어지면 지나칠 정도로 가혹한 자기비난을 쏟아붓습니다.

저는 주희 씨와 깊은 대화를 하며 상담을 여러 차례 진행했습니다. 그러면서 한 가지, 주희 씨가 유독 연년생의 남동생 이야기를 많이 한다는 걸 깨달았습니다. 주희 씨는 계속해서 남동생과 본인을 비교했는데, 제가 그 사실을 지적하자 주희 씨는 잠시 놀라는 듯하더니 이내 진지한 표정으로 과거를 회상했습니다.

"남동생은 저보다 공부는 못했지만 늘 인기가 많았어요. 저는 아빠를 닮은 편인데, 동생은 엄마를 닮아서 얼굴도 작고, 턱도 갸름하고, 아무리 먹어도 살도 잘 안 찌는 체질이거든요. 게다가 늘 웃는 상에 성격도 좋아서 어딜 가나 환영을 받았어요. 집에서도 사랑을 독차지했어요. 친척들도 다 남동생을 귀여워했고요."

"혹시 부모님이 대놓고 주희 씨와 동생을 차별했나요?"

"막 대놓고는 아니지만 그래도 어린 제가 어렴풋이 느낄 정도로는 차별한 것 같아요. 이를테면, 학교에서 상을 받거나 좋은 성적을 받아도 엄마는 그냥 '잘했네' 하시고 아빠는 '더 열심히 해라' 이러셨어요. 하지만 동생은 뭘 하든 잘한다고 환하게 웃어주셨죠. 그러고 보면 지금도 남동생은 부모님과 친한데 저는 부모님을 엄청 어려워해요. 어릴 때 제가 손톱 물어뜯기처럼 나쁜 습관을 보이면 부모님은 손을 탁 쳐내면서 인상을 쓰는 방법으로 저를 혼내셨어요. 그런 차가운 반응 때문에 저는 부모님이 잔소리하기 전에 늘 알아서 잘하려고 했어요. 방도 깨끗이 정리하고 과자 부스러기를 안 흘리려고 과자 자체를 안 먹을 정도였죠. 동생보다 인정받고 사랑받고 싶어서 뭐든지 잘하는 아이, 혼자 완벽하게 해내는 아이가 되려고 노력했던 건데… 아무리 노력해도 부모님이 남동생을 보고 환하게 웃는 것처럼 저를 보고 웃어주지는 않으셨어요."

주희 씨의 이야기에서, 우리는 완벽주의자가 어떻게 형성되는지 짐작할 수 있습니다. 완벽주의자가 하는 비난들은 사람들에게 '사랑받는 존재'가 되게 하려는 의도가 있습니다. 주희 씨가 어린 시절 부모님 때문에 겪은 외로움과 서러움, 애정결핍을 다시는 경험하지 않도록 보호해준 것입니다. 주희 씨가 착한 아이가 되기 위해서 뭐든 다 잘했던 것도 이미 완벽주의자의 보호가 있었던 거예요. 부모님에게 긍정적 평가를 받도록 다 잘하라고 완벽주의자가 등을 떠민 거죠.

이렇게 모든 일에서 다 최고가 되려고 노력한 동안 주희 씨는 항상 옳은 선택을 하면서 실패하지 않았고, 주변 사람들에게 늘 매력적으로 비춰졌을 겁니다. 하지만 그 과정에서 주희 씨는 감정마저도 억압하게 되었습니다. 남들 앞에서 분노, 슬픔, 좌절, 상처, 실망과 같이 그녀 기준에서 '실패한' 감정들을 숨기려고 애썼습니다. 처음에는 주희 씨가 이런 감정들을 들키지 않으려 의식적으로 노력했겠지만, 나중엔 그리 힘들이지 않고도 감정을 억누를 수 있었을 것입니다. 완벽주의자가 막아줬을 테니까요.

완벽주의자의 과도한 감정 보호 속에서 주희 씨는 점차 모든 것이 완벽하게 이루어져야 하고, 그렇지 않으면 의미가 없다고 믿게 되었습니다. 이 때문에 자기 자신 역시 조금이라도 흠이 있으면 부정적으로 인식하게 되었고, 스스로를 긍정적으로 바라보기 힘들어졌습니다. 계속해서 다른 사람이 자신의 결점을 발견할 것만 같아 불안해하며, 그렇게 몸매와 체중에 절박하게 매달리게 되었습니다.

완벽하지 않은 나도 괜찮다는 믿음 회복하기

우리 인생에 '완벽'이 존재할 수 있을까요? 아니요. 삶에 완벽은 있을 수 없습니다. 사람이란 항상 실수하기 마련이고 예측 불가능한 미래가 있기에 인생이 즐거운 거니까요. 하지만 완벽주의자가 내면에서 계속 비난의 목소리를 내면 완벽을 반드시 손에 쥐어야만 할 것만 같아집니다.

그 가운데서 정작 마음속은 늘 텅 빈 것처럼 느껴지죠. 왜냐하면 마음 깊은 곳에서 꿈틀대는 감정들이 외면받기 때문입니다. 심지어는 그 감정들을 맞닥뜨리는 순간이 와도 완벽한 사람은 고통스러운 감정이나 나쁜 경험을 하지 않는다고 믿어서, 완벽주의자와 함께 자기비판을 하게 됩니다.

주희 씨는 모든 면에서 완벽하게 살아갈 수 있을까요? 단순히 거식 증세만 없애면 삶이 완벽해지는 게 맞을까요? 그때는 주희 씨도 자기 삶과 스스로에게 만족을 할까요? 주희 씨의 성취는 결코 지속적인 자신감을 제공하지 못합니다. 한번 어떤 일에서 완벽을 기했다고 해도 또 다른 일에 흠결이 발생하면 성취를 통해 얻은 자신감은 곧 사라지고 말죠. 수험생 시절, 명문대에 가기 위해 완벽을 기하던 주희 씨가 대학엔 합격했지만 스트레스로 탈모가 오자 합격으로 느꼈던 기쁨은 금세 사라지고 외모에 대한 강박이 심해졌던 것처럼요.

내면의 완벽주의가 던지는 비난에 맞춰 살아가다 보면 늘 외부적 요인에서 완벽과 성공을 이뤄내야만 합니다. 그렇게 완벽의 악순환에 갇히고 말죠. 완벽해야 한다는 굴레에서 벗어나고 싶어도 완벽함이 주는 매력, 즉 주변에게서 받는 사람과 관심을 포기하지 못합니다.

이제는 완벽주의자의 그늘에서 벗어나야 합니다. 물론 완벽주의자는 갖가지 고통과 상처에서 나를 보호해주었고, 그 덕에 나는 울지 않을 수 있었을 겁니다. 하지만 마냥 완벽주의자가 감정을 가리게 두기보단, 나를 잃어버리지 않으면서도 더 나은 삶을 살 수 있는 완벽의 지점을 완벽주의자와 함께 찾아가야 합니다.

여러분의 식사에 문제가 있다면, 그게 완벽주의자가 제안한 완벽한 몸매 때문이라면, 지금껏 완벽주의자가 진짜 보호해온 것이 무엇인지 확인해보세요. 주희 씨처럼 어릴 적 남동생과 달리 사랑받지 못했던 기억일 수도 있고, 과거의 어떤 사건일 수도 있을 겁니다. 그 상처에 대고 말하세요. '내가 못나서 이런 일이 벌어진 게 아니야'라고요. 내가 완벽하지 않아도 된다는, 그냥 있는 그대로의 나도 괜찮다는 믿음을 찾아가야 합니다. 완벽하지 않아도 삶은 살아집니다.

자기비난자

내가 하는 게
다 그렇지 뭐

안 그래도 못생겼는데 살까지 찌니까 정말 봐줄 수가 없다

너는 뛰어나게 잘하는 것도 없는데 어떡할래?

너는 그렇게 중요한 사람이 아니야

너는 매사 계산적이고 이기적이야

너는 태어나지 말았어야 해

너는 살 만한 가치가 없어

아름 씨에게 평소 스스로 던지는 비난의 말들을 한번 적어보라고 하자, 아름 씨는 거침없이 문장들을 적어 내려갔습니다. 제가 그만 써도 된다고 하기 전까지 아름 씨는 굳은 얼굴로 스스로에게 비난의 말들을 썼죠.

아름 씨가 쓴 내용들은 사소한 행동에 대한 지적부터 자신의 존재 자체에 대한 비난, 원초적인 비하까지 다양했습니다. 저는 아름 씨에게 그녀가 쓴 문장들을 제 목소리로 읽어주었습니다. 그러자 아름 씨는 충격을 받은 듯 눈시울을 붉혔습니다. 불과 몇 분 전 자신이 쓴 내용들인데 그걸 제가 읽으니까 그제야 충격을 받은 겁니다. 아름 씨뿐 아니라 많은 내담자분들이 그렇습니다. 본인이 자기에게 던지는 비난을 인식조차 못하고 있다가 제3자인 제 목소리로 읽어주면 그때야 비로소 객관적으로 자기가 스스로 비난을 얼마나 심하게 하고 있는지를 깨닫습니다.

가슴에 비수가 되는 비난들을 스스로에게 24시간을 던지고 있다는 걸 알고 아름 씨는 힘겨워했습니다. 하지만 상담 후 일상으로 돌아가서는 또다시 자기비난을 했습니다. 그 비난들이 충격적이긴 하지만 맞는 말이라고 믿기 때문입니다. 아름 씨 내면의 '자기비난자'는 그렇게 아름 씨를 비난했고, 그 결과 그녀는 매일 자신의 몸에 대해서도 비난을 일삼으며 심각한 폭식증에 시달리게 되었습니다.

아름 씨는 대학을 졸업한 지 3년이 흘렀지만 현재까지 아무런 일도 해보지 못했습니다. 그 이유에 대해 아름 씨는 이렇게 이야기했습니다.

"학교 다닐 때도 친구들이 제게 관심을 보이면 '왜 나 같은 애한테 다가오지?' 하면서 의심부터 했어요. 학점이 잘 나오면 그저 운이 좋았다고 생각했고요. 아무튼 좋은 말을 들으면 일단 입바른 소리라고 생각하고 받아들이질 못했죠. 나는 가진 게 없는 사람인데, 모자란 사람인데… 그러다 보니 회사에 지원을 하려다가도 어차피 안 될 테니까,

면접관이 당신은 지원할 자격도 없다고 할 테니까 하는 생각이 들어서 다 포기하게 되었어요."

아름 씨의 내면에 있는 자기비난자라는 보호자는 이렇게 아름 씨의 인간관계와 일상을 모두 무너뜨렸습니다. 그리고 오랜 시간 아름 씨 내면을 좌지우지하며 뚱뚱해지면 안 된다는 강박을 심어주기에 이릅니다.

의도가 좋아도 나를 괴롭히는 건 멈춰야 합니다

자신이 쓸모없는 존재라는 부정적 믿음인 자기비난이 오랜 시간 내면에 침투되면 말라야 한다는 집착으로 변모하기 쉽습니다. 내가 나를 계속 비난하니 주변의 칭찬도 의미가 없습니다. 조금이라도 살이 찌면 그걸 나의 의지에 문제가 있다는 뜻으로 받아들이고 식욕을 조절하지 못하는 자신을 아주 날카로운 말로 후벼 팝니다.

자기비난자가 보호하는 것은 완벽주의자와 마찬가지로 내가 뭔가를 했을 때 돌아올 부정적 반응에 대한 상처입니다. 그 고통스러운 감정을 느끼고 싶지 않아서, 또는 이미 마음속에 자리한 상처받은 기억과 감정을 모른 체하기 위해서 끊임없이 스스로를 비난하는 것이죠.

자기비난자의 과보호로 인해 다이어트에 집착하게 되거나 식이장애를 겪는 분들은, 대부분 몸뿐 아니라 자신의 모든 면에 대해서 비난을 일삼습니다. 자신의 가치를 깎아내리기 바쁘고, 한번 내면으로부터 비난의 목소리가 터지면 쉽게 멈추지도 않습니다.

아름 씨가 자기비난자로부터 가장 자주 들었던 비난을 함께 찾아보았습니다. 그러자 아름 씨는 '나는 쓸모없는 사람이야'를 꼽았습니다. 아름 씨에게는 살이 찌는 것도 쓸모없는 사람이 되는 일이었습니다. 우리는 아름 씨가 가장 처음으로 스스로를 쓸모없다고 생각했던 때가 언제인지 시간을 거슬러 올라가봤습니다.

"유치원 때 일이 기억나요. 무슨 일이었는지는 정확히 기억 안 나지만, 유치원에서 억울한 일을 당하고 심지어 선생님한테 혼나고 왔는데 부모님이 제 편을 안 들어주셨어요. 아니, 아예 제가 이런 일이 있었다고 말하는 걸 귀찮아하시면서 듣지 않으셨어요. 그때 처음으로 내가 무가치하다는 느낌을 받은 것 같아요."

당연히 내 편이 되어줄 거라 확신하는 존재에게서 그에 상응하는 반응을 받지 못하면, 누구라도 자신의 가치에 대해 불안해질 겁니다. 어른도 그럴 텐데, 하물며 아이는 어떻겠어요? 이어 아름 씨는 유치원 때뿐 아니라 살면서 계속해서 부모님으로부터 공감과 인정을 받지 못했다고 털어놓았습니다. 특히나 이미 자기비난자의 목소리가 커지고 있던 고등학생 시절, 학교에서 교우관계로 힘들어하는 아름 씨에게 부모님은 항상 '네가 뭘 잘못했겠지'라는 말을 하셨습니다. 그 당시 아름 씨는 성적이 매우 좋은 편이었음에도 '나는 다른 애들에 비하면 세상에 도움이 안 되는 존재야'라는 생각을 했다고 합니다.

개인차는 있겠지만, 자기비난자가 만들어지는 건 어릴 때 부모와의 관계에서 시작되는 경우가 많습니다. 그리고 그만큼 워낙 오랫동안 내면의 보호자 역할을 하기 때문에 쉽게 사라지지도 않죠.

우리 모두의 내면에는 자기비난자가 있습니다. 속했던 환경과 해온 경험에 따라 자기비난의 종류는 다를 겁니다. 타인의 기준에 맞추기 위해 스스로를 몰아세울 수도 있고, 틀을 정해놓고 그걸 벗어나면 안 된다고 할 수도 있습니다. 어쨌든 이러한 자기비난자의 목소리가 너무 강해지면 자기존재를 부정하게 되고 결국 파멸까지 이르게 됩니다. 내가 더 나아지기 위해 도움을 주는 것 같은 자기비난이 실상은 내 인생을 한 걸음도 못 나아가게 하는 걸림돌이 될 수 있는 겁니다.

아래는 내담자분들이 직접 자기비난자가 존재하는 이유를 고민하고 답한 것입니다.

큰 실패를 막아주기 위해서

더 좋은 사람이 되게 하려고

남들에게 인정받고 사랑받게 해주기 위해서

내가 속한 그룹에 잘 적응하게 해주기 위해서

자기통제가 불가능한 상황을 피하게 해주려고

한순간에 찾아오는 공허한 감정을 막아주기 위해서

다른 사람이 나를 학대하기 전에 나 자신을 없애버리기 위해서

얼핏 보면 자기비난자가 꽤 좋은 역할을 하는 것처럼 보입니다. 사실 적절한 자기비난은 위의 역할들을 해줍니다. 하지만 그게 심해지면 나를 잃을 정도로 스스로를 채찍질하게 됩니다. 아무리 훌륭한 의도라도 나 자신을 벼랑 끝으로 몰아붙이는 것은 나에 대한 건강한 존중이 아닙니다. 또 심한 자기비난 뒤로 가려지는 수많은 내 진짜 감정에 대한 올바른 대처도 될 수 없습니다.

돌보는 자아

나로 인해 다른 사람이 행복하면 그만이야

새봄 씨가 회사에서 불리는 별명은 '마더 봄레사'였습니다. 스무 명 남짓 되는 새봄 씨네 회사 사람들은 일적으로든, 개인적으로든 고민이 생기면 새봄 씨를 찾아 상담을 요청했습니다. 그러면 새봄 씨는 열일 제쳐두고 고민을 들어주고 해결책을 주었죠. 뿐만 아니라 새봄 씨는 회식과 행사 준비도 도맡았고, 직원들의 건강과 관계 문제도 보살폈습니다. 최근엔 자기도 바쁘면서, 직장 동료의 집에 부고가 생기자 본인이 팔을 걷고 나서기도 했습니다. 새봄 씨는 서른둘의 젊은 여성이지만 마치 이 회사의 '엄마'와도 같은 존재였습니다.

새봄 씨의 일상과 인간관계는 '돌보는 자아'가 지배하고 있었습니다. 새봄 씨와 대화를 나눌수록 그녀가 다른 이를 보살펴야 한다는 이상한 사명에 사로잡혀 있다는 게 느껴졌죠. 아니, 새봄 씨는 심적으로 힘들면 힘들수록 더욱 남을 돌봤습니다. 그래서인지 새봄 씨의 주변에는 늘 사람이 끊이지 않았습니다. 그러나 정작 새봄 씨는 풍요 속 빈곤을 느끼고 있었습니다.

"오랜 친구들에게도 제 힘든 이야기를 한 적이 없어요. 그리고 가끔은 저도 지칠 때가 있는데 누가 도움을 청하면 거부하지를 못해요."

밖에서 다 받아주고 챙겨주고 집에 돌아오면, 한없는 무기력과 공허함이 밀려왔습니다. 새봄 씨는 자기마음이 왜 헛헛한지 이해도 못한 채 그저 폭식으로 자신을 위로했습니다. 혼자 있는 밤이면 냉장고를 열고 정신을 놓은 채 음식을 마구 먹었습니다. 그러다 갑자기 속이 뒤틀리는 기분이 들었습니다. 나는 주변 사람들에게 괜찮은 척해야 하는데, 폭식해서 살이 찌면 전혀 괜찮지가 않으니까요. 결국 먹은 걸 전부 토해내고 맙니다. 하지만 새봄 씨는 저를 만나기 전까지 자기가 남을 지나칠 정도로 잘 돌보는 사람이라는 건 알았지만, 바로 이 성향 때문에 폭식과 구토를 하고 있다는 생각은 하지 못했습니다.

나를 돌보지 않는다면 남도 돌볼 수 없습니다

돌보는 자아의 역할은 본인보다 남을 살피며 나는 괜찮다고 스스로 생각하게 하고, 남에게도 과장되게 괜찮은 척하는 것입니다. 의식적으로 나는 괜찮다고 하며 부정적 감정이 없는 듯이 굴며, 그 감정들로부터 나 자신을 격리시킵니다.

돌보는 자아가 자주 하는 말들은 이런 것들이 있습니다.

나는 괜찮아

날 챙기는 게 어색해

네가 편하면 나는 상관없어

내 욕구보다 남들의 욕구가 더 중요해

나로 인해 다른 사람들이 좋으면 그만이야

다른 사람들을 돌보지 않으면 난 혼자가 될 거야

돌보는 자아의 목소리가 강해지면, 주변의 의존도 높아집니다. 새봄 씨의 경우엔 그녀의 한계를 넘어서는 정도로 의존하는 사람도 있었죠. 돌보는 자아가 강한 사람들은 원래 타고나기를 마음이 넓고 다 받아주는 사람처럼 보이기 때문입니다. 그러나 이 모든 건 돌보는 자아의 입김에 의한 표면적 모습일 뿐입니다. 진짜 감정은 전혀 괜찮지 않죠. 남을 돌보느라 정작 자신은 방치되었으니까요.

새봄 씨도 그랬습니다. 남들은 그렇게 잘 돌보면서 정작 자기 자신은 전혀 돌보지 않았습니다. 자기를 위해서 맛있는 음식을 요리해본지가 몇 년은 되었다고 할 정도였죠. 놀라운 건, 새봄 씨는 자기가 좋아하는 음식이 뭔지조차 몰랐다는 것입니다. 남 눈치 보며 메뉴를 정하다 보니 정작 자기가 좋아하는 음식을 고른 적이 없었던 것입니다. 이처럼 돌보는 자아가 강해지면 자기감정, 욕구가 무엇인지 명확히 알아차리기가 어려워집니다. 그래서 나의 감정이 아닌 남을 기준으로 살아가게 됩니다.

"나한테 집중한다는 게 이상해요. 나한테 집중하면 뭔가 나쁜 일이 벌어질 것만 같아요. 다른 사람들을 돌보고 신경 쓰는 건 힘들지 않아요. 오히려 너무 쉬워요."

보통 사람들이 듣기엔 정말 이상한 말이죠. 그런데 왜 새봄 씨는 남을 챙기는 게 쉬울까요?

새봄 씨가 어릴 때 부모님이 이혼을 했다고 합니다. 이후 새봄 씨는 어머니와 단둘이 살았는데, 외벌이로 새봄 씨를 키우느라 힘에 부친 어머니는 그녀를 남의 손에 맡길 때가 많았죠. 남의 집에서 지낸다는 건 성인도 쉬운 일이 아닌데, 어린 새봄 씨는 얼마나 힘들었을까요. 자연스럽게 눈치를 보며 밥을 먹고, 집안일도 나서서 도왔습니다. 늘 착한 아이처럼 말을 잘 듣고 지내니 어른들이 새봄 씨에게 칭찬을 많이 해주었습니다. 그렇게 조금씩 새봄 씨 내면에는 돌보는 자아가 자라기 시작했습니다.

가끔 어머니와 사는 집으로 돌아가면 새봄 씨는 더욱 열심히 어머니의 기분을 살폈습니다. 새봄 씨 어머니는 어린 새봄 씨가 조금이라도 칭얼대면 차갑게 뿌리치셨기 때문입니다. 새봄 씨는 나중에 어른이 되고 나서야, 자신의 어머니가 훨씬 냉담하고 폭력적이었던 외조부 밑에서 자라서 정서적 대화가 가능하지 않은 어른이 된 걸 이해했다고 합니다. 하지만 그전까진 냉담한 어머니의 태도에 그저 무조건 어른스러운 자세를 보일 수밖에 없었습니다. 그나마 새봄 씨가 어머니에게 도움이 될 때 어머니가 긍정적으로 반응했으니까요.

새봄 씨에게 돌보는 자아는 사실 그녀가 생존하기 위해 꼭 필요했던 보호자였습니다. 가정 내에서 충족되지 못한 사랑과 인정의 욕구를 대신 채울 수 있도록 돌보는 자아가 큰 역할을 해주었죠. 하지만 돌보는 자아가 새봄 씨의 감정을 가로막으면서 점차 새봄 씨 자신은 돌보지 않고 남만 돌보는, 구멍 난 가슴을 한 채 웃으며 살아가는 역설적인 삶을 살게 됩니다. 남을 돕고 살피지 않으면 본인은 민폐 덩어리가 되고 주변의 많은 사람들이 한꺼번에 떠나버릴 것이라 생각하게 되었죠. 그 마음의 구멍이 식이장애로 연결된 것입니다.

새봄 씨는 상담을 진행하며 자신의 감정을 마주하기 시작했습니다. 이 세상의 주인공은 바로 나이고, 나의 욕구와 감정이 돌봐지기 전에는 남들을 제대로 돌볼 수 없다는 진리를 이해하기로 했죠. 또한 그렇게 남들 눈치를 보지 않아도, 남을 도와서 칭찬받지 않아도 있는 그대로의 새봄 씨가 괜찮은 사람임을 알아가기로 했습니다. 물론 삼시세끼도 잘 챙겨 먹고요.

스마일 천사

네가 좋다고 하는 거 난 다 좋아

늘 웃는 얼굴만 보여줘서 학교 친구들에게 '미소 천사'로 불리는 선영 씨는 누가 부탁을 하면 절대 거절하는 법이 없었습니다. 다 하기 싫다고 거부한 과 대표도 맡았고, 조별 과제를 할 때면 조장부터 발표까지 혼자서 할 때도 많았습니다. 중고등 시절에도 선생님들의 심부름을 많이 했고 각종 '장'이란 장은 다 맡아도 인상 한번 쓰지 않았죠. 그런 선영 씨가 저를 만나러 와서는 거의 분노에 가까운 얼굴로 이젠 내가 누군인지 나조차도 모르겠다며 호소했습니다.

"사람들은 제가 항상 밝고 긍정적인 줄 알아요. 정작 저는 지쳐가고 있는데요. 이렇게 사람들 관계에서 계속 피곤이 쌓이니까 집에 가서는 폭식을 해요. 살이 자꾸 쪄서 먹지 말아야지 해도 정신을 잃고 그런다니까요. 그렇다고 남들 앞에서 싫다는 말도 못 하겠어요. 저도 모르게 웃어주고 있어요. 도대체 어떤 게 진짜 제 모습일까요?"

선영 씨의 식이장애는 식사가 즐겁지 않아 먹기를 거부하다가, 배고픔이 극에 달하는 밤에 한계를 넘어설 만큼의 폭식을 반복하는 패턴이었습니다. 폭식이 반복되어 살이 찌자 선영 씨는 다이어트를 시작했습니다. 주변에서 선영 씨에게 날씬해서 예쁘다고 해주었던 기억이 있었기 때문입니다. 그렇게 극한의 배고픔을 참아가며 일상을 지내면서도 선영 씨는 웃는 얼굴은 포기하지 않았습니다.

선영 씨의 내면에는 '스마일 천사'라는 보호자가 있었습니다. 스마일 천사는 자기주장보다 남을 먼저 챙기며, 남들이 원하는 모습이 되어야만 한다는 목소리를 냅니다. '돌보는 자아'와 어느 정도 비슷한 면이 있기는 하지만, 돌보는 자아는 리더 역할을 담당하는 반면 스마일 천사는 순응하고 맞춰주는 부하 역할에 가깝습니다.

늘 웃고 밝은 모습만 보여주는 스마일 천사는 선영 씨의 내면세계를 장악하고, 그녀가 자신의 욕구보다 다른 사람의 욕구에 집중하게 만들었습니다. 그리고 남들이 어떤 표정을 짓는지 유심히 살펴 조금이라도 안 좋은 표정을 지으면 재빨리 선영 씨가 죄책감을 느끼고 행동을 개선하도록 재촉했죠. 선영 씨는 그렇게 스마일 천사의 가혹한 날갯짓에 떠밀려 자신의 감정에 무감각해졌습니다. 무언가 마음이 허하고 몸도 지친 날에도 마음을 남에게 표현하지 못하게 되었고, 밝은 모습을 보여야만 사랑받을 수 있다고 믿게 되었습니다. 선영 씨는 가끔 이런 생각도 했다고 합니다.

'나의 어두운 모습을 보여주면 다들 내게서 떠나갈 거야.'

선영 씨는 어쩌다 스마일 천사에게 주도권을 내주고 말았을까요? 어린 시절 특별한 학대가 있지 않았더라도 부모의 교육 방식이 완벽주의에 가깝고 통제가 심했다면, 아이는 부모의 언어적·비언어적 메시지에 영향을 받아 내가 늘 밝은 모습만 보여야 부모님의 사랑을 받을 수 있다는 가치관을 갖게 됩니다. 그래서 학창 시절엔 공부를 열심히 하고 이게 나중엔 극심한 다이어트 또는 폭식으로 이어지죠. 또한 강박적이고 불안감이 조성되는 성장 환경에서 자란 분 역시 부모화(자녀가 오히려 부모의 임무를 수행하고 부모를 살피는 것)가 되어 자기감정을 살피지 못해 스마일 천사라는 보호자를 만들게 됩니다.

가장 먼저 나에게 착한 사람이 되세요

다이어트 강박에 시달리는 분들의 공통된 특징이 자기주장을 명확히 하지 않는다는 것입니다. 나의 기준보다 남의 기준에 맞추어야 하고, 마른 몸과 저체중이어야만 사랑받을 수 있다는 그릇된 믿음이 있기 때문입니다.

유년 시절부터 내면에 스마일 천사가 자리를 잡으면 이 잘못된 믿음을 깨는 게 더 어려워집니다. 성인이 되어서는 아예 자신의 욕구를 알아차릴 수가 없어지거든요. 내가 원하는 게 뭔지, 지금 나의 감정은 뭔지 모르기도 모르고 알아볼 생각조차 못 하게 되죠. 또한 웃지 않고 남들 의견을 반대하거나 남들 비위를 맞춰주지 않으면 모든 이들이 내 곁을 떠날 것이며 따뜻한 관심과 애정을 받을 수 없다고 생각하게 됩니다. 점차 분노, 수치심, 질투, 불안, 우울 등의 부정적 감정은 스마일 천사의 하얀 날개 뒤로 가려지고요. 그리고 내 본연의 모습 중에는 폭식을 하고 식욕을 조절 못 하는 '나쁜' 모습이 있는데 이걸 들키면 안 된다는 생각에 마른 몸에 집착하게 됩니다.

이거 어때?

→ 좋아.

저건?

→ 저것도 좋아.

넌 뭐가 가장 좋은 것 같아?

→ 난 네가 좋다는 게 좋은 것 같아.

다른 사람들과의 관계를 위해서 자신의 의견을 말하지 못하고, 개인적 감정을 제대로 표현하지 못하면 진정한 자기 자신의 목소리를 잃어버리게 됩니다. 다른 사람들의 눈에 거슬리지 않기 위해서, 욕을 먹지 않기 위해서 살아가니까요.

안타깝게도, 스마일 천사의 보호를 오랫동안 받아온 분들은 선영 씨처럼 자기가 힘들어도 이 스마일 천사를 쉽사리 포기할 수가 없습니다. 스마일 천사가 알아서 다 해주고 맞춰주는데, 주변 사람들이 얼마나 좋아하겠어요? 그런 많은 사랑을 포기하라면 누구든 쉽지 않을 거예요. 하지만 이런 주변 사람들의 칭찬과 긍정적 피드백은 일순간의 애정을 만족해줄 뿐, 장기적으론 계속 더 착한 사람이 되어야 한다는 신념을 강화합니다. 한 번이라도 스마일을 거두었을 때 너는 모든 사랑을 잃게 될 거라는 잘못된 불안을 심어주기 때문입니다.

착하다고 무조건 좋은 게 아닙니다. 내 욕구와 감정은 헌신짝처럼 내버려둔 채 다른 이의 삶만 반짝이도록 돕는 것은 나 스스로에겐 아주 나쁜 일입니다. 다른 사람에겐 스마일 천사여도 나 자신에겐 무정한 악마가 될 수 있습니다.

내 욕구와 감정을 살피는 것은 이기적인 행동이 아닙니다. 나의 욕구를 잘 살피고, 지금의 감정에 귀 기울여야 남이 아닌 나에게 민감해질 수 있습니다. 내가 누구인지, 어떤 사람인지 명확한 그림이 서야 식사할 때의 내면세계도 파악할 수 있습니다. 그러면 비로소 정서적 폭식을 막을 수가 있습니다.

힘들더라도 가장 편하게 느끼는 대상에게 그동안 숨겨온 어두운 감정을 표현해보세요. 그리고 작은 부탁부터 천천히 거절해보는 연습을 하고, 내가 좋아하는 것들을 적어보기 바랍니다. 오래전 했던 집단상담에서 어떤 분이 하신 말이 기억이 납니다.

"그동안은 다른 사람들 눈치 보느라 내가 하고 싶은 걸 하나도 못 해보고 살았네요. 이젠 하고 싶은 대로, 원하는 대로 조금 나쁘게 살 거예요. 제 별명도 스스로 지었어요. '싸가지'라고요."

스파르타 다이어터

토를 해서라도 45kg을 만들어야 해

완벽주의자, 자기비난자, 돌보는 자아, 스마일 천사 등 내면의 보호자들의 통제 아래서 수많은 감정들이 오랫동안 억눌리면 반드시 한계에 부딪힙니다. 마음속 저 깊은 지하 10층에 갇혀 있던 외로움, 슬픔, 수치심, 불안, 공포, 우울, 시기심, 분노, 무기력 등의 다양한 감정들이 서로 얽히고설켜 언제 폭발할지 모르는 상태가 되기 때문입니다.

이때 또 새로운 보호자가 등장합니다. '스파르타 다이어터'입니다. 이 보호자는 폭식과 구토를 하게 만듭니다. 그래서 불난 곳에 소화기를 뿌리듯, 일시에 모든 감정을 다 없애버립니다.

진경 씨는 쉰이 다 된 나이에도 몸무게가 45kg을 절대 넘어선 안 된다는 강박에 사로잡혀 있었습니다. 저를 찾아오는 내담자 중에는 그녀처럼 오십 대가 넘는 분들도 있습니다. 나이가 들면 마른 몸에 대한 강박이 줄지 않을까 싶겠지만 식이장애는 나이와 상관이 없습니다. 진경 씨는 다이어트를 처음 한 게 십 대 때였으니 못해도 30년이 넘는 세월 동안 쉬지 않고 다이어트를 하며 그 긴 시간만큼 오래 식이장애로 고통받아왔습니다.

어쨌든 그녀는 각고의 노력 끝에 45kg을 유지해왔습니다. 이십 대 후반, 임신을 했을 때 딱 한 번 몸무게가 10kg 정도 늘어 55kg이 되었는데 그때 아주 심각한 우울증에 시달리기도 했었죠. 그래서 출산 후 산후조리보다 다이어트에 더 집중했다고 합니다.

그런 진경 씨였기에 상담을 하는 동안 어려움이 많았습니다. 45kg이라는 숫자와 평생 동반자로 살아왔는데 하루아침에 떠나보낼 수가 없었던 거죠. 하지만 결국 진경 씨는 상담실 문을 두드렸습니다. 스파르타 다이어터의 목소리에 지쳐버렸기 때문입니다.

"요즘 먹고 토하는 게 일상이 됐어요. 제가 어느새 참을 수 없는 허기에 폭식을 선택하면서 '됐어, 어차피 망했으니 먹고 토하자' 하고 합리화를 하고 있더라고요. 그러니까 폭식하면서도 별생각이 없고, 토하면서는 오히려 속이 시원해지는 느낌까지 받아요. 근데 이게 너무 심해지니까 몸도 다 망가지고 나이 들수록 우울도 심해져서, 요샌 이러다 죽겠다는 생각까지 들어요."

진경 씨의 말처럼 스파르타 다이어터의 보호를 받는 분들은 공통적으로 폭식과 구토를 했을 때 아무 고민도 하지 않을 수 있어서 좋다고 이야기합니다. 그러나 모든 행위가 끝난 후에는 후회와 자책, 심각한 자기비난에 빠진다고도 하죠. 먹고 토하는 순간에는 모든 감정들로부터 도망갈 수 있지만, 다 끝나고 나면 다시 의식이 돌아오면서 몸무게 생각이 납니다. 그렇게 스파르타 다이어터가 보내는 극단적 다이어트 경고 모드에 돌입하게 됩니다. 여전히 감정에 대해선 무지한 채로 말이죠.

비난이 곧 나란 생각에서 벗어나세요

스파르타 다이어터는 대체 무얼 보호하고 있는 걸까요? 바로 처절한 고통입니다. 진경 씨의 경우 45kg을 넘지 말아야 한다는, 사실상 극도의 스트레스를 받으며 30년을 지낸 상황입니다. 앞서 이야기한 완벽주의자, 자기비난자, 돌보는 자아, 스마일 천사에게 내면세계를 내어준 채 그들의 목소리를 따라 살아왔습니다. 그런데 만일 스파르타 다이어터의 보호가 없어서 폭식과 구토를 안 하는 상황이라고 생각해 보세요. 끊임없이 올라오는 부정적 감정과 신체적 고통 때문에 정신분열이 일어나도 이상하지 않을 것입니다. 식사 때마다 강박을 느끼고 매일이 전투 같은 다이어트인 일상 속에서 결국 정신이 버티지를 못하겠죠.

폭식과 구토로 힘겨워하는 분들은 이 행위를 하기 전에 반드시 내면의 보호자로부터 압박을 받습니다. 그것이 속에서 한차례 폭발하고 난 뒤 마침내 부정적 감정들이 불길처럼 일어나려고 할 때 스파르타 다이어터가 나타나 폭식과 구토라는 소화기를 쏴대는 것이죠. 또 다른 형태의 감정 도피입니다.

진경 씨는 상담을 여러 차례 진행하면서 점차 자신이 불가능한 목표를 쥐고 스스로를 몰아붙였음을 깨달았습니다. '여자는 45kg이 넘으면 안 된다'는 말도 안 되는 기준에 왜 그렇게 자신을 욱여넣으려 했는지 모르겠다고도 했죠.

저는 대화를 하며 진경 씨 내면의 보호자들을 좀 더 면밀히 분석해 보았습니다. 폭식과 구토에 가려졌던 진짜 진경 씨의 감정을 따라갔는데요. 진경 씨 내면에는 부족한 자존감, 수치심, 불안이 가득했습니다. 이 감정들은 어린 시절 엄마에게 자주 혼났던 기억으로 연상되었습니다. 그러니까 엄마에게 들었던 비난을 내면화한 자기비난자가 그녀의 내면을 지배했던 것이죠.

자기비난자는 진경 씨에게 24시간 잔소리와 비판을 쏟아부었습니다. 아무리 맷집 좋은 사람이어도 24시간 비난받으면 못 견디겠죠. 진경 씨도 그래서 참지 못한 감정들이 폭발했고, 그때 스파르타 다이어터가 나타나 '뭐 하러 그래? 그냥 달달한 거 왕창 먹고 토해버려!' 하고 진경 씨를 보호했습니다. 이렇듯 내면의 보호자끼리는 원래 서로 영향을 주고받습니다.

스파르타 다이어터가 소방관 역할을 하지 않게 하려면 우선 비난의 목소리로부터 객관적인 자세를 취해야 합니다. 물론 자기비난의 목소리는 하루아침에 생기지 않습니다. 그래서 객관적으로 보기 어렵죠.

심지어는 그 비난이 곧 나 자신이라고 생각하며 살아왔을 테고요.

하지만 여러분 안에서 가장 크게 들리는 비난의 목소리를 제3자의 시각으로 바라봐야 합니다. 그리고 그 비난대로 내가 정말 잘못 살고 있는지 바라보세요. 어쩔 땐 정말 내가 못나 보이고 그래서 다시 폭식과 구토라는 도피처에 손을 뻗고 싶어질 수 있습니다. 그러나 잘 보면, 비난이 다른 사람의 기준에 의해서 만들어진 것이거나 어린 시절의 상처로부터 파생된 것임을 알 수 있습니다. 그러면 비로소 내면의 보호자들이 물러가고 가려진 부정적 감정을 볼 수 있습니다. 당연히 스파르타 다이어터가 나설 필요가 없어지겠죠.

여러분에게는 어떤 비난의 목소리가 있나요? 그 목소리가 커질 때마다 폭식과 구토가 동반되지는 않았는지 잘 생각해보세요. 증상만 없애려 하지 말고, 그 이면에 있는 내면세계를 이해하는 데 중점을 두기 바랍니다.

지적인 이성주의자

운다고 살이 빠지는 건 아니잖아

살아오며 경험한 인간관계와 살아온 환경에 따라 우리 각자의 내면에는 앞서 열거한 보호자들 외에도 다양한 보호자 유형이 존재합니다. 차갑고 경직된 사무형 보호자, 늘 옳고 그름을 따지며 판단하는 판사형 보호자, 성공과 인기만을 추구하는 스타형 보호자, 쉬지 않고 계획을 세우고 일을 만드는 사업가형 보호자, 모든 일을 뒤로 미루고 회피하는 도망자형 보호자 등 다양한 전략으로 부정적 감정을 보호하는 존재가 있습니다. 그들의 전략이 항상 식이장애인 건 아닙니다. 쇼핑 중독, 게임 중독, 알코올 중독도 있죠.

이러한 보호자들 뒤에는 반드시 그때, 그날, 그 자리에서 상처를 입은 어린 자아가 존재합니다. 버림받을 것 같은 공포감, 지독한 외로움, 병적 수치심, 자기혐오와 같은 고통스러운 감정을 경험한 어린 자아가 말입니다. 보호자들 중에는 이 어린 자아를 극도로 지적이고 이성적인 자세로 차단하는 보호자도 있습니다. '지적인 이성주의자'입니다.

선미 씨는 주변으로부터 아주 똑 부러진다는 평가와 너무 차갑다는 평가를 동시에 받는 사람이었습니다. 뛰어난 업무 능력에 문제해결 능력도 뛰어나 선미 씨는 삼십 대 중반에 이미 팀장의 자리에 올랐습니다. 그런 선미 씨는 알고 보면 심각한 다이어트 중독자였습니다. 매일 정해진 칼로리만큼만 섭취했고 계획한 만큼 꼭 운동을 했습니다. 하지만 요즘 들어 거식 증세가 심해졌고 음식을 보면 먹은 게 없어도 구토가 올라오는 상태가 되었죠.

저는 선미 씨의 문제가 단순히 보이는 거식 증상만 없앤다고 끝나는 게 아니라는 걸 알았습니다. 이야기를 나눌수록 선미 씨가 자신과 주변을 너무 이성적으로 판단하고 있다는 게 여실히 보였기 때문입니다. 선미 씨는 심지어 동료가 부친상을 당했을 때도 슬퍼하기보다 동료의 업무를 어떻게 다시 배분할지를 먼저 생각했다고 합니다. 그러면서 선미 씨는 자신이 혹시 사이코패스냐며 제게 되물었습니다.

"아뇨. 사이코패스가 아니라 늘 이성으로 감정을 억눌러왔기 때문에 정작 중요한 순간에 마음을 잘 표현하지 못하는 것뿐이에요."

지적인 이성주의자는 이처럼 자신의 감정과 생각, 욕구를 멀찍이서 바라보며 이성적으로 평가하고 그게 잘못되었다며 눌러놓는 역할을 합니다. 당연히 자기 스스로를 진심으로 대하기가 힘들어지죠. 선미 씨는 남자친구들에게 항상 이별을 통보받았던 연애 전력이 있었는데요. 그 과정은 언제나 똑같았습니다.

남자: 내가 힘들다고 하는데 넌 네 스케줄만 체크하냐?

선미: 왜 네 감정 문제를 나한테 말하는데?

감정은 스스로 처리하는 거야.

남자: 우리가 연인 사이는 맞니?

선미: 서로 일상을 공유하고 같이 놀러 가고 그러면 되는 거 아니야?

굳이 부정적 감정까지 나눠야 해?

선미 씨는 감정을 털어놓는 일이 아이가 칭얼대는 것과 같다고 생각했습니다. 그러다 보니 감정을 가장 진하게 주고받아야 할 연인관계에서마저 이성적으로 판단하고 냉담한 태도를 보였던 것입니다.

선미 씨의 지적인 이성주의자는 어린 시절부터 생겨났습니다. 선미 씨도 어릴 때 엄마에게 똑같은 대우를 받았죠. 선미 씨가 중학교에 들어갔을 때, 반 친구들 사이에 잘 섞이지 못해 성적이 흔들리자 선미 씨 어머니는 이렇게 다그치셨습니다.

"인생 원래 혼자 사는 거야. 곧 중간고사 아니야? 그거나 준비해. 괜히 감정 소모하면 네가 지는 거야."

어머니의 냉담하고 이성적인 조언은 어린 선미 씨에게 정답으로 받아들여졌고, 그 과정에서 부모로부터 받아야 할 애정이 충족되지 못하며 불안정한 애착을 형성하게 됩니다. 지적인 이성주의자가 선미 씨의 내면세계를 장악한 게 이상하지 않은 성장 과정이죠.

이성은 감정과 함께할 때 가장 완전해집니다

지적인 이성주의자의 역할이 극도로 활발해지면 다른 보호자들의 경우와 마찬가지로, 모든 부정적 감정들이 차단됩니다. 감정을 이성으로 바라보니 아무것도 아닌, 쓸데없는 에너지 소모로 여기게 되기도 하고요. 그러면서 남들은 물론이고 자기 자신에게도 매우 차가운 시선을 던지게 됩니다.

특히 외모의 경우엔 제3자가 되어 객관적으로 품평을 쉽게 하게 됩니다. '발목이 두꺼워', '팔뚝 살이 늘어졌어', '턱살 때문에 목이 짧아 보여' 등 가혹하리만치 평가를 내리고 이를 정상화하기 위해 강도 높은 다이어트 계획을 세우죠. 매우 힘겨운 절식과 운동으로 체중에 집착하지만 그 과정에서 느끼는 감정은 보지도 않고, 목표한 대로 이루어지고 있는지 이성적으로 재단할 따름입니다.

그런데 더 문제가 되는 것은 위기 때 오히려 이 보호자의 영향력이 커진다는 데 있습니다. 이게 옳지 않은 것 같다고 판단을 해도 두려워하거나 흥분하지 않고 이성적으로 처리하려 하기 때문입니다. 선미 씨도 그랬다고 했습니다. 거식 증세가 나타나자 이것이 뭔가 몸에 안 좋은 신호라는 건 깨달았지만, 이를 다이어트를 하는 데 걸림돌 정도로 판단하고 이성적으로 극복하려 했었다고 합니다.

"회사 일도 빠듯한데 다이어트 때문에 울고불고할 시간이 어디 있겠어요? 밥이야 나중에 먹으면 된다 하고 넘겼어요. 그랬더니 어느 순간 한 번씩 폭식이 튀어나오더군요."

지적인 이성주의자는 행복한 자아, 상처받은 자아 등 모든 나의 자아들을 억누릅니다. 그러나 내면세계는 복잡한 곳으로, 한 번씩은 억눌린 것들이 이상한 방향으로 튑니다. 어떤 분들은 술을 마시면 죽고 싶어지는 방식으로, 어떤 분들은 갑자기 모든 것에 싫증을 느껴 다 버려버리는 것으로, 어떤 분들은 폭발적 분노로 튀죠. 선미 씨의 경우엔 억눌린 것이 폭식으로 나타난 것입니다. 가끔 절대 그런 일을 하지 않을 것 같은 사람이 흉악범으로 뉴스에 등장하는 것도 평상시 너무 이성적으로 자신을 억눌렀던 결과일 수 있습니다.

혹시라도 다이어트 강박에 시달리며 다음과 같은 말을 읊조린다면 여러분의 내면세계를 지적인 이성주의자가 지배하고 있을 수 있습니다.

지금 먹고 살찌면 나만 손해야

운다고 살 빠지는 것도 아니잖아

밥은 됐고 얼른 해야 할 일부터 하자

감정을 드러내는 건 하수나 하는 짓이야

살 빼기 힘들다고 남에게 얘기해서 뭐 해?

이런 생각을 자주하는 분들이라면 어릴 때를 떠올려보세요. 화내고 외로워하는 감정을 드러내면 안 된다고 교육받지 않았나요? 가까운 대상에게 도움을 요청했으나 냉정히 거절당했던 기억이 있지 않나요?

아이는 내가 아무리 울어봤자 달래주고 도와줄 어른이 없다는 걸 경험하면 스스로 똑똑하게 살아가기 위해 지적인 이성주의자를 만들어냅니다. 특히나 감정을 솔직하게 드러내는 걸 지는 것이라고 하는 우리 사회에서는 지적인 이성주의자가 탄생하기 더욱 쉽습니다.

하지만 이성은 성숙한 것이고, 감정은 미숙한 것이라는 시각은 큰 편견입니다. 우리 뇌의 편도체가 감정을 수용하고 이해할 수 있어야만 전두엽에서 이성적으로 이를 통합하고 조절할 수 있습니다. 감정이 빠진 이성적 태도는 오히려 삶을 의미 없고 무기력하게 만듭니다. 소통은 감정 없이 이루어지지 않으며 위대한 지적 업적들은 감정이라는 원동력이 뒷받침되어야 합니다.

감정이 튀어나와야 할 때 이성이 나서더라도 다시 감정으로 시선을 돌리세요. 지적인 이성주의자가 이성으로 평가해버린 감정을 그대로 받아들여선 안 됩니다. 외로움이 느껴졌을 때, 혼자 있으면 당연히 외로운 거라며 외로워할 시간에 책이나 읽자는 생각을 하는 대신 내가 왜 외로운지, 누구의 부재로 외로운지를 생각해보는 겁니다. 또 갑자기 폭식이 밀려온다면 자꾸만 먹게 하는 감정이 무엇인지 알아보세요. 그게 부정적인 것이든 긍정적인 것이든 명확히 알아야 합니다. 이성은 감정과 함께할 때 가장 완전해진다는 것을 잊지 마세요.

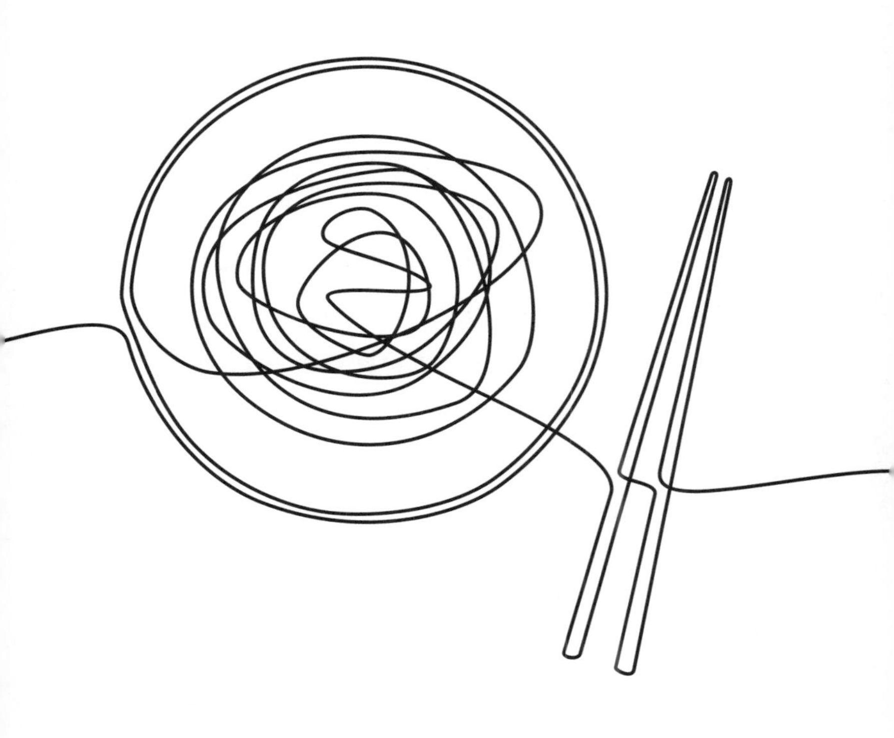

5장

진짜 나와 만나는 감정알아차림 습관

체중관리에서
마음관리로

내담자분들의 사연을 가만히 듣다 보면, 다이어트 강박이 시작되는 데 '남의 말'이 중요한 원인이 되었다는 공통점을 찾을 수 있습니다. 이제 막 사회생활을 시작한 이십 대 아현 씨는 대학 졸업 직후 우리나라 사람이면 다 아는 대기업에 한 번의 낙방도 없이 입사해 주변에서 부러움을 샀습니다. 아현 씨도 원하던 분야에 취직했으니 이제 멋지게 커리어도 쌓고 잘 살아가리라 굳게 믿었죠. 그러나 그녀는 퇴사를 고민할 정도로 심각한 거식 증세에 시달려 저를 찾아왔습니다. 아현 씨가 단 몇 개월 사이에 심한 체중 강박에 사로잡힌 원인은 회사 선배의 한마디 때문이었습니다.

"오늘 외부에서 손님도 오시는데, 아현 씨 패션이 영 별로다. 평상시에 운동은 좀 해요? 옷이 문제가 아니라 옷걸이가 문제인가?"

이날 이후 아현 씨는 모든 이들이 자신을 뚱뚱하고 게으른 사람으로 보고 있는 것은 아닌가 하는 의심이 들었다고 합니다. 평소 똑 부러지던 아현 씨였음에도 누가 들어도 몰상식한 선배의 말 한마디에 아무 말도 받아치지 못하고 일상의 모든 부분이 흔들린 것입니다. 그렇게 아현 씨는 지독한 다이어트에 돌입했고 안 먹고 뺐다가, 바쁜 회사 일에 다시 쪘다가, 또 쓰러질 때까지 가혹하게 살을 빼는 다이어트의 굴레에 빠지게 됩니다. 그리고 결국 정신을 놓고 토할 때까지 먹는 폭식이 시작되었죠.

친한 사람들은 물론이고 몇 번 본 적 없는 사이에서도 우리는 살과 관련된 말을 쉽게 합니다. 간단히는 '요새 좀 얼굴이 좋아 보이네?'부터 '살 조금만 빼면 더 예쁠 텐데' 같은 조언인 척하는 말, '너 관리 좀 해야겠다'처럼 대놓고 저격하는 말까지 다양하죠. 그런데 생각해보면 이런 말들은 너무나 주관적입니다. 얼굴이 좋아 보인다는 건 누구의 기준이고, 살을 얼마나 빼야 예뻐 보인다는 건지, 그 미의 판단은 누가 하는지 객관적으로 입증할 수 없습니다. 솔직히 말하면 오지랖에 가깝고 예의 없는, 무시해도 충분한 말들이에요.

하지만 우리는, 특히 다이어트를 한 번이라도 해본 사람은 그리 중요하지 않는 이런 말들 때문에 자기감정을 외면하고 다이어트에 매달리게 됩니다. 게다가 가짜 다이어트에 빠지면서부터는 스스로에 대한 수치심, 무가치함, 부정적 믿음 등이 끝없이 올라오게 되죠.

나의 소중한 일상이, 삶이, 미래가 남의 말 한마디에 흔들린다는 건 너무나 안타까운 일 아닐까요? 이젠 주변에서 살 좀 빼라고 하든 말든 다이어트 계획을 세우기보다 내가 나를 어떻게 보고 있는지부터 살펴봅시다. 그리고 보호자들이 가려둔 마음속 깊은 진짜 감정을 속속들이 파헤쳐봅시다. 부정적 감정들이 한데 엉켜 끈적하게 달라붙어 있어도 그것들을 명확히 분리해낸다면, 부정적 감정 역시 나의 한 부분이며 마음을 관리함으로써 내 삶이 나아질 수 있음을 믿게 될 것입니다.

원인 파헤치기

인정받기 위한 다이어트는 그만하세요

스무 살이 되어 한창 새내기 생활을 즐겁게 누리고 있어야 할 주연 씨의 일상은 식이장애라는 장애물을 만나며 괴로움으로 점철되었습니다. 입학 후 가입했던 영화 동아리는 잦은 술자리가 부담스러워 세 번 나가고 탈퇴했고, 과 모임에도 점차 얼굴을 비추지 않았습니다. 그래 놓고 자취방에 돌아가면 배달 음식을 잔뜩 시켜 순식간에 먹어 치웠다가 잠들기 직전 다 토해내는 일이 다반사였습니다. 주연 씨는 고3 수능 전까지 70kg이 넘었었는데 수능이 끝난 후 물만 마시며 다이어트를 한 끝에 단 두 달 만에 20kg을 감량한 상태였습니다. 그 고통의 과정을 기억하고 있기 때문에 다시 살이 쪄서 또 다이어트를 할 생각을 하니 차라리 살찔 일 자체를 만들지 않게 된 것입니다.

사실 주연 씨는 수능을 본 뒤, 단 한 번도 행복했던 적이 없습니다. 대학에 합격했다는 소식을 들었을 때도 헬스장에서 운동하느라 제대로 기뻐하지도 못했죠. 친구들은 다들 어른이 되기 전 마지막 십 대라며 이것저것 추억도 많이 쌓는데 주연 씨는 그저 운동만 했습니다. 매일 아침 일어나는 것도 너무 힘들고 가족들이 밥 먹는 것만 봐도 짜증이 치밀었습니다. 매사 우울하고 날카로웠고요. 그런 상태로 대학에 가니 모든 게 새롭고 설레야 할 새내기 생활이 도리어 불안과 초조로 얼룩진 것입니다.

저는 주연 씨가 왜 두 달이라는 짧은 시간에 20kg을 빼는 혹독한 다이어트를 했는지 물어보았습니다. 그러자 주연 씨는 부모님 이야기를 꺼냈습니다.

"제 가족은 엄마, 아빠, 저 이렇게 세 식구예요. 부모님은 아무리 먹어도 살이 안 찌는 체질들이세요. 평생 체중 때문에 힘들어해본 적도 없고 살이 찐다는 자체를 이해하지 못해요. 반면 전 어릴 때부터 좀 통통한 편이었어요. 먹는 대로 살이 찌는 편이었고 식탐도 조금 있고요. 그러니까 부모님은 절 단 한 번도 이해 못 하셨어요. 매일 식사 시간이면 아빠는 제 밥은 반만 주라고 하고, 엄마도 맛있는 반찬은 살찌니까 채소만 먹으라고 하셨어요. 식사 시간마다 늘 우울하고 슬펐어요. 그래서 내가 수능만 보고 나면 살 쫙 빼서 부모님 앞에 떵떵거리고 살 거다, 이런 다짐을 속으로 계속 했어요."

살을 빼기 전까지, 주연 씨는 매 식사 때마다 부모님의 눈치를 봐야 했습니다. 당연히 식사에 대한 감정이 망가져버렸겠죠. 뿐만 아니라 평소에도 부모님은 주연 씨에게 살과 관련된 이야기를 많이 했습니다.

어릴 적 살던 집이 9층이었는데 가족이 다 함께 외출했다 들어오면, 부모님은 주연 씨더러 계단으로 올라와야 살이 빠질 거라며 혼자 내버려둔 채 엘리베이터를 타고 가버렸습니다. 주연 씨는 과거 초등학생 때 어머니와 동네 목욕탕에 갔다가, 어머니가 동네 아주머니와 나누던 대화도 머리에 선명히 남아 있다고 말했습니다.

"동네 아주머니는 그냥 제가 귀여우니까 '볼살이 통통하네' 하고 말씀하셨는데, 엄마는 너무나 화가 난다는 표정을 지으셨어요. 그러면서 '애는 누구 닮았는지 모르겠다, 우리 가족 다 날씬한데 얘만 이렇게 살이 디룩디룩 쪘다, 잘 빼지도 못한다, 여자애가 이래서 어디 남자가 좋아나 해줄까 싶다' 계속 제 흉을 보셨죠. 홀딱 벗고 있는 그 목욕탕에서 제가 그때 느낀 수치심은 지금 떠올려도 죽고 싶을 정도예요."

머릿속에 남아 있는 한 장면만으로도 주연 씨는 결국 눈물을 펑펑 쏟아내고 말았습니다. 다 말은 못 했지만, 아마 주연 씨가 부모님에게 들은 살과 관련된 말들이 정말 많았을 것입니다. 그 말들은 모두 비수가 되어 주연 씨 마음을 갈기갈기 찢어놓았을 테고요. 주연 씨가 극심한 다이어트로 쓰러질 지경이 되었을 때, 부모님은 하나같이 입을 모아 말했다고 합니다.

"에휴, 그까짓 거 가지고 힘들어하기는."

가족여행을 가서도 주연 씨는 바나나만 먹었습니다. 그렇게 버티며 살을 쫙 빼고 스무 살을 맞이했죠. 하지만 대학에 가서 핑크빛 미래가 펼쳐질 줄 알았던 주연 씨는 오히려 친구도 사귀지 못했고 학교생활도 즐겁지 않았습니다. 평생 부모님에게 살 좀 빼라는 소리를 들으며 자랐기 때문에 그 말대로 살을 빼면 인생에 행복만 가득할 줄 알았는데, 왜 인생이 더 나아지지 않는지, 나아지기는커녕 대인관계에 어려움만 겪게 되는지 주연 씨는 이해할 수가 없었습니다.

다이어트의 이유를 명확히 하기

주연 씨의 식이장애의 원인은 부모님에게 들어온 말들에 있습니다. '날씬해야지만 넌 괜찮은 사람이야'라는 잘못된 생각을 부모님으로부터 주입당한 것입니다. 물론 부모님은 자식을 생각하는 마음에서 한 말일 테죠. 그러나 그 모든 말들은 주연 씨가 자신의 부정적 감정이나 불행의 원인을 살이 찐 데서만 찾게 만들었습니다.

정말 많은 내담자분들이 과거 부모에게 들었던 날카로운 말을 마음에 쌓고 쌓아 단단한 장벽으로 세워둡니다. 그 장벽에 번번이 감정들이 가로막힐 때마다 다이어트로 도피하고 폭식과 구토를 반복하게 되죠. 우리는 나를 낳아준 두 분이 만든 이 장벽을 어떻게 부실 수 있을까요?

먼저 내가 살을 빼기로 마음먹은 이유를 명확히 살펴보세요. 주연 씨의 경우, 다이어트를 하다 지치면 어머니를 생각했다고 합니다. '옷이 조금 끼네. 엄마가 알면 분명 또 뭐라고 하실 거야. 아빠도 뭐라 하겠지. 그전에 얼른 살 빼자' 이렇게 부모님이 보일 반응 때문에 살을 뺀다면 이건 본인의 마음은 저버린 채 살을 빼는 가짜 다이어트에 빠지는 것입니다.

사실 부모에게 충분한 사랑을 받지 못하고 자란 분들 중 부모님 때문에 다이어트 강박에 시달리는 경우가 많습니다. 지인에게 나를 자랑스럽게 소개해주는 부모님을 보고 싶어서, 날씬해서 예쁘다며 옷을 사주는 부모님을 보고 싶어서 등 부모님이 보여줄 긍정적 피드백을 기대해 다이어트를 계속하는 것입니다.

하지만 여러분의 마음이 시키는 다이어트가 아니라면 그건 잘못된 다이어트입니다. 물론 태어나면서부터 평생을 함께해왔으며 나를 이 세상에 존재하게 한 부모님의 말은 그 자체로 힘이 큽니다. 그래서 더욱 마음에 많이 남고 또 쉽게 치워지지도 않죠. 그러나 아무리 그런 부모님이라도 부모님이 한 살과 관련된 말들 때문에 다이어트를 계속하는 것은 옳지 못합니다. 그리고 살이 쪘다고 나를 미워하는 부모님이라면, 반항하고 부딪쳐 내 감정을 전해야지 부모님의 비난과 지적을 받아들여서는 안 됩니다.

교묘히 다이어트 강요를 하는 부모의 유형을 알려드립니다. 나의 부모님은 어떤 유형이었는지 알아보고, 만일 부모님이시라면 자녀에게 이런 부모님은 아니었을지 생각해보세요.

첫째 유형은 외모지상주의 부모입니다. 대체로 본인이 외모 콤플렉스가 있고, 외모로 인해 무시당했던 기억이 많아 자신감이 떨어진 경우일 가능성이 높습니다. 자녀에게 철저한 외모관리를 강요하며, 먹어야 하거나 먹지 말아야 하는 음식을 정해 자녀가 어릴 때부터 지키게 합니다. 음식을 먹는 시간과 양도 철저히 지키게 하고 자녀가 이를 어기면 강한 비판을 쏟아냅니다.

둘째는 완벽주의 부모입니다. 완벽한 자기관리의 한 측면으로 체중관리가 필요하다고 보는 유형입니다. 식사의 종류와 양을 제한하고 매일 꾸준히 운동하는 것이 더 나은 삶을 준비하는 사람의 당연한 자세라고 여깁니다. 다이어트에 실패하면 '자기관리도 못 하는 의지가 없는 사람'으로 평가합니다.

셋째는 건강염려증 부모입니다. 좋은 음식만 먹고 건강을 유지해야 한다는 강박이 큰 유형으로, 살찌는 것 역시 건강의 적신호로 판단해 거부합니다. 자녀가 건강하기를 바라지 않는 부모는 없겠죠. 그렇지만 사람마다 타고난 체질이나 체형을 고려하지 않고 무조건 몸에 좋은 것만 강요하면 오히려 식이장애를 불러일으킵니다.

넷째는 나르시시즘 부모입니다. 예쁜 자녀를 둔 것을 자신의 자랑거리로 생각해서 자녀에게 직접적으로 다이어트를 하라고 하기도 하고, 은연중에 자녀의 몸을 칭찬하여 스스로 다이어트에 매진하게끔 합니다.

대화하기

부정적 보디이미지 사슬을 끊어보세요

"언니, 그 치마 입지 말라니까. 엉덩이 엄청 펑퍼짐해 보여!"

빛나 씨가 출근을 하려고 옷을 입고 있으면, 네 살 차이 여동생은 항상 이런저런 딴지를 걸어 옵니다. 식사 시간에는 또 어찌나 말이 많은지 '양념갈비는 살찐다', '콜라 마시지 마라', '다이어트 안 하냐' 등등 수시로 빛나 씨에게 살과 관련된 말을 합니다. 빛나 씨는 동생에게 그런 소리를 듣고도 아무 말 못 하는 자신이 한심하다고 했습니다.

"어린 동생이 뭐라고 하니까 화는 나는데요. 거울을 보면 정말 뱃살도 축 처져 있고, 다리도 굵어요. 그러면 동생 말이 맞는 것 같아서 뭐라고 반박을 못 하겠어요. 제 몸이 너무 창피해요."

빛나 씨는 이름과 다르게, 삶의 기쁨이 하나도 없는 사람처럼 무기력해 보였습니다. 벌써 몇 년째 이어지고 있는 다이어트에 몸과 마음이 지쳤기도 하지만, 여동생을 비롯한 모든 가족이 한마디씩 던지는 말들에 휘둘려 자기의견을 잃어버린 것이죠. 가족들의 몸매 지적은 장소 불문, 시간 불문이라 나중에는 친척들도 빛나 씨에게 쉽게 지적을 하게 되었다고 합니다.

명절에 모이면 엄마가 먼저 여자는 평생 다이어트를 해야 한다고 운을 뗐습니다. 그러면 고모가 빛나는 회사 다니더니 살이 좀 쪘다고 맞받아칩니다. 이어서 여동생이 얄밉게 언니는 맨날 다이어트하는데 살은 안 빠진다고 종알대죠. 그래도 할머니 눈엔 아직도 마른 손녀라서 할머니가 빛나 씨에게 음식을 챙겨주면 사촌오빠가 그걸 막으면서 말합니다. "할머니, 빛나 살찌면 시집 못 가요."

가부장적인 분위기가 강했던 빛나 씨 친가에선 모임이 있을 때마다 빛나 씨에게 상처가 되는 말들을 쏟아냈습니다. 자연히 일 년에 두 번 있는 명절과 때때로 있는 제삿날이 다가오면 빛나 씨는 심각한 우울과 불안을 겪었습니다. 그리고 친척이 다 모일 날이 다가오면 음식을 거부하고 운동을 심하게 하며 단 1kg이라도 빼기 위해 노력했죠.

부정적 보디이미지는 가족 안에서 되풀이됩니다

빛나 씨는 언제부터 자기 몸을 창피하다고 느꼈을까요? 놀랍게도 유치원에 다니던 때였습니다. 어머니께서 그 어린 빛나 씨에게도 자주 몸에 대한 지적을 하셨던 겁니다. 빛나 씨는 살이 빠지면 빠지는 대로 긴장 상태를 유지해야 했고, 살이 찌면 찌는 대로 신경 써야 했습니다.

이렇게 자신을 낳아준 사람이 몸에 대해 지적을 하면 내 몸에 대한 만족도가 떨어질 수밖에 없습니다. 게다가 엄마, 아빠, 동생, 친척까지 혈연관계의 사람들이 계속해서 살을 빼라고 하면 부정적 보디이미지가 안 생기려야 안 생길 수가 없습니다.

저는 우선, 빛나 씨에게 부정적 보디이미지를 처음 심어준 어머니에 대해서부터 검토를 시작하기로 했습니다.

"어머니께서는 왜 한창 자라야 할 나이의 빛나 씨에게 몸매관리를 하라고 하셨을까요? 과거 어머니의 모습 중 가장 기억나는 장면을 떠올려보세요."

"음… 부모님이 자주 다투셔서 가장 먼저 떠오르는 기억이라면 역시 엄마, 아빠가 목청 높여 싸우는 기억이네요."

"두 분은 왜 그리 자주 다투셨죠?"

"부모님도 식사 시간에 많이 다투셨어요. 아빠는 반찬 투정을 하셨고 엄마는 차리는 사람 정성을 무시하냐고, 그런 식으로요."

"혹시 어머니도 다이어트를 하셨나요?"

"대놓고 다이어트를 한다고 하진 않았지만, '밥이 너무 많네' 하면서 밥을 덜거나 배가 안 고프시다면서 굶는 건 종종 봤어요."

저는 빛나 씨의 어머니가 지닌 보디이미지가 빛나 씨 가족 내의 분위기에 큰 영향을 주었으리라 직감했고, 빛나 씨에게 하나의 미션을 드렸습니다.

"그럼 빛나 씨, 오늘 돌아가서 어머니와 대화를 나눠보시겠어요? 어머니가 본인의 몸을 어떻게 바라보시는지 알아보는 거예요."

이렇게 상담을 마무리하고 얼마 후, 빛나 씨는 어머니와 충분한 대화를 거치고 다시 저를 찾아왔습니다. 빛나 씨가 어머니에게 들은 사연은 이랬습니다. 빛나 씨 어머니는 예상한 대로 살과의 전쟁을 오랫동안 해왔다고 합니다. 자세한 내막은 알 수 없었지만, 빛나 씨와 여동생을 낳은 뒤에도 꾸준히 살을 빼셨고 이를 지금까지 유지해오셨죠. 또 외출할 때 옷 고르는 시간도 길고 뱃살 빼는 데 좋다는 음식이 방송에 나오면 날마다 드셨습니다. 아버지와 싸웠던 것도 살이 찌지 않는 음식에 적은 양만 준비했기 때문이었죠.

빛나 씨는 어머니와 대화를 하면서 엄마가 자기 몸에 대해 굉장히 부정적 이미지를 가지고 있단 걸 깨달았다고 했습니다.

"어린 저에게 어머니는 '이렇게 입으면 아빠가 좋아할까?'라고 물어보셨었어요. 그런 걸 보면 엄마는 자기 몸에 확신이 없고 늘 주변 사람들이 괜찮다고 해야만 안심하셨던 것 같아요."

그렇습니다. 빛나 씨의 말대로, 어머니께서 초등학교에도 가지 않은 어린 딸에게 몸에 대한 불균형한 인식을 심어주셨던 건, 본인이 자기 몸에 대해 부정적인 이미지를 가지고 있었기 때문입니다. 이처럼 부정적 보디이미지는 가족 안에서 되풀이되고 강화됩니다. 어머니의 부정적 보디이미지가 다른 가족과 친척들에게 옮겨 간 것처럼요.

가족과 대화를 나누며 동질감을 느껴보세요

빛나 씨의 이야기를 듣고 제가 추측한 바로는 빛나 씨의 어머니는 미해결된 문제나 스트레스, 애정 욕구 등을 전부 살의 문제로 치환한 듯합니다. 이로 인해 빛나 씨의 아버지는 부부로서 나눠야 할 애정, 갈등, 공감 등의 감정 공유에 부족함을 느꼈고, 이것이 잦은 다툼의 원인이 되었습니다. 이런 가족의 역동은 가족 안에서 건강하지 못한 밀착관계를 형성하기 쉽습니다. 빛나 씨의 어머니가 자신의 문제를 딸을 끌어들여 해결하려고 한 것처럼 말입니다.

다행히 빛나 씨는 자신의 식이장애를 치료하기 위해 어머니와 대화를 하면서, 오히려 어머니를 이해하고 더욱 사랑하게 되었다고 털어놓았습니다. 어릴 때는 몰랐던, 그때 당시 어머니의 마음이 많이 외로웠고 또 괴로웠을 것이라는 걸 알았기 때문입니다. 뿐만 아니라 본인이 현재 느끼는 부정적 보디이미지를 어머니도 가지고 있다는 점에서 동질감을 느끼기도 했죠.

어머니를 이해하고 나자 빛나 씨의 다이어트 강박은 차츰 옅어졌습니다. 그리고 삼시세끼를 잘 챙겨 먹으며 조금씩 그녀의 이름처럼 빛나는 눈빛을 되찾아갔습니다. 본인의 몸에 대한 부정적 이미지가 강하다면, 왜 내가 내 몸을 나쁘게 보는지 이유를 찾으세요. 그리고 그게 가족들의 말 때문이라면 그들과 대화를 해봅시다. 서로가 지닌 부정적 보디이미지를 끊어낼 수 있을 것입니다.

감정조절 능력 키우기

가족의 그늘에서 벗어나세요

고1 여름방학을 맞자마자 한나 씨는 강도 높은 다이어트에 돌입했습니다. 엄마가 차려주신 모든 밥상을 거부하고 닭가슴살과 샐러드만 먹었습니다. 매일 아침저녁으로 동네 공원을 한 시간씩 달렸고 여름 가족여행도 혼자만 안 가고 집에 콕 박혀 있었습니다. 한나 씨의 이 다이어트는 고1 내내 이어졌습니다. 마침내 한나 씨의 체중은 고1 겨울방학이 되었을 때 35kg이 되었습니다. 그녀의 키는 160cm, 심각한 저체중 상태였죠. 그리고 그 이후부터 한나 씨는 거식 증세를 보이기 시작합니다.

청소년 중에 식이장애로 고통받는 아이들이 생각 외로 많습니다. 우리 생애 가장 식욕이 왕성하고 필요한 영양분이 많은 십 대에 극심한 다이어트를 하게 되면, 쉽게 식이장애 증상을 겪을 수 있습니다. 청소년분들과 상담할 경우엔 부모님이 함께 오실 때가 많은데요. 처음엔 주로 어머니만 오시지만 계속해서 식사에 어려움을 겪는다면 아버지도 함께 상담에 참여하도록 합니다. 그래야 증상이 빨리 제거되고 당사자의 감정도 많이 치유됩니다. 그만큼 가족이 식이장애치료에 있어선 매우 중요한 부분입니다. 사실 가족에 대한 검토와 가족의 적극적 개입을 빼놓고는 치료가 불가능하다고 해도 과언이 아니에요.

한나 씨가 고2 겨울방학을 보낼 즈음 시작된 상담엔 한나 씨의 부모님이 모두 참여하셨습니다. 세 사람과 심도 있는 대화를 나누며 상담해본 결과, 한나 씨는 어릴 때부터 부모님의 불안한 관계를 목격하고 성장했음을 알 수 있었습니다.

"엄마랑 아빠가 대화하는 걸 많이 못 보고 자랐어요. 집안 분위기 자체가 좀 조용하고 자기 이야기를 안 하는 편이었어요. 그래도 엄마랑 아빠가 싸웠을 땐 '싸우셨구나' 정도는 알 수 있었던 것 같아요. 싸우신 날은 평소보다 더 냉랭하고 정말 한마디도 안 하셨거든요."

한나 씨의 회상에 부모님들은 부인하셨습니다. 그저 대화가 익숙지 않은 편이라 말이 없었던 것이지 자녀들을 사랑하지 않은 것도 아니고, 이혼을 고려할 만큼 본인들 사이가 나쁜 적도 없었다고요. 두 분은 한사코 한나 씨가 어린 시절을 부정적으로 기억할 만한 행동은 하지 않으셨다고 했습니다. 그러나 저는 두 분의 생각이 틀렸다고 말했습니다.

"두 분은 어린 한나 씨가 자기감정을 표현하고 공감받을 기회를 빼앗으셨어요. 말로만 싸우지 않은 거지 비언어적으로는 계속 갈등 상황을 유지하셨고요. 어려도 다 느낄 수 있어요."

한나 씨네 집안 분위기는 누구 하나 편히 감정을 표현할 수 없을 만큼 경직되어 있었습니다. 그 안에서 어린 한나 씨는 부모님의 눈치를 보며 지냈죠. 아무리 하고픈 말이 있어도 조리 있게 표현할 수 없었던 한나 씨를 부모님은 알게 모르게 쳐냈을 겁니다. 그렇게 한나 씨 마음 안에는 외로움, 서러움이 자라났고 이 부정적 감정을 가리는 여러 보호자가 등장하며 모든 문제를 살을 빼는 것으로 해결하려는 지금의 상황까지 오게 된 것입니다.

이런 제 생각은 한나 씨의 언니인 안나 씨도 한때 폭식증으로 고생했었다는 것을 듣고 확신이 되었습니다. 언니도 감정을 억눌러야 하는 가정 분위기 속에서 자기 몸에 대한 부정적 인식을 가졌고 그로 인해 식이장애를 겪게 되었던 것입니다.

가족 분위기가 아이의 감정을 좌우합니다

부모의 불화, 가족 간 역기능적 의사소통, 부모와 불안정한 애착관계 형성 등 가족 체계 안에서 일어난 부정적 요인들이 식이장애를 일으키는 가장 중요하고 위험한 요소입니다. 사실 식이장애뿐 아니라 우울증, 불안장애, 알코올 중독 등 각종 정신적 문제들은 가족 체계 안에서 발전된 경우가 많습니다.

사람이 태어나서 처음, 무조건 경험하는 관계가 바로 가족관계이기 때문입니다. 사람은 혼자서 모든 것을 스스로 할 수 없고 관계 안에서 많은 것들을 배우고 성장하며 살아갑니다. 특히나 부모에게서 감정을 다루는 법을 배우고, 가족과의 관계에서 가장 기초적인 자존감을 형성하죠. 그러나 부모에게 과보호를 받거나 또는 냉대를 받으면 애착관계가 손상되며 낮은 자존감을 형성하게 됩니다. 내 감정을 부모님이 받아주질 않았으니 감정을 건강하게 다루는 방법도 모릅니다. 다른 형제가 있다면 그도 마찬가지일 겁니다.

제가 상담한 수많은 케이스에서 이를 확인할 수 있습니다. 먼저 거식증으로 상담받는 분들의 가족관계를 파악해보면, 엄마와 아이가 과도하게 밀착되어 있거나 부모가 지나친 보호와 통제하에 자녀를 두는 경우가 많았습니다. 때로는 부모가 완벽주의적 성향이 강해 자녀도 최고가 되어야 가치 있는 일이라고 세뇌한 경우도 있었습니다. 그리고 가족끼리 감정을 노출하지 않는 의사소통을 주로 했습니다.

이런 환경 속에서 거식증 내담자들은 대체로 말썽 없이 부모가 좋아하는 일을 하며 자신의 본심과 욕구를 숨기고 착한 아이로 컸습니다. 부정적 감정은 표현해봤자 무시당하니 그냥 억누르거나 본인조차 외면하고 그나마 부모가 반응을 해주는 방향의 '거짓 자기'를 만들어 그 자아만 발달시킨 것입니다. 그동안 '진짜 자기'는 점점 잊혔죠.

나중에 성인이 되어서는 부모의 그늘에서 벗어나고 싶다는 생각을 하지만 스스로에 대한 믿음이 없어 다시 부모에게 의존하는 거짓 자기로 돌아오기 일쑤입니다. 독립과 의존 사이에서 아슬아슬 줄타기를 하며 망가진 마음과 내면에 존재하는 열등감, 절망 등의 감정을 다이어트라는 수단으로 덮어버린 채 말입니다. 복잡한 심리적 고통을 마주하느니 차라리 저체중이 될 때까지 식욕을 누르며 버티는 것입니다.

폭식증에서 많이 나타나는 가족의 형태는 조금 다릅니다. 평소 분위기가 가족 중 누구라도 부정적인 감정을 표출하면 그것을 계기로 가족 모두가 싸울 만큼 과하게 감정을 터뜨립니다. 마치 전쟁터를 연상시킬 정도죠. 또 그렇게 싸워놓고 어떨 때는 갑자기 모든 걸 포용하고 서로 감싸주기도 합니다. 부모의 감정 상태에 따라 집안 분위기가 선을 넘나드는 것입니다.

이렇게 그날그날 바뀌는 양육방침과 가족 분위기, 부모의 태도는 아이가 자기감정을 명확히 알아채기 어렵게 합니다. 더욱이 자기 자신을 아끼고 수용하는 법을 배울 수 있는 환경이 아니라 오히려 가족 안에서 살아남아야 하는 환경이다 보니 아이는 여러 거짓된 자기를 발달시킵니다. '다이어트를 하는 나' 역시 자신의 부정적인 감정들을 해소하고 타인의 애정을 받아 낮은 자존감을 채우기 위해 만든 거짓 자기입니다.

거식증을 겪는 분들은 음식을 제한하고 먹지 않음으로써 그 안에서 통제감과 안정감을 느낍니다. 어릴 적부터 가족들에게 침범당한 자신의 심리적 경계를 지키기 위한 방법으로 식욕을 통제하는 것이죠. 먹고 안 먹고는 내가 아니면 결정할 수 없기 때문입니다. 이는 동시에 내가 가족들에게 파워를 휘두르는 역할도 합니다. 그동안 가족들에게 통제당하며 쌓아온 분노를 가족 대신 음식에게 돌리는 것입니다. 지켜보는 가족들은 이 문제에 대해서는 옛날처럼 이래라저래라 할 수도 없습니다.

물론 이런 과정은 무의식적으로 흘러가기에 현실에서 당사자가 알아차리기는 어렵습니다. 이것은 내면의 역동일 뿐, 실질적으로는 살찌는 게 싫어서 내가 음식을 거부하는 거라고 느끼죠. 또 거식증은 지속가능하진 않지만 어쨌든 마른 몸을 만들어 자기 자신을 받아들이는 수용감도 느낍니다. 폭식증을 겪는 분들은 음식으로 엄마와의 관계에서 느끼는 편안함을 대체합니다. 아이가 엄마 젖을 먹으며 느끼는 포만감과 편안함을 음식으로 대신 위안받는 것입니다.

거식증과 폭식증은 증상 발현의 배경과 양상이 이처럼 다르지만, 한 가지 공통점이 있습니다. 바로 당사자가 부정적 감정들을 조절하는 능력이 부족하다는 것입니다. 거식증이든 폭식증이든 이를 겪고 있는 분들은 불안을 느꼈을 때 스스로를 진정시켜 다시 평정으로 돌아오는 힘이 보통 사람들보다 약합니다. 때문에 잦은 불안에 시달리고 감정 기복이 크며 그걸 스스로 조절할 수 없다는 절망감도 느낍니다. 폭식, 구토, 거식 등은 감정조절 능력이 떨어지는 사람에겐 좋은 위기 탈출 수단이 되는 것이죠. 그래서 식이장애치료는 다이어트 강박, 몸에 대한 집착, 폭식, 구토, 다이어트 약물 중독 등 식이장애 증상들을 방어수단으로 사용하지 않고도 감정을 진정시킬 수 있도록 '감정조절 능력'을 키우는 데 초점을 맞춥니다.

가족의 그늘에서 벗어나 감정조절 능력 키우기

내가 유난히 심한 다이어트 강박에 시달리고 있거나 몸에 대한 혐오감이 심하다면, 의지가 부족하다며 스스로를 탓하기보다 우리 가족은 어땠었는지 잠시만 생각해보셨으면 합니다.

가족, 특히 주 양육자와의 관계 안에서 안정적 애착을 경험한 아이는 스스로 감정을 조절할 수 있는 능력을 갖추게 됩니다. 성인이 되어서도 삶의 여러 역경이나 스트레스 상황에서 '자기 됨'을 유지할 수 있죠. 그러나 어떤 이유에서든 가족과 불안정한 애착을 형성한 아이는 자기 됨을 유지하기 어렵습니다. 자신의 감정이 존중받았던 경험이 없으니 자기감정은 무가치하다고 생각하게 되고, 그로 인해 살면서 느끼는 여러 감정에 마구 흔들리게 됩니다.

지금부터 가족의 그늘에서 벗어나는 연습을 해봅시다. 우선 어릴 때 나는 주 양육자(부모, 조부모, 친척 등)와 어떤 관계를 맺었는지부터 떠올려봅니다. 그 사람이 나의 감정을 얼마나 돌보아주었는지, 나는 그에게 내 감정을 얼마나 표현했는지를 중점으로 생각하세요.

그다음, 초등학생 시절 학교에 갔다가 집에 왔을 때 본인이 가장 처음으로 느꼈던 감정들은 무엇이었는지 떠올려봅니다. 누군가는 외동에 부모님도 맞벌이를 하여 삭막함만 느꼈을 수 있습니다. 학교에서 자신이 느꼈던 감정을 털어놓을 사람이 없어 외로움이나 공허함도 느꼈겠죠. 또는 워낙 대가족이라 집에 돌아가자마자 어른들 말에 따라

놀지도 못하고 공부만 해야 해서 답답했던 분도 있을 겁니다. 이렇게 내가 집에서 가장 많이 느꼈던 감정을 찾아봅니다. 그리고 우리 가족의 주된 의사소통 방식은 무엇이었는지, 부모님이 자녀들 앞에서 가장 많이 보였던 부부관계의 장면들은 무엇이었는지 떠올려보세요. 마지막으로 우리 집은 식사 시간에 분위기가 어땠는지 생각해봅니다.

가족 그늘을 확인할 수 있는 다음 질문들을 활용해도 좋습니다.

부모님은 서로 어떤 식으로 애정을 주고받았나요?
가족 중 정서적으로 제일 가까운 사람은 누구인가요?
부모님은 나에게 어떤 방식으로 사랑을 표현했나요?
내가 아프거나 다쳤을 때 가족들은 어떻게 반응해주었나요?
주 양육자와의 관계를 다섯 가지 형용사로 표현해본다면?
고민이나 힘든 일이 있을 때 가족 중 누구와 나누었나요? 그 사람은 어떤 반응을 보였나요?
만약 가족 중 그 누구에게도 고민이나 힘든 일을 말하지 못했다면 그 이유는 무엇이었나요?

이렇게 떠올려본 가족 분위기가 항상 나의 감정을 제대로 표현할 수 없게 했다면, 이제는 그 그늘을 인지하고 그늘 밖으로 한 걸음 나와야 합니다. 그 한 걸음을 가능케 하는 건 다이어트가 아니라 내 마음속 감정을 마주하는 일입니다.

비난의 객관화

내 안에 다양한 면이 있음을 받아들이세요

"저는 어렸을 때부터 책을 정말 좋아했어요. 하지만 학교 도서관도, 집 앞에 있는 작은 서점에도 잘 가지를 못해요. 뚱뚱한 애가 책을 좋아한다고 하면 '덕후'라느니 하면서 이상한 시선을 던지잖아요. 물론 머리로는 아무도 날 그렇게까지 신경 쓰지 않을 거란 걸 알아요. 그러나 마음은 계속 주저하게 돼요. 다 절 뚱뚱하다고 비웃을 것 같아서요."

다래 씨는 초등학교 고학년 때 갑자기 체중이 늘었습니다. 성장기이기도 했고 2차 성징이 나타나는 시기이기도 했기 때문에 이건 아주 자연스러운 현상이었죠. 하지만 주변에서는 다래 씨의 증량이 마치 다래 씨가 엄청난 잘못을 저지른 것인 듯 굴었습니다. 가장 가까운 가족부터 '너 진짜 어쩌려고 그래?', '그런 몸으로 살고 싶어?'와 같은 말을 들었고 명절에 모이면 '내가 너라면 그렇게 안 산다', '너처럼 뚱뚱한 여자 만날까 봐 겁나', '그렇게 살이 찌고도 또 먹고 싶니?' 같은 말을 들었습니다.

매일 가족들에게서 이런 험한 말들을 들으면서 다래 씨는 처음엔 가족들에게 그러지 말라고 이야기했습니다. 하지만 비난은 멈추지 않았고 그럴수록 다래 씨도 점차 자기를 탓하기 시작했죠.

'그래, 살찐 내가 죄인이지. 살만 빼면 이런 말들을 안 들을 수 있는 거잖아?'

그렇게 초등학생 때부터 시작된 다이어트는 어느새 절식, 폭식, 구토를 반복하며 식이장애까지 이르게 됩니다. 다래 씨는 이십 대 후반이 되어 자기 상태에 심각성을 느껴 상담을 받았고 식이장애 증상들이 많이 완화되었습니다. 그러나 여전히 외출이나 대인관계에서는 두려움을 많이 느꼈고 기피하고 있었죠. 혼자 있을 때 외로움, 허전함을 느끼곤 했지만 도저히 바깥에 나갈 엄두를 내지 못했습니다. 오로지, 스쳐 지나가는 사람들이 나를 뚱뚱하다고 욕할까 봐서요.

이제 가족들과 친척들은 다래 씨에게 뚱뚱하다고 비난하지 않습니다. 극심한 다이어트 후 유지 중인 날씬한 몸매에 오히려 칭찬을 해주고 있습니다. 그러나 다래 씨 마음속에 강하게 자리 잡은 비난의 목소리는 여전히 귓가에 맴돌며, 그녀가 자기비난을 하게 만들고 있습니다. 어릴 적 받은 비난이 이제 다래 씨의 일부가 된 것입니다.

다래 씨와 비슷한 아픔을 겪는 내담자분들이 정말 많습니다. 뚱뚱하다는 생각 때문에, 내가 못났다는 생각 때문에 남들 앞에 나서기 너무나 힘겨워하는 이분들은 사실 마음속에 크고 작은 상처들을 안고 있습니다. 어린아이 때부터 켜켜이 쌓여온 그 상처들은 제대로 표현되지 못했죠. 대신 먹는 것을 통해 잠시 해소될 뿐입니다. 이런 이유로 어린 아이 중에 질병과 같은 사유에 의해 갑자기 살이 찌는 사례 외에는 대부분 심리적 불안이 체중 증가로 이어진 경우가 많습니다.

'비난하는 부분'의 역할 이해하기

신도 뚱뚱한 사람 기도는 안 들어줄 것 같아요

조금만 쉬어도 보잘것없는 사람이 되는 기분이에요

남들은 배고파서 먹는 건데 전 탐욕스러워서 먹는 것 같아요

저 때문에 부모님이 돈과 시간을 너무 많이 낭비한 것 같아요

뚱뚱하다고 놀림받은 상처가 있지만 저도 뚱뚱한 사람이 싫어요

사람들이 제 몸을 두고 비아냥거릴 때 기분이 나빠도 표현을 못 해요

누가 살쪘다고 지적하면 화는 나지만 그 말이 틀린 건 아니라고 생각해요

내담자분들이 스스로에게 하는 비난들을 정리해본 것입니다. 보면 알겠지만, 전부 자신의 신체, 감정, 생각들을 다 형편없는 것처럼 몰아갑니다. 식이장애는 이처럼 몸에 대한 자기비난이 심한 것이 두드러진 특징입니다. 자기비난의 목소리에 압도당하면 내가 정말 가치 없고 형편없는 사람처럼 느껴지기 십상입니다. 심각할 경우 자신의 존재 자체를 부정해버리는 지경까지 가기도 하죠.

이럴 때는 한 발짝 뒤로 물러나서 자기비난의 목소리를 관찰하는, 이성적이고 객관적인 관찰자의 시점이 필요합니다. 이것을 '진짜 자기', '건강한 성인 자아', '관찰자적 자아'라고 부릅니다. 핵심은 제3자 시점에서 자신을 있는 그대로 관찰하는 능력입니다.

대부분의 사람들은 어떤 한 가지 감정에 압도될 때 그게 나의 전부라고 착각합니다. 예를 들어 내가 살에 집착하고 먹고 토하는 것을 반복한다면, 그게 바로 나 자신이라고 여기는 것입니다. 그러나 한 사람 안에는 단 한 가지 부분만 존재하지 않습니다. 다양한 면들이 얽히고 설켜 우리를 구성하죠. 사적으로 만날 때는 거침없고 활발해 보였는데 공적인 자리에서는 침착하고 냉정한 사람을 만나본 적이 있을 거예요. '내가 알던 사람이 맞아?' 싶을 정도로 다른 모습이 꽤나 놀랍죠. 마찬가지로 나에게도 다양한 부분이 존재합니다.

그중 '비난하는 부분'에 모든 부분들이 압도되면 거짓된 나를 보게 됩니다. 비난하는 부분이 24시간 잔소리와 비판을 쏟아붓는다고 상상해볼까요? 이른 아침에 일어나기 힘든 게 당연한데 그걸 게으르다고 간주하거나, 피곤해서 업무나 공부에 집중하지 못하는 것도 한심하다고 하고, 밥을 먹으면서도 식탐이 많다고 잔소리를 합니다. 이렇게 모든 면에서 폭격을 맞으면 남이 아무리 칭찬해줘도 자존감이 떨어질 수밖에 없습니다. 어떨 때는 이런 비난이 너무 무서워서 폭식, 구토로 도망가기도 하고 또 어떨 때는 식사를 거르고 격한 운동을 하면서 내가 무언가를 하고 있다는 이상한 합리화를 하게 됩니다.

내면의 거실에 비난하는 부분을 초대하기

마음에 살고 있는 나의 여러 부분들과 마주하는 방법은 다양합니다. 그중 가장 쉽게 해볼 수 있는 건 머릿속으로 내 마음속 세계를 형상화하고, 만나고 싶은 부분들을 초대하는 것입니다.

본인이 가장 편안함을 느끼는 공간으로 가세요. 침대도 좋고, 책상 앞도 좋습니다. 시간대도 가장 편안하고 방해를 받지 않는 때가 좋습니다. 그리고 힘이 덜 들어가는 편한 자세를 취한 뒤 심호흡에 집중하세요.

이제 나의 내면의 거실을 마음 내키는 대로 상상합니다. 그곳엔 나의 모든 부분들을 초대해 둘러앉게 할 공간이 준비되어 있습니다. 곧 거실로 손님들이 도착합니다. 분노가 폭발하는 부분, 외로워하는 부분, 무기력한 부분, 안절부절못하는 부분, 남들 앞에서 활발한 부분, 죽고 싶어 하는 부분, 성공하고 싶어 하는 부분, 사랑받고 싶어 하는 부분… 그중 한 손님이 바로 비난하는 부분입니다.

비난하는 부분 옆에는 어떤 손님들이 앉아 있는지 관찰해봅니다. 누구와 가장 가깝게 있는지 보고, 비난하는 부분의 표정은 어떤지도 확인합니다. 그렇게 주인의 시각에서 손님인 비난하는 부분을 바라봅니다. 그다음 비난하는 부분에게 질문합니다.

"왜 그토록 비난을 멈추지 않아? 네 진짜 속마음이 뭐야?"

다래 씨도 비난하는 부분을 내면의 거실로 초대해 이렇게 물었습니다. 그러자 다래 씨의 비난하는 부분은 '네가 다시 뒤처져서 예전처럼 놀림받고 버림받을까 봐 보호해주려고'라고 대답했습니다. 사실 어떤 비난의 목소리든 나를 해하고 상처 주려는 목소리는 없습니다. 알고 보면 상처받지 않도록, 그 상처를 유발하는 것들을 가로막기 위해 등장한 것이죠. 이러한 의도만 깨달을 수 있다면 비난하는 부분에게 더 이상 나를 보호하지 않아도 된다고 말할 수 있습니다.

비난하는 부분은 하루아침에 생긴 것이 아니기에 객관적으로 분리해서 보기 쉽지 않을 것입니다. 심지어 너무 오래 함께해서 비난하는 부분이 나 자신, 그 자체라고 생각해왔을 수도 있을 거고요. 그럴수록 우선 자기비난의 목소리를 전부 적어보고, 내가 가장 감정적으로 편안할 때를 기다려 비난하는 부분과 만나 왜 그런 말을 했는지 물어보세요. 비난하는 부분이 가장 염려하는 부분을 알아야만 식이장애에서 빠져나올 수 있습니다.

숨은 감정 찾기

나를 지배하는 문장을 적어보세요

찬미 씨는 오랜 시간 저와 상담하면서 극단적인 다이어트가 얼마나 몸에 해로운지, 그 파괴적인 영향력에 대해 충분히 알게 되었습니다. 저체중을 유지하기 위해 식욕을 눌렀던 대가로 학업, 대인관계, 정서 상태까지 모든 것들이 다 무너지는 고통을 겪었지만, 차츰 안정이 되었습니다. 식이장애 증상도 완화되었고 식사 감정도 긍정적으로 변해갔죠. 그렇게 찬미 씨의 삶은 완벽히 정상으로 돌아간 것 같았습니다.

그러나 현실은 녹록지 않았습니다. 수학 문제처럼 인생의 답도 정확히 나오면 참 좋겠지만, 그렇지 않은 것들이 너무나 많았던 것입니다. 모든 것이 다 불확실한 상황 속에서 '내 선택이 과연 맞는 것일까?'라는 불확실함, 매일 노력을 하고 있는데 눈에 보이는 성과는 없어 때때로 드는 허무함, 앞날을 향해 빠르게 나아가는 친구들과 비교했을 때 나는 너무 뒤처진 것 같다는 불안함 등이 찬미 씨의 일상을 뒤덮기 시작합니다. 게다가 식이장애를 겪을 때부터 대인관계를 매우 힘겨워했던 찬미 씨는 계속 사람들에게 다가가는 방법을 몰라 헤매었죠.

결국 식이장애 상담을 마친 지 2개월이 지났을 때, 찬미 씨는 저를 다시 찾았습니다. 그리고 과거 상담 때 했던 말을 되풀이했습니다.

"다이어트 강박에서 벗어나야 한다는 거는 이젠 너무 잘 알아요. 잘못된 다이어트는 무엇인지, 왜 살이 아니라 감정에 집중해야 하는지 다 알아요. 아는데… 삶이 잘 안 풀리니까 내가 다시 말라야만 할 것 같아요. 선생님, 저 요새 자꾸 칼로리 확인하고 있어요."

갑갑한 얼굴로 토로하는 찬미 씨에게 저는 말했습니다.

"지금 찬미 씨가 하는 말은 사실 '나는 내가 너무 부족한 사람인 것 같아요'라는, 내면의 울림을 담고 있어요. 우리 다시 내면 속 진짜 감정에 더 집중해보죠."

살과 관련된 말에는 감정이 숨어 있습니다

제가 찬미 씨에게 한 말을 이해하기 위해 한 가지 표를 함께 보겠습니다. 왼쪽의 문장은 식이장애와 관련된 것이고, 오른쪽의 문장은 심리·내면과 관련된 문장입니다. 두 유형의 문장을 잘 살펴보세요. 이것들이 서로 관련이 있어 보이나요? 아니면 전혀 관련이 없다고 생각하나요?

식이장애와 관련된 문장	심리·내면과 관련된 문장
• 말랐을 때는 사람들도 나를 더 좋아해줬다. • 탄수화물은 다 살로 갈 것 같아서 못 먹겠다. • 통통한 내 몸이 싫고 거울을 보면 화가 난다.	• 나는 부족한 사람이다. • 나는 늘 공허하고 외롭다. • 앞으로 다가올 미래가 두렵다. • 내가 너무 싫고 불만족스럽다. • 사람들과의 관계가 너무 어렵다. • 지금 이 상황이 너무 버겁고 화가 난다.

각각의 문장들은 제가 실제 상담을 하면서 가장 많이 들었던 말을 적어본 것입니다. 많은 분들이 식이장애와 관련된 말 속에 우리의 심리나 감정, 내면 상태가 들어 있지 않다고 생각하는 경우가 많은데요. 그렇지 않습니다. 몸과 관련된 다양한 말들 속에는 그 사람의 진짜 감정들이 담겨 있습니다.

전문 상담심리사인 제가 돕는 부분이 바로 '식이장애와 관련된 말'을 '심리·내면과 관련된 말'로 통역하는 것입니다. 오랫동안 다이어트를 하며 부정적 보디이미지를 가져온 사람은 겉으로 드러난 살과 관련된 말에만 집중합니다. 하지만 누차 말했듯, 중요한 건 말 속에 담긴 감정입니다. 나의 내면이 외치는 진짜 감정을 평소 하는 말 속에서 찾아내야 합니다.

우선 식이장애와 관련된 문장들이 내 머릿속을 지배할 때는, 그것이 나의 내면이 보내는 구조 요청이라는 걸 기억하세요. 내면의 고통이 심해질수록 식이장애와 관련된 문장도 같이 많아지고 강해집니다. 식이장애와 관련된 문장들이 유난히 나의 모든 정신을 지배할 때는 잠시만이라도 다이어트에 대한 생각을 잠시 멈추고 방금까지 여러분을 지배한 문장을 적어보세요. 그리고 스스로를 진정시키며 이렇게 말해보세요.

'나도 모르게 많이 힘들었구나. 괜찮아.'

그다음 조금 진정이 되었다면 살이나 식사와 관련된 생각을 제외하고 오늘 나를 자극할 만한 어떤 일이 있었는지 떠올려봅니다. 특별한 일이 떠오르지 않는다면 오늘 하루 느꼈던 감정들을 돌아봐도 좋습니다. 허전했는지 혹은 불안했는지 떠오르는 대로 적어보세요.

이제 두 유형의 문장들을 나란히 놓고 번갈아가면서 바라보세요. '아, 내가 이런 감정들을 느끼지 않으려고 식이장애에 관한 문장을 말했던 거구나' 하고 깨닫게 될 거예요.

인내의 창 키우기

신체를 느끼며 긍정자원을 일깨우세요

식이장애를 유발하는 '비난하는 부분'은 사람의 내면에서 가장 힘이 세고, 큰 비율을 차지합니다. 자기비난이 시작되면 감정, 생각, 신체 모든 것에 영향을 주기 때문에 최대한 빨리 빠져나오는 것이 중요하며 이를 위한 방법을 스스로 개발해야 하죠. 그래서 자기비난을 멈출 수 있는 나만의 긍정적 힘을 길러야 합니다.

긍정적 힘을 기르려면 여러 방면으로 '긍정자원'을 만들어야 합니다. 긍정자원은 크게 내적자원과 외적자원으로 구분할 수 있는데요. 그중 내적자원은 눈에 보이지는 않지만, 마음 안에서 오랫동안 존재해 온 능력을 말합니다. 예를 들어 유머 감각, 신체적 활동, 기도 같은 영적인 활동, 다른 사람에게 도움을 청하는 능력, 지적 활동, 자신을 돌아보는 통찰력, 감정을 표현하는 것 등이 내적자원에 속합니다. 외적자원은 친구, 가족, 동아리, 집이나 차, 돈, 거주 환경, 강아지 등 눈에 보이고 손에 잡히는 것들입니다. 두 유형의 자원 모두 우리를 더 안정적이고 긍정적으로 변화시켜줄 수 있습니다.

자원을 새로이 만든다면 너무나 힘들겠죠. 가뜩이나 다이어트로 에너지가 바닥인데요. 그러니 이미 있는 자원들을 인식하고 필요한 자원들을 골라 개발하는 게 훨씬 쉽습니다.

신체감각에 집중해 고통과 직면하기

내담자분들은 모두 폭식하고 토하는 행동이 나쁘다는 걸 알면서도 놓지를 못합니다. 그 이유는 이런 행동들이 생존자원이기 때문입니다. 생존자원은 말 그대로 살고 싶어서 어쩔 수 없이 생긴 자원입니다. 생존자원의 메커니즘은 이렇습니다.

사람의 신경계는 감정을 조절하는 '인내의 창[8]'이 있습니다. 인내의 창 가운데에 있으면 내 몸과 마음, 생각이 모두 일치하고 편안한 상태에 있다고 볼 수 있습니다. 그렇지만 어떤 자극에 의해 몸이 과각성되

---

8 '인내의 창(window of tolerance)' 안에 있을 때 최적의 각성 상태를 유지할 수 있다고 보는 이론적 관점(Siegel, 1999). 트라우마에 압도되면 우리 몸은 교감신경계와 부교감신경계가 조화를 이루지 못하고 과각성되거나 혹은 저각성 상태가 되어 신체·감정·인지 모두 취약한 상태가 됩니다. 이성이 마비된 과각성 상태일 때는 정보를 잘 처리하지 못할 정도로 심하게 흥분하여 침습적인 이미지들과 감정, 몸의 감각 때문에 괴로워하게 되죠. 반대로 저각성일 때에는 감정과 감각의 마비, 죽은 것 같은 느낌, 무력감과 공허감을 경험하게 됩니다.

거나 과소각성 상태가 되면, 몸은 굉장히 불안정한 상태가 되어버립니다. 쉽게 말해, 내 몸이 너무 불안해지는 것이 과각성 상태, 무기력해지는 것이 과소각성 상태입니다. 이럴 때 폭식, 구토는 내 몸을 다시 편안한 상태로 돌려놓는 역할을 합니다. 특히 과거 트라우마에 압도된 신경계는 스트레스와 감정을 견디는 인내의 창이 매우 좁습니다. 그래서 불안정해진 몸을 더욱더 빨리 안정시키기 위해 폭식과 구토를 선택하는 것입니다. 토하고 나면 뭔가 개운하고 안정이 된다고 증언하는 내담자분들의 말도 다 일리가 있었던 거죠.

그러므로 우리는 생존자원인 폭식과 구토를 선택하기 전에 나의 신체적 자아가 느끼는 감각을 관찰자적 시각에서 보아야 합니다. 신체가 느끼는 것을 있는 그대로 관찰하면 지금 나의 상태를 알 수 있고, 각성 상태일 때 몸이 원하는 방법으로 안정시킬 수 있습니다. 이렇게 신체 감각을 편안히 하는 것은 자기비난에 맞설 수 있는 가장 기초적인 긍정자원이 됩니다.

가만히 서서 땅을 지탱하고 있는 나의 발과 다리를 느껴보세요. 이를 그라운딩 연습이라고 합니다. 척추를 세우고 발에 쏠린 체중을 느끼며 나를 지탱해주는 땅의 지지를 알아차리는 것입니다. 또 간단하게는 자세를 여러 차례 바꿔주는 것만으로도 신체는 긍정적 감정을 느낄 수 있습니다. 지속되는 자기비난에 어깨와 가슴이 움츠러들었을 때 몸에 긴장을 풀 수 있도록 스트레칭을 하는 것도 좋은 방법입니다.

호흡관리는 그중에서도 가장 기본적이고 훌륭한 방법입니다. 깊고

편한 호흡은 신경계를 안정시켜주기 때문입니다. 자기비난에 압도될 때 내가 숨을 어떻게 쉬고 있는지 관찰해보세요. 너무 급하게 숨 쉬고 있진 않는지, 얕은 숨을 몰아쉬는지, 뚝뚝 끊어지듯이 숨 쉬어서 머리가 아프진 않은지를 보는 겁니다. 숨 쉴 때 배와 가슴이 어떻게 움직이는지도 관찰하면서 호흡에 집중하다 보면, 몸의 감각에 집중할 수 있고 생존자원이 움직이기 전에 안정될 수 있습니다. 이 밖에도 벽을 다리와 팔로 밀어보며 팔다리 힘과 코어의 근육을 느껴보는 것이나 시선의 방향을 바꿔보는 것도 좋습니다.

나는 쓸모없는 사람이라 살이 찌면 안 된다는 자기비난이 심했던 은재 씨와 신체감각으로 긍정자원을 일깨웠던 훈련 과정을 소개해봅니다. 은재 씨는 편부모 가정에서 자랐습니다. 힘든 가정형편에 여자 몸으로 혼자 딸을 키우려니 괴로웠던 은재 씨의 어머니는 자신도 모르게 딸에게 '네가 문제야'라는 뉘앙스의 말을 많이 했습니다. 그로 인해 성인이 되어 은재 씨는 심각한 거식증에 시달리게 되었습니다.

저는 은재 씨에게 불안을 일으키는 상황들과 반대로 가장 편안하고 좋았던 장면을 연상하여 그녀 안의 긍정자원을 일깨우려고 했습니다. 기분 좋았던 순간들, 잠시나마 괜찮은 사람이 된 것 같다 느낀 상황을 떠올리게 한 것이죠. 은재 씨는 한동안 괜찮았던 때를 떠올리지 못했지만 제가 작은 성공 경험들도 괜찮다고 하자 마침내 혼자 해외여행을 다녔던 일들을 이야기했습니다. 그리고 수학경시대회에서 입상했던 경험, 중학교 때 성적이 크게 올랐던 경험들도 이어서 이야기했습니다. 이렇게 다양한 긍정적 경험을 떠올릴 수 있다는 것은 그만큼 건강한 자원들이 있다는 신호이기도 합니다.

저는 여기서 한 발 더 나아가 이 장면들을 더욱 생생하게 몸에 각인할 수 있도록 신체감각을 활용하기로 했습니다. 먼저 은재 씨에게 제일 편안한 자세로 앉을 수 있도록 안내했습니다. 그리고 눈을 감고 제 이야기를 따라 머릿속에 장면들을 그려보게 했습니다.

"은재 씨가 몽골에서 보았던 그 하늘을 지금 바라보세요. 별들이 얼마나 빛나고 있나요?"

"아주 반짝반짝 빛나요."

"그 별들을 바라보니 기분이 어떠신가요?"

"희망차요."

"이번엔 고개를 돌려 달을 보세요. 달이 어떤가요?"

"크고 밝은 보름달이에요."

"그 보름달이 밝히는 몽골에서 은재 씨는 어떤 기분인가요?"

"편하고 안정적이에요. 기쁘기도 하고요."

"편안함, 안정, 기쁨은 몸 어디에서 느껴지나요?"

"가슴이요."

"좋아요. 그럼 가슴의 감각에 집중하세요."

저는 은재 씨가 좋은 기분을 온몸으로 느낄 수 있게 여러 질문을 던져 도왔습니다. 상담이 끝난 후 은재 씨는 더 이상 자신이 쓸모없다는 생각이 들지 않는다고 말했습니다. 그저 마음속이 꽉 찬 느낌이라고 했죠. 물론 이후에도 '내가 쓸모없다는 느끼는 부분'이 툭툭 튀어나와 은재 씨를 괴롭힐 것입니다. 그러나 내 존재에 대한 긍정적 경험을 해본 사람은 자기비난의 목소리가 들려도 맞설 수 있습니다. 은재 씨의 가슴에 새겨진 긍정적 감각이 도와줄 거예요.

다양한 긍정자원으로 생존자원 극복하기

도연 씨는 식이장애에 우울증이 겹쳐 일상생활을 매우 힘들어했습니다. 게다가 스스로를 고립시켜서 더 우울에 빠지는 경향까지 있어 암울한 상황이었죠. 그런 감정으로 하루를 힘겹게 버티고 집에 돌아오면, 음식을 마구 먹다가 소화도 채 다 시키지 못하고 잠들어버렸습니다. 도연 씨도 나름대로 인터넷을 찾아보고, 우울한 기분을 달래기 위해 좋아하는 음악을 틀고 침대에 누워 명상도 해보았지만 우울함을 달래긴 역부족이었습니다.

그런 도연 씨에게 저는 외적 긍정자원을 추천했습니다. 도연 씨에게는 아주 어릴 때부터 알고 지내온 소꿉친구가 있었습니다. 도연 씨와 달리 활달한 성격인 그 친구는 도연 씨가 유일하게 식이장애에 대한 고민을 털어놓은 사람이기도 했죠. 저는 먼저, 도연 씨에게 우울함이 너무 심하게 느껴질 때는 그 친구에게 전화를 걸라고 말했습니다. 물론 친구분에게는 미리 이러한 상황을 양해해달라고 부탁하라고도 했죠. 그리고 우울함이 밀려와 뭔가를 먹을 것 같다면 무조건 친구를 만나라고 했습니다. 뭘 먹더라도 친구와 함께 있을 때 먹으라고요.

도연 씨는 제 말대로 너무 우울한 날이면 친구에게 전화를 했고, 사정을 잘 아는 친구분은 언제든 도연 씨의 전화를 받아주었습니다. 때로 함께 식사도 했죠. 식당보다는 주로 카페를 갔습니다. 예쁘게 꾸며진 카페에 가면 장식을 구경하며 향긋한 커피 냄새를 맡을 수 있었고, 그러면 조금씩 우울했던 감정이 사라졌습니다. 친구분은 도연 씨에게 댄스학원을 같이 다녀보자고도 제안했습니다. 몸의 감각에 집중하면 생존자원이 튀어나올 틈이 없어진다고 했죠? 역시나 도연 씨는 춤을 추는 동안 자기 몸이 움직이는 리듬을 느끼고 차오르는 숨을 고르며 한결 마음이 가벼워졌다고 합니다. 그렇게 일상에서 긍정자원의 힘을 얻어 나아지자 도연 씨의 상담 결과도 꾸준히 좋아졌습니다.

마침내 도연 씨는 어릴 적 부모님에게 들었던 '널 좋아해줄 사람은 아무도 없어'라는 마음속 비난에서 벗어났습니다. 춤을 더 적극적으로 배워보기로 했고 친구와 여행도 계획했습니다. 도연 씨의 '친구'라는 긍정자원 덕분에 인내의 창이 훨씬 넓어진 것입니다.

여러분에게도 이러한 긍정자원들이 존재합니다. 나에게 어떤 내적, 외적자원이 있는지 곰곰이 찾아보고 실행하다 보면 또 다른 좋은 자원들이 발견되고 서로 연결될 것입니다. 사소한 것이라고 흘려보내지 말고 찬찬히 살펴보세요. 긍정적인 자원들이 많아지면 자연스럽게 자기 비난의 목소리와 함께 식이장애 증상 또한 약해질 것입니다.

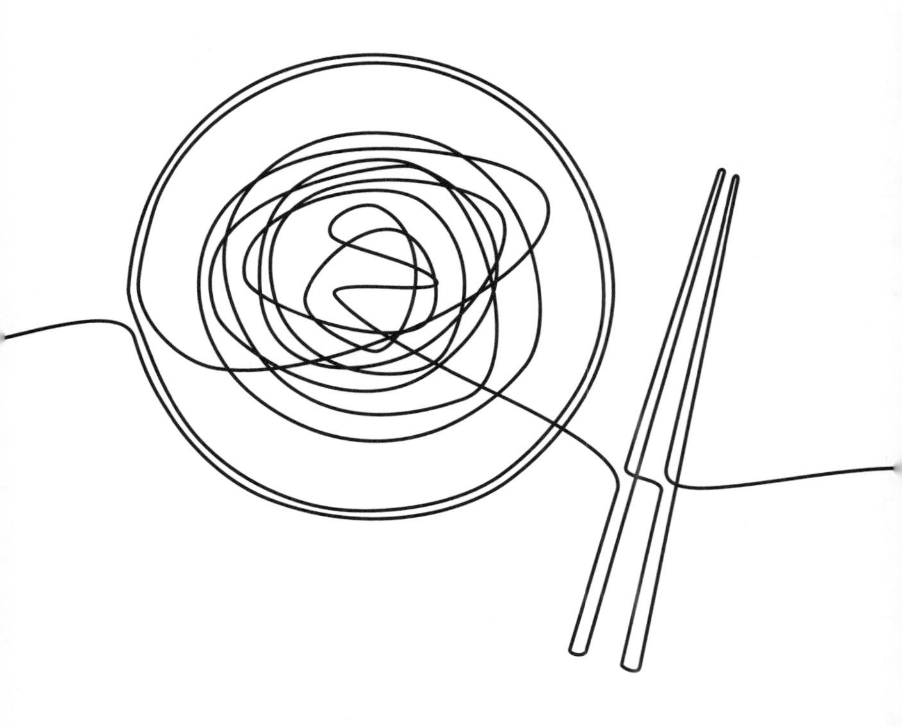

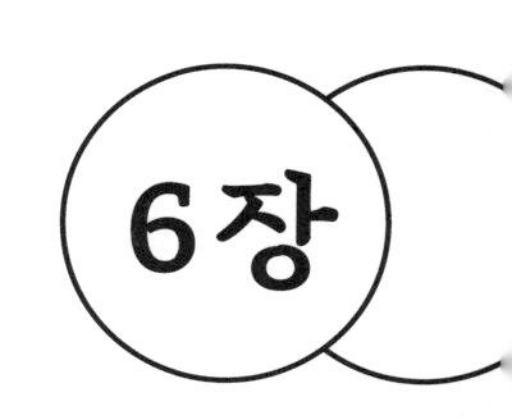

다이어트 없이도 나를 사랑하게 되는 습관

매일매일
나아지는
삶으로

스물여덟 살 보배 씨는 대학에 입학하면서부터 쉬지 않고 다이어트를 반복했습니다. 보배 씨는 165cm에 58kg을 유지했었고, 보기에도 전혀 통통하다는 생각이 들지 않았습니다. 그러나 대학에 오니 친구들이 전부 자기보다 날씬하고 예뻐 보였습니다. 인기 있는 친구들은 대부분 한눈에 봐도 말랐다고 느껴졌습니다. 그래서 보배 씨는 무리한 다이어트를 시작합니다. 열심히 굶은 끝에 43kg이 되었죠. 그러나 이후로 체중이 오르락내리락을 반복했습니다. 보배 씨는 절식을 넘어 다이어트 보조제도 섭취하기 시작했습니다. 폭식과 구토라는 식이장애 증상이 생겼지만, 오히려 변비약까지 먹어가며 다이어트를 더욱 강하게 몰아쳤죠. 그런 보배 씨는 지금 도벽으로 힘겨운 나날을 보내고 있습니다. 극심한 다이어트 후 '나는 쓸모없는 인간이야'라는 자기비난이 심해졌고, 이로 인해 자신은 돈을 주고 산 물건을 가질 자격이 없다는 생각에 빠져 물건을 훔치는 행동을 하게 된 것입니다.

상담을 통해 보배 씨의 '마르고자 하는 부분'을 깊이 있게 탐색했습니다. 그리하여 알게 된 것은 보배 씨의 진짜 속마음에 '완벽주의 부분'이 자리 잡고 있다는 점이었습니다. 우리는 자아상태치료(ego state therapy)를 통해 보배 씨 내면의 '부분들'을 분리하는 작업부터 시도했습니다. 인형놀이를 통해 완벽주의자 엄마에게 사랑받고 싶어 하는 '일곱 살 어린아이 자아'를 만나고, 무조건 살을 빼야 한다는 '거식증 엄마 자아', 무관심한 아빠에게 화가 난 '열 살 아이 자아', 엄마와 아빠에게 인정받고 싶어 하는 '여덟 살 아이 자아'를 만났습니다. 더불어 신체감각을 알아차리는 훈련으로 신체적 긍정자원도 함께 만들어갔습니다.

마침내 마음관리를 마치고 보배 씨는 내면의 여러 부분을 객관적으로 바라보게 되었습니다. 그리고 우리는 성인 자아의 힘으로 마르고자 하는 부분을 다독여 하루 세끼를 먹는 실천에 돌입했습니다. 일단 먹는 것부터 잘 이루어지도록 습관을 잡아야 갑자기 튀어나오는 각종 식이장애 증상들도 완화되기 때문입니다. 물론 처음부터 쉽지는 않았습니다. 하지만 지속적으로 자신의 완벽주의 부분을 직면하고 이해하며 성인 자아의 힘을 키우자 조금씩 잘 챙겨 먹을 수 있게 되었죠. 식행동 다루기 과정이 잘 이루어지고 이후부턴 보배 씨가 스스로 일상을 바꾸어나갔습니다. 사람을 만나기 힘들어했던 그녀였지만 본인이 먼저 연락이 끊어진 친구에게 전화를 해 만났고, 도벽을 고치기 위한 심리치료도 병행했습니다. 원하는 회사에 취업도 하게 되었죠.

이처럼 마음관리를 통해 내면을 편안히 한 후 식행동 다루기와 같은 일상의 행동을 교정해나가면 식이장애를 이기는 힘이 생깁니다. 물론 오랜 시간이 걸릴 수 있습니다. 그러나 전문가를 믿고 노력한다면 분명 여러분은 자신을 사랑하고 더 나은 삶을 살 수 있습니다.

하루 감정 그래프

식사에서 감정을 분리하세요

우리 책의 제목은 《나의 식사에는 감정이 있습니다》입니다. 제목 그대로 우리는 식사를 할 때 다양한 감정을 느낍니다. 그런데 그 감정이 정말 식사 자체 또는 음식 자체에 의한 것일까요? 식이장애로 힘겨워하는 분들은 식사 후 불편한 감정을 많이 느낍니다. 먹어서 기분이 나쁘고, 살이 찔 거란 불안으로 또 기분이 나빠집니다. 그래서 여러 제거행동으로 나쁜 감정을 지우려 하죠.

그러나 식사에서 감정을 분리해놓고 보면 식사 중 혹은 후에 느낀 감정들의 발원지는 살이 아닌, 전혀 다른 곳에 있을지도 모릅니다. 우리가 몰랐을 뿐, 알고 보면 식사가 아닌 이유로 감정이 오르락내리락한 것입니다. 이제 식사와 감정을 분리해서 봅시다. 식사는 식사 그 자체로 받아들이고, 감정은 감정대로 명확한 원인을 이해하는 습관을 들여보는 것입니다.

하루 감정 그래프로 진짜 원인 찾기

먹는 것 때문에 감정이 유독 널을 뛰는 날이 있습니다. 뚱뚱해질까 봐 종일 쫄쫄 굶어놓고, 밤이 되어 정신없이 야식을 흡입했다가 자기혐오에 빠져 비참한 심정으로 잠에 드는 그런 날 말이죠.

그런 날은 그대로 흘려보내지 말고 감정이 움직인 순간을 기록하는 '하루 감정 그래프'로 분석해보세요. 이 그래프는 감정이 왜곡된 건 식사가 아니라 다른 데 있음을 깨닫게 해줍니다. 또한 나의 신체감각과 감정이 과각성 상태인지, 저각성 상태인지 한눈에 볼 수 있게 해줍니다.

하루 감정 그래프는 가장 감정 기복이 심했던 날을 대상으로 해보되, 실제 작성 시엔 차분하고 안정되어야 합니다. 그리고 대상으로 삼은 날 동안 감정이 움직였던 다섯 순간을 점수 매겨 그래프로 그립니다. 그래프에서 0이 가장 안정된 상태이며, 마이너스 구간은 무기력한 상태, 플러스 구간은 긴장과 불안 상태입니다.

이 그래프를 작성해본 내담자분들은 한결같이, 그래프를 그려보는 동안 식사와 나의 감정 사이에 쉼표를 찍는 것 같았다고 말했습니다. 결국 식사와 내 감정은 서로 상관없이 널뛰고 있다는 걸 깨달은 것입니다. 그래프 작성에 도움이 될 수 있도록 폭식증과 거식증 내담자의 사례를 보여드립니다.

폭식증 내담자의 하루 감정 그래프

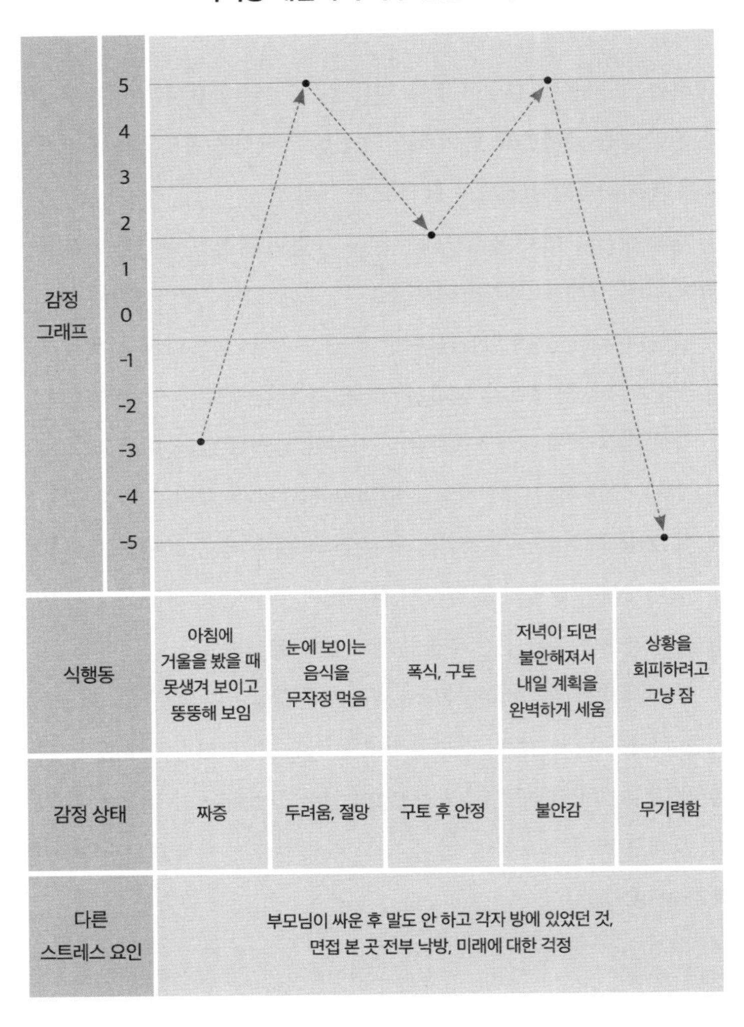

식행동	아침에 거울을 봤을 때 못생겨 보이고 뚱뚱해 보임	눈에 보이는 음식을 무작정 먹음	폭식, 구토	저녁이 되면 불안해져서 내일 계획을 완벽하게 세움	상황을 회피하려고 그냥 잠
감정 상태	짜증	두려움, 절망	구토 후 안정	불안감	무기력함
다른 스트레스 요인	부모님이 싸운 후 말도 안 하고 각자 방에 있었던 것, 면접 본 곳 전부 낙방, 미래에 대한 걱정				

이 사례자는 아침에 거울을 봤는데 유난히 본인이 뚱뚱해 보이고 못생겨 보여 짜증이 났습니다. 그러자 바로 폭식이 터졌고 5분도 안 걸려 냉장고 안 음식을 전부 비우죠. 그다음 바로 토를 하고 나서 안정을 되찾습니다.

그러나 저녁이 되어 다시 불안이 올라왔고 내일 계획을 완벽히 세우지만 곧 무기력해집니다. 여기서 우리는 폭식, 구토가 감정을 진정시켜주는 역할을 하긴 했지만, 그건 잠시였을 뿐 다시 감정은 오르락내리락을 반복함을 알 수 있습니다.

평정 상태에서 그래프를 작성해본 후, 이 사례자는 자신의 감정 기복이 삼십 대가 다 되어가는데도 취업을 못 해 부모님으로부터 자주 꾸지람을 듣는 최근의 상황 때문이었음을 파악했습니다. 거울을 봤을 때 뚱뚱해 보인 것도 실은 내가 뚱뚱해서 면접에서 다 떨어지는 것이라는 그릇된 믿음 때문이었죠. '나는 취직도 못 하고 가계에 보탬도 안 되는 게으르고 쓸모없는 사람'이란 생각이 계획을 완벽히 세워야 한다는 긴장감에 빠지게 한 것입니다.

만일 이 그래프를 통해 진정한 스트레스 요인을 발견하지 못했다면, 아마 이 사례자는 불안한 감정이 드는 각성 상태 때마다 계속해서 식이장애 증상을 보였을 것입니다.

거식증 내담자의 하루 감정 그래프

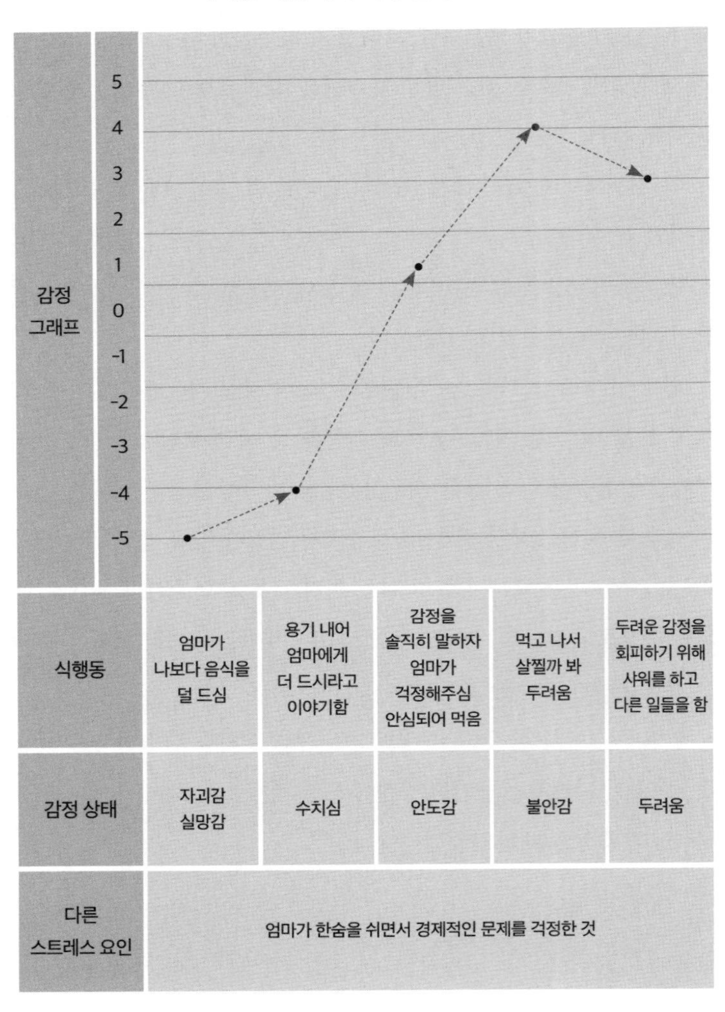

식행동	엄마가 나보다 음식을 덜 드심	용기 내어 엄마에게 더 드시라고 이야기함	감정을 솔직히 말하자 엄마가 걱정해주심 안심되어 먹음	먹고 나서 살찔까 봐 두려움	두려운 감정을 회피하기 위해 샤워를 하고 다른 일들을 함
감정 상태	자괴감 실망감	수치심	안도감	불안감	두려움
다른 스트레스 요인	엄마가 한숨을 쉬면서 경제적인 문제를 걱정한 것				

거식증은 늘 식욕을 누르며 먹지 못하기 때문에 다른 사람이 나보다 적게 먹는지, 많이 먹는지에 따라 감정에 기복이 생깁니다. 이 사례자는 엄마가 자신보다 적게 먹는 모습을 보고 자극을 받아 불안을 느꼈습니다. 동시에 엄마를 보며 왜 자기가 이런 영향을 받는지 자괴감도 느꼈죠. 이후 엄마의 지지와 돌봄으로 잠시 안정을 되찾았습니다.

하지만 또다시 식사 시간이 되자 불안이 엄습합니다. 이번엔 이를 샤워와 같은 대체활동을 통해 달래보는데, 그 효과는 미미했습니다.

이 사례자는 자신의 모든 수치심과 불안들이 살이 찔 것 같은 두려움 때문이라고 생각했습니다. 하지만 이 그래프를 작성해본 뒤엔 그 부정적 감정들은 엄마가 경제 상황이 안 좋다고 말하며 다음 학기 등록금 문제로 걱정하는 것을 보고 자신이 아무런 도움이 되지 못한다는 생각이 들어 스스로를 무가치하게 여긴 것이 원인이었음을 알게 되었습니다.

자기관찰 일지로 식사 패턴 파악하기

나의 식행동을 돌아보고 이를 내가 컨트롤할 수 있는 것은 식이장애치료에 매우 중요합니다. 이를 위해서 꼭 필요한 일이 나의 식사를 관찰하는 것입니다.

저는 내담자분들에게 항상 어떨 때 식이장애 증상이 나타나는지,

하루 세끼는 언제 어떻게 먹는지를 묻습니다. 그런데 대부분의 내담자분들이 자기가 어떻게 먹고 있고 언제 폭식과 구토를 하는지 단박에 대답하지 못합니다. 기억나는 대로 대답을 하긴 하지만 늘 '글쎄요'라는 서두를 붙이고 말을 시작하죠. 왜냐하면 폭식과 구토를 반복하다 보면, 평소 내가 어떻게 식사하고 있는지도 모른 채 그저 상황과 그때그때의 감정에 이끌려 식사를 하게 되기 때문입니다. 많은 내담자분들이 상담을 하며 '정신을 놓고 나도 모르게' 먹고 토했다고 토로하는 이유도 바로 이것입니다.

우리는 식사에 압도당하지 않고 먹는 행위 그 자체에 집중해야 합니다. 특히 폭식 또는 괴식과 같은 행동을 할 때 내가 어떤 상태였는지를 면밀히 관찰해야 합니다. 이를 위해 자기관찰 일지를 작성해보는 것도 좋은 방법입니다. 식이장애치료에서 식사, 음식과 감정의 연관성을 제3자의 시선으로 관찰하고 나의 내면으로 들어가 내면세계를 직시하는 것은 매우 중요합니다.

자기관찰 일지는 1~2개월 동안 나의 식사를 기록하는 것입니다. 자기관찰 일지는 단순한 식사 일지가 아닙니다. 먹은 것, 먹은 장소, 함께 먹은 사람, 이후의 식이장애 증상을 기록하고 여기에 당시의 감정이나 생각들을 적습니다. 이를 통해 나의 식사 패턴을 완벽히 이해하고 식이장애 증상의 원인이 신체에 의한 것인지, 감정에 의한 것인지, 스트레스에 의한 것인지를 확인할 수 있습니다. 이러한 내용을 반드시 알고 있어야 폭식, 거식, 구토에 끌려다니지 않을 수 있습니다.

하루 감정 그래프는 하루 동안의 감정 변화에 좀 더 집중을 하는 것이라면, 자기관찰 일지는 내 몸과 마음을 모두 파악해 식이장애 증상의 원인을 명료히 하여 식사 습관을 바르게 가다듬어가는 데 도움을 줍니다.

자기관찰 일지 작성에서 가장 중요한 것은 아무런 비판이나 판단 없이 제3자의 눈으로 관찰해야 한다는 것입니다. 사물을 관찰하듯 나의 식사와 내면을 적어야 합니다.

일지는 되도록 먹은 즉시 씁니다. 그리고 먹을 당시의 상황을 기억나는 대로 전부 적습니다. 어떤 일이 있었고 왜 그런 일이 있었는지를 적으면 좋습니다. 그리고 그때의 감정과 생각도 떠올려 적습니다. 처음에는 아무런 생각도 없고 감정도 잘 모를 것입니다. 그래서 적기 어려울 수 있습니다. 단 한 문장이나 한 단어도 좋으니, 먹을 때 상황에 대한 생각과 감정을 적어보세요.

1~2개월 동안 자기관찰 일지를 착실히 작성하고 나면 지금까지의 기록을 살펴보는 시간을 가집니다. 그러면 내가 언제 폭식을 자주 하는지, 폭식 후 구토로 이어지는 빈도는 어떠한지, 누구와 뭘 먹을 때 부정적 감정을 느끼는지, 안 좋은 일이 있고 나서 그 감정을 폭식으로 해결하려 한 건 아닌지, 가짜 다이어트에 목매고 있는 것은 아닌지 등 자신의 식사 패턴을 객관적으로 파악할 수 있을 것입니다.

자기관찰 일지

_____ 년 _____ 월 _____ 일 _____ 요일

시간	섭취한 음식물	섭취한 장소	폭식	구토	기타	상황・감정・생각
점심 12시	닭가슴살 샐러드 아이스 아메리카노	사무실 내 자리	×	×	○ (다이어트 보조제 복용)	오늘 아침 체중을 쟀더니 1kg이 늘어서 점심을 사무실에서 혼자 먹었다. 동료들에게 혼자 먹겠다고 말을 하면서 나 자신이 너무 싫었지만 적게 먹고 다이어트약도 먹어야 안심이 될 것 같았다.
오후 11시 50분	라면 4봉 즉석밥 1개 핫도그 2개	자취방	○	○	×	잠이 안 왔지만 억지로 자려고 침대에 누웠는데, 갑자기 알 수 없는 배고픔이 밀려와 정신없이 라면을 끓여 먹었다. 먹다가 배가 너무 부르기도 하고 소화도 안 되어 다 뱉었다. 허기가 전혀 채워지지 않았고 오히려 더욱 심해지는 기분이었다.

즐거운 운동

생각이 아닌 감각에 집중하세요

비난의 목소리에 맞서 긍정자원을 개발하는 방법은 여러 가지라고 앞서 말씀드렸죠? 그중에서도 신체감각을 올곧이 느끼는 훈련은 무엇보다 중요합니다. 내 몸의 감각은 나 자신을 일차원적으로 느끼는, 정보 유입의 가장 첫 번째 관문이기 때문입니다. 신체감각이 긍정적 경험으로 정의되면 감정이나 생각도 긍정적으로 따라갑니다.

쉽게 예를 들어, 저 멀리 내가 정말 좋아하는 사람이 내게로 걸어오고 있다고 상상해보세요. 그 사람이 내가 좋아하는 사람이란 걸 깨달은 순간 몸이 1차로 반응합니다. 반가운 마음에 가슴이 두근거리고 얼굴근육이 당겨져 미소를 짓게 되죠. 그가 점점 다가오면 그리웠던 감정이 밀려와 얼굴에 열기가 느껴집니다. 그다음으로 더 빨리 만나고 싶은 마음에 다리가 움직여 그를 향해 갑니다. 이처럼 신체감각, 감정, 생각은 서로 연결되어 있습니다.

신체감각을 긍정적으로 자극하기 위한 좋은 방법은 운동입니다. 그러나 다이어트를 오래 해온 분들에게 운동은 그저 살을 빼는 수단일 것입니다. 지쳐 쓰러질 정도로 혹독하게 운동했던 기억이 전부겠죠. 그래서 운동을 떠올리면 이건 절대 즐거울 수 없고 고통스러울 게 분명할 거란 생각부터 할 겁니다. 그러나 운동도 즐거울 수 있습니다.

혹시 자신의 몸매와 다른 여성들의 몸매를 비교하며, 내 몸은 온통 빼야 할 군살투성이라고 투덜대본 적 있나요? 나는 왜 살을 더 빨리 못 빼는지, 허벅지와 배에는 왜 이렇게 지방이 가득한지 생각하다가 자기혐오에 빠진 적이 있으리라 생각합니다. 이런 생각을 가진 채로 운동에 나서면, 운동은 절대 즐거운 것이 될 수 없습니다. 운동이 운동 그 자체가 아니라, 나의 부정적인 감정을 해소할 수단으로 전락하기 때문입니다.

게다가 가뜩이나 살 빼겠다고 안 먹어서 기초대사량에 해당하는 칼로리도 부족한 상황에, 그걸 능가하는 칼로리가 요구되는 운동을 하면 몸이 피로해질 수밖에 없습니다. 짜증과 무기력, 신경질이 안 날 수가 없습니다. 운동에서 즐거움을 찾기는커녕 운동이 지긋지긋해 죽겠는데 억지로 해야 하는 '업무'가 될 뿐입니다. 당연히 오래 지속할 수 없고 결국 다이어트를 포기하거나 식이장애를 겪습니다. 그리고 이런 생각을 하게 되겠죠.

'아, 나는 아무리 노력해도 살을 못 빼는 나약한 사람이구나!'

운동할 때 몸과 관련된 생각이 들어오지 않게 하세요

어떻게 해야 운동을 즐길 수 있고, 운동이 긍정자원으로 탈바꿈할 수 있을까요?

하영 씨의 사연을 들려드릴게요. 하영 씨의 직업은 변호사였습니다. 어릴 때부터 공부에 일가견이 있는 부모님의 관리하에 엇나감 없이 학창 시절을 보내고, 명문대에 들어가 변호사가 되기까지 한 번의 사건 사고도 없었죠. 그러나 하영 씨는 삼십 대를 목전에 두고 몸과 마음이 모두 폭탄처럼 터져버리고 말았습니다. 바쁜 일, 주변 사람들과의 관계 등 챙길 것도 많은데 그 와중에 늘어난 체중을 줄이려 굶고 굶다가 사무실에서 쓰러진 것입니다. 그리고 병원에서는 몸보다도 마음이 많이 아픈 듯하니 정신과에 가거나 심리상담을 받아보라는 조언을 들었죠. 그렇게 하영 씨는 저를 찾아왔습니다.

"의사 선생님 말이, 제가 영양실조에 가까운 상태라서 다 잘 챙겨 먹어야 한다는데요. 솔직히 음식이 입에 들어가질 않아요. 살찔 것 같거든요. 조금이라도 먹으면 집 앞 공원에 나가 몇 킬로미터씩 뛰어요. 다리에 힘이 안 들어가 넘어지고 숨이 막힐 정도로 힘든데도요."

저는 하영 씨에게 운동할 때 무슨 생각을 하는지 물었습니다. 그러자 하영 씨는 몇 바퀴만 더 뛰면 오늘 먹은 칼로리를 다 소모할 수 있다든가, 유산소운동 말고 근력운동도 해야 몸 라인이 예쁠 거라든가 하는 생각을 한다고 했습니다. 이에 저는 정말 잘못된 생각이라고 말했습니다. 하영 씨의 생각 '내용'이 잘못된 게 아니라 '생각을 했다'는 그 자체가 잘못이라고요. 운동이 긍정자원으로 바뀌려면 운동하는 때의 몸의 감각에 집중해야 합니다. 머릿속으로 다른 생각이 들어오게 해서는 안 돼요. 식이장애이신 분들은 특히나 몸과 관련된 생각을 하면서 운동을 합니다. 어떤 몸이 되기 위해서라는, 굉장히 머나먼 미래의 목표를 지금 당장의 운동과 연결하니 힘이 안 들래야 안 들 수가 없는 것입니다.

제 이야기를 듣고 하영 씨는 먹고 나서나 기분이 나쁠 때 달리기를 하는 대신, 시간을 정해 수영을 배우기로 마음을 먹었습니다. 하고 많은 운동 중에서 왜 수영을 골랐냐면 하영 씨가 가장 즐거운 경험을 했던 운동이 수영이기 때문입니다. 어릴 때부터 수영장에 가는 걸 좋아했던 하영 씨는 공부를 하는 동안엔 물 근처에도 가지 못했는데요. 그동안 자신이 수영을 좋아했다는 것도 잊고 있었다고 합니다. 그러나 내가 즐길 수 있는 운동을 생각하니 역시 수영부터 떠올랐고 그렇게 아무리 바빠도 수영을 즐기는 시간을 반드시 갖기로 했죠.

결과는 대성공이었습니다. 하영 씨는 우울한 날에도, 긴장감으로 가득한 날에도, 짜증 나는 날에도 언제나 수영을 하며 부정적 감정을 달랬습니다. 그전엔 음식을 거부하고 무조건 달려서 살을 빼는 방향으로 감정을 가렸는데, 이젠 먹을 건 먹고 수영을 했죠. 물살을 가르는 팔다리와 몸을 느끼고, 피부에 닿는 시원한 물을 감촉을 즐기고, 숨을 참았다가 내쉴 때 폐의 부피감을 인지하고, 물과 한 몸이 되어 자유롭게 움직이는 기분을 만끽하며 하영 씨는 살아 있음을 느꼈습니다. 신체 한 부위 한 부위마다 더 강해지는 걸 스스로 알아챘습니다. 하영 씨는 수영을 하며 '진짜 자기'를 확장하는 경험을 한 것입니다.

하영 씨의 케이스처럼, 누구에게 보이기 위한 운동이 아니라 내가 즐거워서 하는 운동은 신체적으로 확장된 자기를 만날 수 있는 좋은 긍정자원이 됩니다.

나는 몸으로 __________을 해낼 수 있습니다

나는 몸으로 __________할 때 나의 강함을 느낍니다

나는 두 다리로 __________을 할 수 있어서 즐겁습니다

우리는 몸의 '기능'과 '감각'에 초점을 맞출 때 나의 존재에게 감사함을 느낍니다. 빈칸을 채우며 내 몸이 어떻게 기능하고 느끼는지 생각해보세요.

알아차림 일기

관찰자가 되어 나를 바라보세요

여러분도 유행하는 다이어트 방법을 따라 단기간에 살을 빼보려 했던 경험이 있죠? 황제다이어트, 원푸드다이어트, 저탄고지다이어트, 간헐적 단식, 1일1식 등 다양한 다이어트 방법이 전 세계를 몇 번이나 휩쓸고 또 바람처럼 사라졌습니다.

이러한 유행 다이어트들은 대부분 우리 몸이 원하는 영양소를 골고루 섭취하기보다 특정 영양소만을 취사 섭취하거나 적게 섭취하는 방식입니다. 가장 많이 지탄받는 영양소는 역시 탄수화물이죠. 밥, 빵, 밀가루 음식 등 먹으면 바로 살로 간다고 알려진 탄수화물은 모든 다이어트 방법의 일 순위 적입니다.

그런데 탄수화물을 끊는다고 다이어트가 해결되는 게 아닙니다. 다들 해봐서 아시겠지만, 몸에서 필요로 하는 영양분이 차단되면 집중력이 떨어지고 짜증이 늘며 예민해집니다. 몸의 부족이 정서적 고픔으로까지 이어지는 것입니다. 게다가 저녁 약속이나 회식 자리에서도 메뉴를 선택하기가 여간 쉽지 않습니다. 어느 메뉴에나 탄수화물이 포함되어 있으니까요. 그러다 보니 맛있는 음식을 앞에 두고 혼자 샐러드와 물만 먹거나 아예 그런 자리를 회피하게 됩니다. 살 한번 빼려고 했다가 인간관계마저 흐트러지는 것입니다.

정해놓은 다이어트 규칙에 따라 음식 중 몇몇 부분에만 제한을 두는 다이어트가 뭐가 문제냐고 생각할지도 모르겠습니다. 사실 많이들 그렇게 생각합니다. 그러나 이런 다이어트가 지속되면 점차 몸의 신호, 감정, 생각, 욕구가 억눌려 나중에는 내가 어떤 감정을 느끼고 무엇을 원하는지 모른 채로 다이어트에 맹목적으로 매달리게 될 수 있습니다. 그리고 규칙을 지켜서 식사를 잘 제한하면 나는 괜찮은 사람이고, 그러지 못하고 폭식을 했다면 쓸모없는 사람이라고 생각하게 되기도 합니다. 자기비난이 시작되는 것입니다.

상림 씨가 그런 케이스였습니다. 어릴 때부터 부모님의 불화로 냉담하고 우울한 집안 분위기에서 성장한 상림 씨는 부모님의 방치 속에 늘 외로움을 느꼈습니다. 어느새 외로움은 그녀와 한 몸이 되었고 성인이 되고 나서부터는 외로움이 불안, 우울 등으로 번져갔습니다. 대학교 2학년이 될 무렵, 상림 씨는 처음으로 다이어트를 시작했습니다. 우울증으로 인해 잘 먹지를 않아 늘 마른 편이었는데 대학에 들어와 자취를 하면서 갑자기 폭식증이 생겨 살이 찐 것입니다.

상림 씨는 처음엔 세끼를 챙겨 먹되 양을 조금 줄이고, 좋아하는 맥

주를 끊고, 매일 저녁 걷기를 통해 건강한 방법으로 천천히 살을 뺐습니다. 하지만 점차 주변 친구들과 자신의 몸을 비교하고 친구들에 섞이지 못하는 일이 잦아지면서 체중에 대한 강박이 심해지기 시작했습니다. 어느새 다이어트로 6kg 정도를 뺀 상태였는데 그래도 늘 3kg만 더 빼자고 스스로를 다독였고, 음식을 앞에 두고는 먹는 걸 줄여야 한다며 식욕을 억제했습니다. 섭취한 탄수화물이 체내에 흡수되지 않게 해준다는 다이어트 보조제도 먹기 시작했죠. 그러자 어느 순간부터 상림 씨는 폭식과 구토를 반복하게 되었습니다. 그런데 상림 씨는 식이장애를 치료하기 위해 저를 만나러 와서도 이런 말을 했습니다.

"살을 더 빼야 하는데, 아무리 토하고 먹는 것을 줄여도 폭식을 하게 되니 쉽지 않아요."

상림 씨는 식이장애 증상으로 일상이 온통 망가졌음에도, 살을 못 빼고 있는 상황이 더 문제라고 생각하고 있었던 것입니다.

언뜻 보면, 상림 씨의 문제는 다이어트와 살에 있는 듯 보입니다. 그러나 실은 부정적인 감정들을 가짜 다이어트로 해소하는 것이 진짜 문제였습니다. 가짜 다이어트는 절대 부정적 감정을 완벽히 안정시킬 수 없죠. 이렇게 감정조절이 안 되면 과각성 상태에 빠져 교감신경이 과잉되어 신경과민, 집중력 저하, 분노 발작, 불면증, 긴장, 사람에 대한 불신, 자기비난, 완벽주의가 나타납니다. 또는 저각성 상태로 이어져 부교감신경이 과잉되어 우울증, 무기력, 죽고 싶다는 느낌, 멍한 상태, 관계에서 단절된 느낌, 무의미함을 경험할 수 있습니다.

대부분의 내담자분들이 잘못 아는 것이 이 지점입니다. 부정적 감정의 최초 촉발 요인이 다이어트와 살이었기 때문에 이 모든 게 다이어트 때문이라고 오해하는 것입니다. 특히나 상림 씨처럼 어릴 적 발달트라우마, 불안정 애착관계 등의 경험이 있으면 이런 생각이 점점 굳어집니다.

따라서 내면의 트라우마를 다루는 동시에 내가 언제 과각성되고, 언제 저각성이 되는지 알아차리는 훈련이 필요합니다. 나의 감정, 감각, 생각을 순간순간 알아차리는 연습을 하다 보면 내가 평상시에 어떤 부정적인 감정을 느낄 때 폭식과 구토로 푸는지도 알게 됩니다.

혹시 지금 나 자신과 다음과 같은 계약을 맺고 있지 않나요?

나는 나의 감정을 느끼지 않기 위해 무엇이든 하겠다. 감정이란 이 세상에서 가장 위험한 것이기 때문이다. 감정에 저항하는 이 전투에서 승리하기 위해 나는 기꺼이 제한된 삶을 살아가겠다. 진정한 행복과 사랑과 건강도 포기하겠다.

나는 심한 다이어트, 폭식, 절식, 음주, 수면, 자해, 성행위, 과도한 스마트폰 사용 등을 함으로써 나의 감정들을 최대한 회피할 것이다. 감정은 회피할수록 더 좋기 때문이다. 감정을 있는 그대로 느끼는 일은 틀림없이 나를 파멸시킬 것이다. 감정들이 존재하도록 내버려두기보다 차라리 내 삶의 대부분을 포기하겠다.

이런 계약을 끊어낼 수 있는 첫걸음이 바로 '감정'에 집중하는 것입니다. 아무리 고통스러운 감정이라도 밀어내려고 하기보다 내 삶의 일부로 인정하고 지금 여기 나 자신과 함께할 수 있도록 노력할 때 고통스러운 감정은 적절한 순간 치유되고 지나갑니다.

다이어트 일지 대신 알아차림 일기 쓰기

많은 체중조절 프로그램에서 무엇을 먹었는지 빠짐없이 기록하라는 조언을 합니다. 먹은 것을 적어야 그것을 보고 다음 식사의 종류와 양을 조절할 수 있기 때문입니다. 그렇지만 일반적인 다이어트 기록지는 먹은 음식의 종류와 음식의 양, 그리고 음식의 칼로리라는 세 가지만 집중합니다. 그렇게 다이어트 일지를 적다 보면, 이런 상황이 벌어지기 쉽습니다.

내가 미쳤었나? 이때 라면을 왜 먹었지?
어쩌자고 아이스크림 한 통을 다 먹은 거야….
오늘 먹은 칼로리를 다 더하면… 헉! 1,500kcal?
고구마도 탄수화물 덩어리잖아? 이제 안 먹어!

내가 먹은 것들이 너무나 많고, 또 살 빼는 데 적절하지 않은 것 같아 보입니다. 그러면 또다시 다짐을 하죠. 앞으로는 절대 식욕에 넘어 가지 않겠다고요. 그래도 같은 상황은 아마 반복될 것입니다. 그렇게 후회와 반성이 지속되면 결국 자기비난이 시작될 수밖에 없습니다.

이제는 이런 음식과 식행동에만 집중된 다이어트 일지를 쓰기보다 '알아차림 일기'를 적어보세요. 이름이 조금 거창하지만, 사실 별거 없습니다. 빈 노트에 하루 식사 중 감정적 변동이 있었던 식사에 대해 쓰는 겁니다. 이때 비판하는 평가자가 아닌 객관적인 관찰자의 입장에서 내가 음식을 먹었을 때 나의 내면이 어떻게 반응하고 있는지를 써봅니다. 절대 음식의 종류, 양, 칼로리는 신경 쓰지 마세요. '왜 이걸 먹었지'보다 '왜 이런 생각을 했지'가 중요한 것입니다. 이렇게 일기를 때때로 적으면 살과 다이어트에 박혀 있는 시선을 내면으로 옮길 수가 있습니다.

나의 식사와 그 감정을 바라볼 때는 다음과 같은 일곱 가지 감정알아차림 행위를 포함해야 합니다.

첫째, 알아차림: 나의 모든 오감을 알아차린다. 음식의 색깔이나 모양을 보고, 냄새를 코로 맡아보고, 혀로 촉감과 맛을 느낀다. 그럴 때 내 몸의 반응, 감정, 생각을 알아차린다.
둘째, 관찰하기: 마치 영화를 보듯 자기 자신을 바라본다. 빠르게 먹는지, 느리게 먹는지, 한입의 크기는 어떤지 등 내가 어떤 방식으로 먹는지 관찰한다.

셋째, 순간에 존재하기: 지금 현재에 존재한다. 먹으면서 과거나 미래를 걱정하지 않고, 지금 이 순간 먹는 것에만 집중한다.
넷째, 흘려보내기: 먹을 때 혹은 먹지 않을 때 내가 어떤 생각이나 감정에 사로잡혀 있다면 그것을 그냥 인정하고 흘려보낸다.
다섯째, 환경에 귀 기울이기: 나의 주변을 바라보며 먹을 때 어떤 것이 나를 자극하는지 알아차린다. 예를 들어 TV에서 마른 연예인이 나와 질투가 난다거나 날씬했던 시절을 이야기하며 지금 내가 수치스럽거나 등 주변의 어떤 것들이 먹는 일을 방해하는지 살핀다.
여섯째, 판단하지 않기: 나를 볼 때 비판적인 시선이 아닌 친절하고 자애로운 시선을 견지한다. 관찰자가 되어 판단하지 말고 바라만 본다.
일곱째, 수용하기: 폭식을 했더라도, 칼로리가 높은 음식을 먹었더라도 자신과 싸우지 말고 그냥 받아들인다. 지금 내 몸에서 무엇을 원하는지 가만히 소리를 들어본다.

이 일곱 가지 행위를 모두 실천하면서 다이어트를 하는 건 물론 쉽지 않을 것입니다. 그렇지만 식사한 내용을 기록할 때 이러한 것들을 생각하면서 적는다면 불필요한 과식과 폭식은 분명 막을 수 있습니다.

전문가와의 상담

치료와 함께
일상의 행복을 되찾으세요

저는 현재 너는 꽃 식이장애 회복 커뮤니티를 운영하고 있습니다. 제가 이 공간을 굳이 '상담소'라고 하지 않고 '커뮤니티'라 부른 데는 나름의 이유가 있었습니다. 바로 상담의 문턱을 낮추고 싶었기 때문입니다. 상담, 특히 심리상담이라고 하면 많은 분들이 거부감을 느낍니다. 아무리 전문가에게 비밀스레 나의 콤플렉스나 트라우마를 말할 수 있다고 해도, 그걸 드러내는 자체로 불안을 느끼기도 하고요.

하지만 커뮤니티는 다르죠. 커뮤니티는 뜻이 광범위한데, 정리하자면 공통의 관심사를 가지고 모여 정보와 감정을 공유하고 소통하는 공간입니다. 저는 내담자분들이 저를 찾아와 자가치료 정보를 얻고 또 서로 나누면서 제대로 된 치료법을 알기 바랐습니다. 그리고 치료의 적정 시기를 놓치지 않기를 바라는 마음도 있었죠. 무엇보다 아직도 많은 분들이 식이장애를 자신의 의지의 문제로 생각하고 혼자서 잘못된 방법으로 견디고 있는데, 그분들이 증상이 더 악화되기 전에 같은 아픔을 가진 사람들을 만나 함께 극복하길 바랐습니다.

물론 혼자서도 다이어트 강박에서 벗어나 좋아지는 분들도 있습니다. 우연한 기회에 좋은 관계를 맺어 회복되는 경우도 더러 있고요. 하지만 전문가의 도움이 꼭 필요한 상태임에도 혼자 씨름하며 반복되는 증상에 자책하는 분들이 있습니다. 그래서 저는 마음을 터놓고 함께 치료하는 커뮤니티를 만들게 된 것입니다.

언제 전문가를 만나야 하나요?

저체중임에도 체중에 대한 강박이 심한 분이라면 무조건 전문가의 도움을 받아야 합니다. 여기서 저체중은 체질량지수 17~15 이하를 말합니다. 체질량지수는 체중을 키의 제곱으로 나누는 비만 측정법으로, 18.5 이하일 때부터 저체중으로 판단합니다.

일반적으로 아무리 다이어트를 한다고 해도 성인 여성이 30kg대가 되기는 쉽지 않습니다. 그만큼 심각한 저체중 상태가 되었다는 건 심리적 압박도 상당했다는 뜻입니다. 성적 피해, 가정폭력, 방임, 가족 갈등, 자존감, 왕따 등과 같은 것들이죠.

하지만 저체중까지 살을 뺀 분들은 기본적으로 강박과 완벽주의가 있어서, 심리적 어려움도 혼자 해결해야 한다고 생각합니다. 그동안의 문제들도 이제껏 나의 힘으로 해결했는데 거식증 따위야 다른 사람 도움 없이 내가 해결할 수 있다고 믿는 거죠. '먹으면 그만 아니야?' 하고요. 그러나 단순히 먹는 문제, 체중의 문제면 의지와 노력으로 해결 가능하지만 월경이 끊길 정도의 심각한 저체중 상태라면 생각보다 미해결된 심리적 어려움이 내면에 너무 많이 남아 있어 쉽게 해결되지 않습니다. 내가 의식적으로 생각할 수 없는 무의식적 부분을 전문가와 함께 확인하고 치유해나가는 과정이 있어야 체중 역시 회복될 수 있죠. 무엇보다 저체중인 분들은 감정조절 능력이 떨어지고 신체 건강에도 위험 요소가 많기 때문에 꼭 전문가를 만나야만 합니다.

심각한 저체중이 아니더라도 일상생활을 유지할 수 없을 정도의 폭식과 구토가 반복된다면 전문가의 도움을 받는 게 좋습니다. 폭식과 구토가 반복된다는 것은 그만큼 감정조절이 어렵고 마음이 아프다는 신호입니다. 폭식과 구토가 나의 부정적 감정을 해소하는 생존자원으로 활용되고 있는 것이죠. 어떤 분들은 폭식과 구토를 하지 않기로 가족과 약속하고 서로의 감시 속에 참는 시도를 해보기도 합니다. 하지만 마음먹은 것처럼 쉽지 않았죠. 폭식과 구토를 참아보라는 것은 감기 걸린 환자에게 기침을 참으라는 것과 같으니까요.

물론 실제 폭식과 구토를 반복하는 분들은 의식적으로 자기가 살이 찌기 싫어 토한다고 생각하기 때문에, 살이 쪄도 괜찮다고 생각하면 증상이 사라지겠거니 하고 전문가의 도움을 굳이 받을 필요가 없다고 여깁니다. 식이장애의 어려움은 바로 이것에 있습니다. 겉으로는 음식,

다이어트, 살 문제와 관련되어 있는 것처럼 보여서 그것만 생각하는데, 식이장애의 근본 원인인 감정에는 계속 무지하기 때문입니다.

일상생활이 가능하더라도 원인을 알 수 없는 폭식과 구토가 간헐적으로 나타나고 요요현상, 다이어트 강박, 자기혐오와 부정적 보디이미지가 반복된다면 이때도 전문가를 찾는 게 좋습니다. 누구나 살이 찌는 것을 좋아하지 않고 이왕이면 날씬하길 바라죠. 그러나 그냥 그런 몸이 되는 게 일상을 살아가는 모든 일에서 일 순위가 된다면 그땐 진지하고 깊은 내면 탐색이 필요합니다.

여러 식이장애 증상들은 마음이 불안정해질 때마다 단 몇 초 만에 나타납니다. 식이장애를 겪을 정도가 되면 뇌의 신경회로가 이미 감정에 자극받으면 바로 폭식이나 구토, 도벽 등의 행동을 하게끔 만들어져 있기 때문이죠. 이걸 다른 긍정자원을 활용해 대체해야 합니다. 그 증상들을 일으키는 주된 감정과 감각이 무엇인지, 내가 어떤 감정과 감각을 견디기 힘들어하는지 자신의 내면에 대해 알아차리는 훈련도 필요하고요.

자전거를 글로 배울 수 없듯, 머리로 안다고 해서 몸이 나아지는 게 아닙니다. 나를 알고 몸으로 연습하는 과정이 반드시 함께 가야 합니다. 그리고 그건 전문가와 함께할 때 포기 없이 이루어질 수 있습니다.

상담자도 좋은 긍정자원이 될 수 있습니다

식이장애 증상 때문에 힘들어하면서도 상담받는 건 극히 꺼리는 분들을 위해 자가프로그램을 만든 적이 있습니다. 그때 이분들에게 상담받지 않으려는 이유를 심층 인터뷰했는데요. 그들의 말을 아래와 같이 정리할 수 있었습니다.

다이어트를 포기할 수 없어서 상담을 미루게 된다
55kg만 만들고 가야지 하고 10년째 안 가고 있다
돈 주고 상담받았다가 효과가 없으면 돈이 아까울 것 같다
효과가 즉시 보이지 않으니 문제가 해결되는 건지 잘 모르겠다
경제 사정이 좋지 않은데 지속적인 상담이 금전적으로 부담되었다
구체적인 해결책을 얻고 싶었는데 상담자가 내 말을 그냥 들어주기만 했다
상담자가 자기관찰 일지를 봐주면서 어느 정도 도움이 되었지만, 이후에는 심리적 한계를 느꼈다
결국 남이 도와서 좋아지는 거라면 내 의지는 여전히 박약한 상태일 것이고 상담 후 다시 나빠질 것이다
남한테 좋은 모습만 보이고 싶어서 상담에서도 선생님이 듣기 좋은 말만 하고 힘든 얘기를 못 해 효과가 없었다

이 밖에도 상담을 두렵게 만드는 여러 이유가 있을 것입니다. 특히 속마음을 아무에게도 말하지 않는 분이라면, 처음 보는 사람에게 약점을 얘기한다는 것이 내키지 않겠죠. '나를 이상하다고 욕하는 게 아닐까?' 두려워하기도 하고요.

상담을 받고 싶지만 두려워하는 분들이 있다면 이 말씀을 꼭 드리고 싶습니다. 상담자도 전문가이기 전에 많은 상처를 경험하고 치유한 '상처받은 치유자'라는 것입니다. 그렇기에 상대방의 고통을 함부로 여기지 않습니다. 완전히 같은 경험을 하지 않았어도 상처받은 마음이 썩고 낫고 다시 다치는 과정을 충분히 이해하기 때문입니다.

상담은 다른 학문과는 다르게 책으로 공부한다고 다가 아닙니다. 책에서 공부한 이론들을 바탕으로 임상 경험에서 또 배우고 익혀야 하는 부분이 있습니다. 사람은 비슷한 이야기를 가진 듯해도 다 각기 다른 성격과 기질, 살아온 배경, 가족 환경, 애착 유형, 삶의 경험, 트라우마들을 갖고 있기 때문입니다.

제대로 된 상담자라면 그 누구도 감히 내담자의 얘기를 함부로 판단하고 결론짓는 경우는 없습니다. 자신이 배운 이론과 그동안의 임상 경험을 바탕으로 내담자의 내적 세계를 이해하기 위해 열심히 경청하고 공감하고 질문할 뿐이죠. 상담자의 목적은 오직 내담자가 언어화하지 못하고 의식화하지 못해서 괴로운 부분들을 눈으로 볼 수 있고 경험할 수 있도록 도와주는 것입니다. 현실적인 해결책이나 조언을 주는 것이 아니라 온전한 거울 역할을 해주는 거죠. 내담자가 내면을 천천히 들여다볼 수 있도록 말입니다. 그럼으로써 내담자는 마음의 고통을 단계별로 치유하고 통합해 고통까지도 끌어안을 수 있는 사람이 될 수 있습니다. 실제로 상담을 제대로 마치고 나면 내담자들은 한결같이 이제 나 자신을 대하는 게 조금 편해졌고, 있는 그대로의 나를 바라볼 수 있게 되었다고 이야기합니다.

상담자를 긍정자원으로 생각하면 어떨까요? 살면서 나를 이해해주고 언제든 편하게 마음을 얘기할 수 있는 존재가 있다는 건 축복입니다. 게다가 상담실은 법에 의해 비밀이 엄격히 보장되는 안전한 공간입니다. 몸이 아프면 병원을 찾고 약을 먹듯, 식사에 어려움을 겪고 이로 인해 마음이 아프다면 상담자를 찾아 건강한 성인 자아의 힘을 키우세요.

상담은 정교한 내적 수술 과정과 같습니다

식이장애 상담은 굉장히 복잡하고 섬세한 예술 작업과 같습니다. 마음의 상처를 보호하기 위해 식이장애 증상이 나타나고 있는 만큼 내면을 마주하는 것부터 쉽지 않기 때문입니다. 식이장애 증상으로 불안정한 신경계를 조율하고 있어 대체할 자원을 만드는 게 결코 간단치도 않고요. 그래서 식이장애치료를 복합트라우마치료라고도 부릅니다. 겹겹이 쌓인 마음의 상처를 돌봐야 하는 것입니다.

식이장애 상담은 마음치료와 식행동을 함께 다루는 '투 트랙 치료'

로 이루어집니다. 식행동을 내담자의 내면세계와 연결하는 게 치료의 핵심입니다. 상담은 1~2회를 진행하며 심리검사를 병행하면서 전문적 평가와 전체적인 치료 계획을 짭니다. 지금 증상이 얼마나 내담자의 일상생활을 방해하고 있는지, 감정조절 능력은 어떤지, 가족의 역동, 기질, 애착관계 유형, 자원들을 점검하고 어떻게 얼마나 조심스럽게 접근해야 하는지 예측해보는 것입니다. 상담의 과정은 상담자나 케이스별로 약간씩 다르지만, 저는 큰 틀에서 5단계로 나눕니다.

1단계는 안정화입니다. 식이중추를 안정화하기 위한 인지행동치료를 바탕으로 식행동을 교육하고 다이어트에 모든 초점을 맞춰온 내담자를 객관화시키는 단계입니다. 자기관찰 일지를 쓰며 무의식적으로 반복하는 잘못된 식행동과 내면이 어떤 연관이 있는지 알아봅니다. 나의 왜곡된 믿음이 어떻게 음식의 양을 조절하고 있는지, 어떤 식이장애 증상 일으키는지 인지적 접근을 해나가죠. 이 단계에서 신경계를 관찰하고 조율할 수 있는 신체감각을 연습해보고, 긍정자원들을 찾아 강화하는 작업도 이루어집니다.

2단계는 감정조절치료입니다. 나의 진짜 문제에 접근하는 단계로 심리적 아픔, 트라우마치료를 준비하는 단계로 볼 수 있습니다. 신체에 기반한 치료를 진행합니다. 자아상태치료를 통해 내면을 분리하고 알아가는 시간도 가집니다. 더불어 식이장애 증상 외에 마음을 안정시킬 긍정자원을 만들어나갑니다.

3단계는 가족치료·트라우마치료입니다. 섭식 문제를 만들었던 진짜 트라우마를 다루어 마음의 상처를 치료하죠. 이때 필요하면 외부 환경을 안정시켜주기 위한 가족치료를 하기도 합니다. 억압된 감정을 조금씩 노출시키면서 식이장애 증상에 의지하지 않고도 건강한 방식으로 감정을 조절하는 것이 목적입니다. 여러 트라우마치료 기법을 내담자에 따라 다르게 복합적으로 사용합니다.

4단계는 건강한 성인 자아의 기능 확장(대인관계 기술·자원 강화)입니다. 마음이 잘 치료되었다고 해도, 갑자기 건강한 패턴의 식사를 하기는 힘듭니다. 어린아이가 걷는 것을 배웠다고 해서 엄마 없이 세상으로 나갈 수는 없는 것처럼요. 행복해지기 위해 나는 무엇을 해야 하는지, 순간순간 과거의 트라우마가 나를 힘들게 할 때 안정할 수 있는 방법은 무엇인지 훈습하며 나만의 행복 꽃밭을 가꿉니다.

마지막 5단계는 종결입니다. 건강한 패턴이 잘 형성되면 치료 기간의 텀을 1~2개월 늘립니다. 이제 치료자 없이 독립하는 단계를 연습하는 기간으로 이해하면 됩니다.

각 단계에서 행해지는 모든 과정은 정교한 수술과 같습니다. 이때 상담자와 내담자 모두 진심과 진정성이 필요합니다.

누군가의 사정을 다 이해하고 나면 그 사람을 사랑할 수 있게 된다고 하죠. 상담도 나 자신을 머리와 가슴으로 이해하여 나를 사랑하는 일입니다. 일상을 회복하기 위해, 내 삶을 옥죄는 가짜 다이어트에서 벗어나기 위해 마음을 열고 상담을 받아보기 바랍니다.

나의 감정을 돌봐주면 작은 기적이 일어납니다

2019년 여름날, 한 여성분과 상담을 마치고 저는 생각에 잠겼습니다.

'푸른 들에 핀 향기로운 꽃처럼 너무나 인간적이고 매력적인 사람인데, 왜 그걸 본인만 모를까?'

대화를 하는 내내 굉장한 호감을 느꼈을 정도로 매력적인 분이었습니다. 그런 분이 상담 내내 '나는 쓸모없는 사람이에요'라는 말을 수없이 내뱉었습니다. 사실 제가 만나는 모든 분들이 그랬습니다. 어디에 있어도 빛날 사람임을 정작 자기만 몰랐습니다.

그때마다 '너는 꽃'이라는, 지금 제가 운영하는 커뮤니티의 이름을 떠올렸습니다. 세상 수많은 꽃이 있고 그들 각자 향기롭고 평화롭게 살아가듯 우리는 모두 각자 꽃이라는 생각에서 '본래의 아름다움을 회복하는 공간'이라는 뜻을 담아 지은 것이기 때문입니다. 식이장애 증상에 가려진 자신의 본래 아름다움을 잊은 분들을 적극적으로 돕고 싶다는 제 마음이 담긴 이름이기도 하고요.

"단 하루라도 칼로리 걱정하지 않고 보통 사람들처럼 먹을 수 있었으면 좋겠어요. 오로지 음식 맛에만 집중하면서요."

첫 상담을 마치기 전, 더 궁금한 것이 없냐고 물으면 대부분의 내담자분들은 불안하고 절망스러운 표정을 지으며 저런 말을 합니다. 사람들을 만나서 메뉴 걱정 없이 밥을 먹는 것, 여행 가서 기쁜 마음으로 맛집을 찾아가는 것, 목이 마르면 시원한 콜라를 마실 수 있는 것처럼 소소한 행복들조차 이분들에게는 허락되지 않기 때문입니다.

'상담받는다고 나아질 거란 기대가 없어요'라는 말도 내담자분들에게 참 많이 듣는 말입니다. 해볼 수 있는 다이어트란 다이어트는 다 해보고 살을 빼기 위해 할 수 있는 노력은 다 해봤는데도 오히려 고통스러워지니, 더 이상 무엇을 해야 할지도 모르겠고 그렇다고 아무것도 안 하자니 불안해서 거의 마지막 보루로 찾아오는 곳이 저의 커뮤니티였으니까요. 이렇게 회의적인 태도를 취하는 건 어찌 보면 너무나 당연합니다.

식이장애 증상은 생각보다 더 몸과 마음을 지치게 합니다. 그 상태에서 치료에 희망보다는 회의와 의구심을 더 많이 느낄 수밖에 없습니다. 그래서 '나는 해도 안 될 거야', '내가 좋아질 수 없어'라고 쉽게 포기하게 됩니다. 여러분도 지금껏 이런 경험을 반복하고 자기패배감에 빠진 적이 있나요? 제가 확실히 말씀드리겠습니다.

여러분의 삶은 당연히 좋아질 수 있습니다. 내가 왜 식이장애 증상에 시달릴 수밖에 없었는지 마음과 몸으로 이해하면 그때는 정말 자유로워지실 수 있을 거예요. 치료를 포기하지만 않는다면요!

단순히 근거 없는 긍정의 말로 위로해드리는 것이 아닙니다. 제가 해온 임상 경험에서 우러난 진심이고 또 진실입니다. 처음에는 어떤 분도 자신이 좋아질 수 있을 거라는 희망을 가지지 못했습니다. 저녁에 친구와 밥 한 끼 먹는 것조차 쉽지 않은 상태였기에 그랬습니다.

그러나 나의 감정과 내면을 들여다보고 돌봐주는 작업을 천천히 해나가자 많은 분들에게 작은 기적이 일어났습니다. 배부를 때 수저를 놓을 수 있고, 기피했던 대인관계가 회복되고, 그토록 불편했던 나 자신과 잘 지낼 수 있게 된 것입니다. 마르지 않아도 나 자신이 괜찮은 사람이라는 것을 진심으로 받아들일 수 있게 되면서 눌러놨던 건강한 성인 자아가 삶의 곳곳에 영향력을 발휘했죠. 처음에는 먹는 것만 제발 편해졌으면 좋겠다고 했는데 이젠 삶 전체가 나아진 것입니다.

저 취업했어요

체중이 좀 늘었지만 괜찮아요

저 사랑하는 사람과 결혼해요

다시 공부를 시작해보려고 해요

드디어 싫다고 거절할 수 있게 되었어요

선생님, 이제 저 자신이 너무 좋고 사랑스러워요

상담을 하며 제가 들었던 소중한 말들입니다. 이런 긍정적인 변화가 실제로 일어나고 있다는 것을 꼭 알려드리고 싶습니다. 아직 절망에 빠져 있는 분들, 여러분도 가능합니다. 상처가 회복되고 식이장애 증상을 놓았을 때 내가 얼마나 소중하고 사랑스러운 사람인지 알 수 있습니다. 그리고 삶에는 상상할 수 없는 기적이 펼쳐집니다.

물론 손바닥 뒤집듯이 하루아침에 변화가 일어나지는 않을 것입니다. 그러나 한 가지 약속드릴 수 있습니다. 식이장애는 마음의 병이기 때문에 마음 치유를 지속적으로 하다 보면 어느새 일상의 기쁨을 회복한 자신과 마주하게 될 것이라는 걸요. 절대로 포기하지 마세요.

몸에는 맞고 틀리고가 없습니다. 그냥 나 자신이기에 사랑할 뿐입니다. 당신의 체중이 얼마건, 살이 얼마나 쪘건 당신은 존재 자체만으로도 이미 아름다운 꽃입니다. 당신은 일상의 행복을 충분히 누릴 권리가 있습니다.

있는 그대로의 나를 바라보고 사랑할 수 있게 되길, 당신의 여정을 진심으로 응원합니다.

내 삶을 옥죄는 다이어트 강박에서
벗어나기 위한 심리 수업

나의 **식사**에는
감정이 있습니다

초판 1쇄 인쇄	2021년 3월 23일
초판 1쇄 발행	2021년 4월 20일

만든 이

지은이	박지현
펴낸이	변민아
편집	박지선, 서슬기
디자인	소소연
표지 그림	kloudy(고경은) / 아트에이전시 엘디프주식회사

펴낸 곳

펴낸 곳	에디토리
출판등록	2019년 2월 1일
	제409-2019-000012호
주소	경기도 김포시 김포대로 739 제1동 215호
전화	070-8065-4775
팩스	031-8057-6631
홈페이지	www.editory.co.kr
이메일	editory@editory.co.kr
인스타그램	@editory_official
인쇄	웰컴피앤피

책 정보

Copyright	박지현, 2021
ISBN	979-11-974073-0-7 (03810)

판형	130*215mm
표지	랑데뷰 울트라화이트 210g
본문	미색모조 95g
제본	무선제본